삼각 릴레이

삼각 릴레이

유미경 소설집

도화

차례

오빠 생각 · 7

삼각 릴레이 · 39

칼을 가는 시간 · 75

나비 · 113

겨울의 끝 · 149

굼벵이의 춤 · 183

해설 /

인간관계가 주는 상처를 어떻게 치유할 것인가 / 이승하 · 283

작가의 말

오빠 생각

창문을 비집고 들어 온 바람이 남자의 얼굴에 아침 햇살을 가득 부려 놓고 간다. 희끗희끗한 머리카락 몇 올이 하모니카 소리 따라 이마 위에서 흩날린다. 지그시 감은 눈두덩 아래로 세월의 흔적들이 역력하다.
　"어때, 들을 만해?"
　남자는 잠시 하모니카에서 입술을 떼고 눈꺼풀을 밀어 올린다. 이마 위에 굵은 줄 서너 개가 선명하게 그어진다. 비스듬히 침대에 기대앉은 채 나를 바라보는 남자의 눈은 부드러운 햇살 같다. 나는 고개를 끄덕이며 얼굴 가득 미소로 답을 한다. 남자의 입술 꼬리가 당겨 올라가며 가지런한 이들이 하얗게 반짝인다. 나는 몸을 일으키면서 창문 쪽으로 시선을 던진다. 연립주택 맞은편 학교 운동장으로 아이들이 모여들고 있다. 교복을 입고 걸어가는 아이들의 어깨 위로 금빛 은행잎들이 내려앉는다. 나는 다시 고개를 돌려 남자를 바라본다. 남자는 그런 나와 눈을 맞추며 하모니카를 분다. 어린 시절의 그림들이 펼쳐진다.

20리를 걸어 읍내에 있는 중학교로 가는 길은 양쪽으로 논밭이 줄지어 서 있었다. 그 사이로 걸어가면 늘 소풍을 다니는 기분이 들었다. 수업을 마치고 집으로 돌아갈 때는 친구들의 입이 쉴 틈이 없었다. 기술 선생님 키는 사모님 어깨에 겨우 닿는데 어떻게 결혼했을까, 동생이 야구 선수라서 늘 야구 이야기만 하는 수학 선생님은 집에 가서도 야구 이야기를 하실까, 옆 반의 누구는 생물 선생님을 죽을 만큼이나 좋아하는데 어떻게 될까 등 잠시도 쉬지 않고 재잘거렸다. 그것에 싫증이 나면 밭두렁이나 과수원 옆에 홀로 앉아 하모니카를 불었다.

아지랑이가 지열을 뚫고 올라오는 봄날, 밭두렁에 앉아 하모니카를 불면 눈부신 햇살이 비단자락처럼 너울거렸다. 막 꽃봉오리를 터트린 복숭아밭에서는 하모니카 소리를 따라 달콤한 꽃향기가 흐르기도 했다. 그렇게 하모니카 연주 속에 빠져 있다 보면 노을이 길게 내려와 갈 길을 재촉했다. 나는 대학생이었던 오빠가 사 준 하모니카를 반짝반짝 윤기가 나도록 날마다 닦았다. 나보다 열 살이나 많았던 오빠는 내가 원하는 것이라면 무엇이든 들어주었고, 언제나 내 편이 되어주었다. 더없이 든든한 둔덕이었다.

내가 하모니카로 처음 배운 노래는 메기의 추억이었다. 오빠가 오면 들려주고 싶어서 시간이 날 때마다 연습했다. 그리고 방학 때 고향에 내려온 오빠와 바닷가에 앉아 하모니카를 불었다. 오빠는 우리 꼬맹이가 많이 컸네, 하면서 휘파람으로 메기의 추억을 따라 불렀다. 오빠와 나의 입술 사이에서 피어나온 메기의 추억은 바닷바람을 타고 멀리멀리 수평선까지 날아갔다.

나도 모르게 오빠가 생각나 남자의 손을 살며시 잡아본다. 이제는 사진으로밖에 볼 수 없는 오빠의 모습을 남자의 얼굴 위에서 찾는다. 눈으로는 성이 차지 않아 손을 내밀어 이마에서 콧등 그리고 입술까지 조심스럽게 확인해 본다. 남자는 그런 나에게 신경 쓰지 않고 하모니카를 분다. 사랑의 기쁨을 연주하고 솔베이지의 노래를 이어나간다. 그런 남자의 모습 위로 오빠의 영상이 겹친다. 나는 남자의 얼굴을 순례하던 손을 거두고 눈 안 가득 남자를 담아본다. 얼마 안 있으면 이 모습도 볼 수 없을 것이라는 생각이 들자 슬픔이 몰려온다. 아무것도 모르는 남자는 그런 나를 보며 하모니카를 분다. 그때 뒤쪽의 창문턱 위로 고양이 한 마리가 올라와 안을 들여다본다.

에메랄드빛 눈이 신비스럽게 반짝인다. 윤기가 흐르는 새까만 털이 아침 햇살 속에서 은빛 무늬로 후광을 만들어낸다. 남자도 고양이에게 시선을 던진 채 하모니카에서 그 은빛 리듬을 빚어낸다.

고양이가 앞발을 들어 토토토토토토, 창문을 두드린다. 하모니카의 주파수와 기쁨을 나타내는 고양이의 그것이 같다는 이야기를 들은 적이 있다. 나는 고양이를 들어오게 해야겠다는 생각을 하며 창문 앞으로 간다. 고양이가 동그랗게 커진 눈으로 나를 바라본다. 나는 애정을 가득 담아 고양이의 눈에 내 눈을 맞춘다. 하지만 고양이는 창문을 열자 잽싸게 도망가 버린다. 가만둘 걸 괜히 관심을 보였다는 후회가 몰려온다. 고양이의 행복한 시간을 빼앗았다는 생각에 미안한 마음까지 따라온다.

그런 나를 보고 있던 남자가 빙긋이 웃는다. 민망해진 나는 그의 두 눈을 손으로 가린다. 혹시 고양이가 다시 올지도 모른다는 생각에 열어놓은 창문을 힐끗 훔치며, 나는 남자의 눈에서 손을 거두고는 다시 그의 옆으로 가 앉는다. 몇 번 눈을 깜빡이던 남자는 다시 하모니카의 선율을 뽑아내고 있다. 하모니카 소리는 언제나 오빠 생각과 함께 나를 추연하게 만든다.

남자는 내가 오빠를 그리워하고 있다는 것을 눈치채고 있다. 때로 하모니카의 선율은 머리끝에서 발끝까지 전율로 진저리 치게도 한다. 남자와 나의 마음이 스파크로 감지되었는지 탁자 위에 올려진 난蘭잎이 바르르 몸뚱어리를 떤다. 나는 오기를 정말 잘했다는 생각을 한다. 처음에 남자가 전화를 했을 땐 조금 망설였다. 하지만 나는 결국 남자를 만나러 왔다. 이제 조금 더 시간이 지나면 그 남자도 볼 수 없다는 것을 알기 때문이었다.

"실명할 수도 있습니다. 급작스럽게 나빠질 수도 있고, 서서히 보이지 않다가 어느 순간 깜깜해질지도 몰라요. 시신경이 너무 많이 손상되었기 때문에 어떻게 해 볼 도리가 없습니다."

수술한 지 석 달 만에 병원을 찾았을 때 의사는 안타깝다는 표정으로 조심스럽게 말했다. 그리고 내가 예전에 오른쪽 눈을 다친 적이 있기 때문에 한쪽 눈이 멀면 다른 쪽 눈도 따라서 영향을 받을 것이라고 덧붙였다. 병원 밖으로 나오니까 함박눈이 내리고 있었다. 이제 얼마 후면 저 눈도 볼 수 없겠지, 하는 생각만으로도 눈물이 났다. 나이 오십에 눈이 멀게 된다면 무엇을 어떻게 할 수 있을 것인가.

결혼해서 5년 만에 어렵게 임신을 했을 때 남편은 뛸 듯이 좋아하였다. 여기저기서 축하 전화가 빗발쳤다. 하지만 축하의 여운이 채 사라지기도 전에 뱃속의 아이는 사산되고 말았다. 그리고 일 년 후에 한 번, 삼 년 후에 또 한 번 임신을 했지만 그 아이들 역시 세상 빛 보는 것이 두려운 듯 모두 숨을 타지 못했다. 여섯 번째 임신을 했을 때 지푸라기라도 잡는 심정으로 입원을 하여 석 달을 버티었다. 그리고 유산기가 있을 때 긴급수술을 하여 쏟아지려는 태아를 애써 붙들었다. 하지만 일주일이 지나자 그 아이 또한 숨을 놓아 버렸다. 난 더 이상 아이를 기대하지 않았다.

남편은 아이도 하나 옳게 못 낳는 병신이라고 욕을 하며 때렸다. 남편이 술을 먹고 오는 날은 그야말로 공포의 시간이 되어버렸다. 남편이 어떤 폭력을 가해도 나는 고스란히 다 받아주었다.

남편과 헤어져야겠다는 마음을 먹고 집을 나왔을 때 내가 갈 곳은 아무 데도 없었다. 망설이다 무작정 서울로 올라왔다. 오빠의 흔적이라도 볼 수 있는 곳이었기 때문이었다. 작은 트렁크 하나만 든 채 서울역에 내린 나는 오빠가 살았던 동네로 가서 고시원을 하나 얻어 짐을 부렸다. 오빠가 세 들어 있었던 집은 흔적도 보이지 않았다. 대신 그 자리에 커다란 빵집이 들어서 있었다. 집 주변도 많이 바뀌었다. 하지만 곳곳에 옛날 모습들이 조금씩 남아 있었다. 오빠가 처음 대학 생활을 시작했을 때 엄마와 찾아갔던 기억이 났다. 그날 오빠는 엄마와 나를 위해 저녁상을 차렸다. 나는 오빠가 만들어준 반찬 중에서 노란 단무지에 쪽파와 고춧가루를 넣고 버무린 것이 가장 맛있었다. 오빠 생각이 나면 가끔씩 그 반찬을 만들어보지만 그 맛을 내지 못했다. 콧노래를 흥얼거리며 엄마와 나를 위해 저녁을 준비하던 오빠의 모습이 어제 일처럼 선연하게 떠오른다.

내가 찾아낸 고시원은 담배꽁초와 종이컵들이 수북하게 쌓여 있는 구석진 곳이었다. 취객들이 토해놓고 간 오물들로 여기저기 역겨운 냄새를 풍기고 있었다. 나는 그것들을 애써 외면하고 계단을 올라갔다. 어차피 작은 몸 하나만 누일 곳인데 바깥의 위생 상황쯤은 상관이 없다는 생각이 들었다. 하지만 세 평도 안 되는 좁은 공간 안에 트렁크를 끌면서 몸을 들여놓는 순간 숨이 막혀왔다. 마지막까지 남아 있던 기운이 남김없이 소진되어 버렸다. 나는 비틀거리며 벽을 더듬어 스위치를 올렸다. 낡은 홑이불이 깔린 좁은 침대에 걸터앉았다. 딱딱한 매트가 엉덩이를 삐걱거리게 만들었다. 나도 모르게 몸이 움츠러들었다. 나는 애써 스스로를 위로했다.

'그래도 몸을 누일 공간이 있다는 게 얼마나 다행한 일인가.'

그렇게 생각하자 마음이 편안해졌다. 비록 오빠를 볼 수는 없지만, 문을 열고 밖으로만 나가면 오빠가 숨 쉬고 살았던 하늘을 볼 수 있다. 오빠가 밟고 다녔던 골목 구석구석과 시장 모퉁이가 눈에 익었다. 내 하모니카를 샀던 가게도 그곳에 있었다. 고시원을 들어오다가 꺾어진 골목 사이에 작은 악기점이 있는 것을 발견했을 때 심장이 뛰었다. 나는 밖에서 한참 동안 안을 들여다봤다.

가게 안에는 80이 넘어 보이는 할아버지가 텔레비전을 수리하고 있었다. 악기는 하모니카를 비롯하여 기타 두 대 색소폰 세 개가 전부였다. 그 대신 중고 가전제품이 다섯 평쯤 되는 가게 안을 꽉 채우고 있었다. 악기점이 안 되니까 그것은 형식적으로만 갖추어놓고 가전제품 수리하는 것을 업으로 하고 있다는 것을 알 수 있었다. 그 할아버지는 분명 오빠에게 하모니카를 판 사람일 것이다. 틀림없다. 나는 그 악기점 주인이 친밀한 사람처럼 느껴졌다. 내일은 그 할아버지한테 가서 오빠에 관해 모든 걸 물어 봄으로써, 나도 모르는 오빠에 대해서 조금이라도 더 알고 싶었다. 오빠는 한 집에서 십 년을 넘게 살았던 만큼 분명 할아버지의 기억 속에 남아 있을 것이다.

가끔씩 눈앞이 부옇게 변하면서 현기증이 일어나는 것을 보면 머지않아 세상 빛을 볼 수 없을 것이라는 짐작을 할 수 있다. 그렇게 되기 전까지 최대한 많은 것들을 눈 속으로 넣어두어야 한다. 보이지 않아도 느낄 수 있도록. 느낄 수 없어도 최소한 알고 있었던 것은 모두 간직할 수는 있어야 한다.

나는 트렁크를 구석에다 놓고 제과점에서 사 온 빵과 우유를 꺼내 먹었다. 대낮에도 불을 켜지 않으면 한밤중과 같은 고시원 안은 한 뼘 햇살이 들어올 수 있는 창문조차 없었다. 옷을 넣을 수 있는 작은 옷장과 책상이 가구의 전부였다. 갑자기 빵가루가 기도로 넘어가는 바람에 숨이 막혔다. 난 컥컥대며 가루를 뱉어내었다. 잔기침이 쏟아지면서 눈물이 났다. 나는 다시 입안으로 빵 덩어리를 밀어 넣었다. 손바닥 안에 남아 있는 빵 덩어리가 물기에 젖어 들었다. 하지만 나는 마지막 조각까지 입속으로 구겨 넣었다. 뺨을 타고 뜨거운 눈물이 흘러내렸다. 나는 옷소매로 눈물을 닦았다. 괜찮아, 괜찮을 거야, 하고 스스로를 위로하며 최면을 걸었다. 그래, 괜찮아, 정말 잘한 거야. 후회하지 않아도 돼. 나는 고개를 흔들어 몰려드는 불안들을 쫓아내었다.

빈 빵 봉지와 우유병을 쓰레기통 속으로 넣고 공동샤워실로 갔다. 대학생으로 보이는 여자애가 세수를 하고 있었다. 나는 그 옆에 서서 이를 닦았다. 내가 첫 아이를 놓치지 않았다면 이 학생만 한 나이가 되지 않았을까, 하는 생각이 들었다.

그 뒤로도 세상 빛조차 보지 못한 채, 깜깜하고 어둡고 불안한 자궁 속에서 죽어간 내 아이들의 서글픈 영혼들이 머릿속을 유영하기 시작했다. 거울 속에 비친 내 얼굴은 푸석푸석하고 우울해 보였다. 너무 낯설었다. 세수를 하던 여학생이 얼굴을 들고 거울 속을 보더니 고개를 갸웃거리며 나가버렸다. 나는 입술 밖으로 흘러나온 치약 거품을 물로 씻었다. 애써 거울 속 나를 외면하고 치약이 묻은 손을 씻고 얼굴을 문질렀다. 찬물이 닿자 얼굴이 긴장을 하였는지 세포들이 일제히 입자들을 오므렸다. 나는 비누를 칠해 얼굴에 묻은 먼지를 남김없이 씻어내었다. 숨통이 트였다.

  방 안으로 들어온 나는 젖은 수건을 벽에 있는 못에다 걸어놓고 침대 위에 드러누웠다. 그리 크지 않은 내 몸피가 꽉 들어찰 정도로 좁은 침대는 몸을 돌리기에도 위태위태했다. 나는 침대 위에 반듯하게 다시 누웠다. 얼굴 위로 불빛이 쏟아져 눈이 시렸다. 나는 스위치를 눌러 불을 껐다. 사방이 까맣게 변했다. 아무것도 보이지 않는 방안은 무덤 같은 적막 속에 휩싸였다. 눈이 멀고 나면 한밤중에 불을 끈 것처럼 온통 먹빛일 것이다. 그 속에 갇혀 나는 매일 울부짖으며 버틸까, 아니면 담담하게 모든 것을 받아들일까. 나는 참담하고 우울한 생각들을 떨쳐내고 몸을 다시 돌려 누웠다. 방음이 전혀 안 된

옆방에서 두런거리는 소리가 들려왔다. 이 좁은 공간에도 사람들이 어울려 사는가 보다 생각하며 돌아눕는데 등뼈가 침대 모서리에 걸려 뻐걱거렸다. 나는 애써 잠을 청하며 눈꺼풀을 닫았다. 하지만 잠은 오지 않고 정신만 더욱 또렷해졌다. 난 몸을 몇 번이나 뒤척이다 얼굴을 좌우로 돌렸다.

"아이도 하나 제대로 못 낳는 식충이!"

남편의 목소리가 깜깜한 어둠 속을 가르며 날아와 나를 덮쳤다. 그리고 얼굴 위로 무언가가 떨어졌다. 너무 놀라 비명조차 지르지 못한 채 벌떡 일어났다. 왼쪽 눈이 쇳덩이를 맞은 것처럼 극렬한 통증이 몰려왔다. 전등 스위치를 올렸다. 눈을 떴지만 아무것도 보이지 않았다.

"아아악!"

극도의 두려움이 전신을 후려쳤다. 나는 울부짖으며 눈을 감았다 떴다. 그런데 정말 왼쪽 눈에 아무것도 보이지 않았다. 나도 모르게 비명소리가 터져나왔다. 나는 얼굴을 감싸 안았다. 전신에 소름이 돋으면서 부들부들 떨렸다. 꿈이야, 꿈일 거야, 하며 나는 애써 현실을 부정했다. 다시 왼쪽 눈을 감았다 떴다. 왼쪽 눈으로 빛 하나 들어오지 않았다. 먹지를 눈에 붙인 것처럼 깜깜했다. 꿈이 아니었다. 끔찍한 공포가 온몸을 에워쌌다. 빨리 밖으로 나가야 한다는 생각만 들었다. 나는 허둥거리며 방 안을 둘러보았다. 남편은 방바닥에 엎드려 무슨 욕인가를 중얼거렸다. 술을 얼마나 마셨는지 몸을 가누지도 못했다. 나는 터져 나오는 울음을 애써 참았다. 눈에 보이는 옷을 대충 걸치고 휴대폰과 지갑을 챙겼다.

허둥지둥 5층 계단을 내려가는데 발이 잘 떨어지지 않았다. 다리가 휘청거렸다. 난간을 잡고 몇 번이나 왼쪽 눈을 감았다 떴다. 역시 아무것도 보이지 않았다. 또다시 참을 수 없는 공포가 엄습했다. 아, 꿈이었으면, 그래, 꿈이야, 꿈일 거야. 나는 다시 한번 현실을 부정하면서 터져 나오는 울음을 삼켰다. 떨어지지 않는 다리를 이끌고 비틀거리며 일 층 현관까지 간신히 내려갔다. 아파트 입구에 쪼그리고 앉아 119에 전화를 했다.

"제 눈이 터졌어요. 앞이 안 보여요!"

그날을 떠올리면 악몽 같다. 정말 일어나서는 안 되는 일이었다. 그 순간을 생각하면 지금도 온몸이 얼음처럼 굳어진다. 서늘한 소름이 전신을 휘감는다. 참을 수 없는 울분이 치솟는다. 그래도 나는 참으려고 했다. 아이를 옳게 낳지 못하는 죄인이기에 받아야 할 당연한 형벌이라 생각했다. 나는 다시 몸을 뒤척여 돌아누웠다.

아침 출근길에 교통사고로 세상을 떠난 아빠로 인해 충격을 받은 엄마가, 10년 동안 시름시름 앓다가 세상을 떠난 뒤로 오빠는 내게 유일한 피붙이였다. 세상에 하나뿐인 유일한 내 편이었다. 남편과 결혼을 한다고 했을 때 오빠는 누구보다도 기뻐해 주었다.

"우리에게도 이제 가족이 한 명 더 생기는구나."

그런 오빠가 이젠 없다. 세상 어디에도 내 편은 없다. 얼마 지나지 않아 나는 눈이 멀 것이고, 두려움과 불안 속에서 외롭고 쓸쓸하게 지내야 할 것이다. 눈물이 쏟아졌다. 오빠만 있다면 이토록 절망적이지는 않을 텐데. 나는 눈물을 훔쳐내며 이를 앙다물었다. 슬픔이 온몸을 휘어 감았다. 애써 슬픔을 밀어내고 불편한 몸을 뒤척여 바로잡았다. 자꾸만 앞이 뿌옇게 변하는 왼쪽 눈을 비비면서 남편을 생각했다. 나는 남편을 사랑했고, 남편도 나를 사랑했다. 사랑한다고 믿었다. 그런데 남편은 정말 나를 사랑하기는 한 것일까.

허리가 뻐근하도록 조여 오는 침대 모서리가 오지 않는 잠을 더욱 방해했다. 나는 잠자기를 포기하고 일어났다. 목이 칼칼했다. 편의점으로 내려가서 맥주 한 캔을 샀다. 그리고 방에 들어서자마자 단숨에 들이켰다. 식도를 타고 말초신경계를 거쳐 발목까지 내려간 알콜은 발끝에서 서늘한 순례를 멈췄다. 갑작스럽게 맞은 냉기에 온몸이 진저리를 쳤다. 취기도 불쑥 올라왔다. 순간 화가 났다. 너무 화가 나서 미칠 것 같았다.
"왜? 왜? 내가 무엇을 잘못했길래?"
 나는 침대에 엎드려 꺽꺽 목을 쥐어짰다. 얼굴을 파묻고 오래오래 울었다. 한참을 그렇게 울다 보니 오기가 생겼다. 내가 아이를 낳지 못한 것은 사실이다. 하지만 그것 때문에 실명될 만큼 큰 형벌을 받아야 하는 것은 아니다. 만약 오빠가 있었다면 남편이 내 눈에 재떨이를 던졌을까. 그것도 아이 셋 딸린 여자를 데리고 와서 여자 친구라고 당당하게 소개까지 하고 나서 말이다. 그 순간을 생각하면 지금도 치욕스러움에 전신이 떨린다. 나는 정말 다시는 집으로 돌아가지 않을 것이라고 굳게 다짐한다.
 우선은 서울에다 직장을 구해야 한다. 직업소개소에 가면 내가 할 수 있는 일을 찾을 수 있을 것이다. 일일 학습지 교사도 좋고, 원한다면 입주 가정부 자리를 얻을 수도 있다. 그러면 잠잘 곳과 먹을 것은 해결이 된다. 그 모든 것이 여의치 않으면 식당에 가서 설거지라도 할 수 있다. 나는 세상 빛을 볼 수 있는 그날까지는 열심히 살 것이다. 눈이 멀게 되더라도 삶을 포기하는 일은 없을 것이다. 그때는 또 다른 삶의 방도가 생길 것이다.
 나와 샛별이를 버려둔 채 그 여자와 함께 와서 자신의 짐을 남김없이 챙겨 나가던 남편의 표정에서 뱀보다 서늘한 냉기를 느꼈다. 더는 넘어갈 수 없는 견고한 벽을 발견했다. 남편보다 다섯 살이나 많다는 그 여자는 아무 말도 하지 않고 남편이 시키는 대로 가방에 물건을 담았다. 나는 내 품 안에 쌔근쌔근 잠들어 있는 샛별이를 안고 그들의 모습을 멍하니 지켜보았다. 내가 미친 짓을 했다는 것을 그때 깨달았다. 재떨이에 눈을 맞고도 남편과 헤어질 수 없다는 생각에 샛별이를 입양한 것은 정말 잘못된 판단이라는 것을 왜 몰랐을까. 남편은 짐을 들고 나가면서 한 마디 내던졌다.

"샛별이는 니가 데려오자고 했으니 알아서 키워. 니는 독한 구석이 있으니까 잘 키울 거야. 싫으면 고아원에 다시 데려다주던지."

서릿발 같이 차가운 남편의 말이 심장 속으로 날아와 박혔다. 나는 눈이 멀 수 있다고, 혼자서는 샛별이를 키울 수가 없다고, 고아원에 데려다주는 것은 샛별이에게 씻지 못할 죄를 짓는 것이라고 말하고 싶었다. 하지만 입에 본드가 붙은 것처럼 단 한 마디도 내뱉지 못했다. 현관문을 나가는 그들의 등 뒤에 꽂혀있던 능멸의 조소가 눈 안으로 들어와 따끔거렸다. 고막을 뚫을 듯 굉음을 내며 닫히는 현관문 소리를 듣는 순간 온몸의 신경세포들이 곤두섰고 나는 통곡했다. 불안을 감지

했는지 놀라 잠에서 깨어난 샛별이가 소스라쳐 울기 시작했다. 그런 샛별이를 안고 밤이 깊어질 때까지 오열했다. 울음을 그쳤을 때는 창문이 밝아오고 있었다. 샛별이는 잠들어 있었고, 포대기는 밤새 흘린 눈물로 흠뻑 젖어 있었다. 나는 3일 동안 아무것도 먹지 않고, 자지도 않고 그렇게 앉아 있었다. 샛별이가 울면 우유를 먹이고 똥오줌을 싸면 기저귀만 갈아주었다.

나는 천장에 떠 있는 형광등 불빛을 바라보며 생각했다. 남편을 만나지 않았더라면, 학교를 그만두지 않았더라면, 오빠가 죽지만 않았더라면, 나는 지금처럼 되지는 않았지 않았을까.

대기업에 다니던 남편은 내가 직장에 나가는 것보다는 살림만 하면서 자신과 행복한 시간을 많이 가지기를 원했다. 사실 나 또한 교직은 그만두지 않으면서도 남편을 위해 맛있는 음식을 준비하고, 좋은 곳으로 여행도 가면서 즐겁고 행복한 시간을 많이 가지고 싶었다. 그리고 자주 시댁에 찾아가면서 시부모님의 정도 느끼며 살고 싶었다. 특히 부모님이 안 계셨던 나는 그런 삶들을 늘 마음속에 그리고 있었던 것이다. 그래서 남편의 말에 흔쾌히 따랐다. 오빠도 그런 나의 선택을 존중해주었다. 하지만 그 모든 것은 나를 믿지 못하는 남편의 성격 때문이라는 것을 뒤늦게야 알았다. 남편은 친구를 만나지 못하게 하는 것은 물론이고 이웃 사람들과 접촉하는 것까지도 꺼렸다. 오빠를 만나러 서울로 가는 것도 싫어했다. 그래도 나는 남편을 사랑했기 때문에 그런 삶이 불행하다는 생각은 들지 않았다. 남편과 가정이 참으로 중요하다고 생각하고 믿는 나는 그나마도 행복을 누리며 사는 편이라고 여겼다.

교대를 졸업하고 고향에 있는 초등학교로 발령을 받았을 때 얼마나 가슴이 벅찼던가. 세상을 다 얻은 듯 행복했는데. 아이들을 가르치는 일은 즐거웠고 하루하루가 눈부셨는데. 안타까운 생각들이 밀려와 머릿속이 뒤숭숭해져 왔다. 샛별이의 모습이 떠오르면서 심장이 송곳에 찔린 듯 통증이 몰려왔다. 지금쯤 샛별이는 어떻게 되었을까.

집을 나오기 전 샛별이를 입양했던 고아원으로 데려갔을 때, 원장 수녀님은 너무 당혹스러워했다.

"아, 우리 샛별이가 어쩌다가…."

나는 사정을 모두 이야기했다. 샛별이는 원장님의 품에 안겨서 흑진주보다 더 예쁘고 커다란 눈을 반짝이며 나를 바라보았다. 세상 물정을 모르는 샛별이는 손가락을 입에 문 채 마냥 천진한 표정으로 햌끔햌끔 웃고 있었다. 나는 애써 그 모습을 외면했다. 원장 수녀님은 안타까운 표정으로 내 손을 잡아 주셨다.

"사정을 들어보니 어쩔 수가 없네요. 샛별이는 좋은 곳으로 다시 입양될 것이니까 걱정하지 마시고, 건강 잘 챙기세요."

나는 샛별이의 눈을 차마 바로 쳐다보지 못하고 도망치듯 고아원을 빠져나왔다. 다리가 휘청거리고 뜨거운 눈물이 길을 가려 걸을 수가 없었다. 내 품에서 두 달 동안 지냈던 샛별이의 흔적은 죽는 순간까지도 지우지 못할 것이다. 샛별이에게 나는 죄인이다. 그 어떤 것으로도 용서받을 수 없다. 하지만 집도 돈도 없고 눈까지 멀게 된 내가 샛별이를 위해 무엇을 해 줄 수가 있었을까.

더 이상 나는 아이를 가질 수 없고 남편은 아이를 너무 좋아하고, 나는 남편과 헤어질 생각이 없다. 그러면 방법은 입양밖에 없다. 그 생각을 말했을 때 세 살 된 아랫집 딸아이 손을 잡고 슈퍼마켓에 다녀오던 남편도 좋은 생각이라며 맞장구를 쳤다. 다음 날 우리는 성당에서 운영하고 있는 고아원으로 갔고, 미혼모가 낳은 아이를 입양했다. 원장 수녀님이 안고 온 아기를 본 순간 처음부터 내 아이였다는 생각이 들었다. 그래서 망설이지 않고 입양하겠다고 말했고, 예쁜 딸을 주신 천주님께 감사를 올렸다. 하얀 얼굴에 흑진주처럼 새까맣고 커다란 눈이 초롱초롱 빛나는 아기가 나를 올려다볼 땐 심장이 멎는 듯했다. 밤하늘 위에서 유난히 반짝이는 샛별이 떠올랐다. 나는 이름을 샛별이로 짓고 싶다고 했다. 원장 수녀님도 그 이름이 참 좋다며 박수를 쳤다. 입이 함박만큼 벌어진 남편은 샛별이의 뺨에 얼굴을 비비며 말했다.

"우리 샛별이, 이제부터 내가 니 아빠야. 아빠!"

그 모습을 보면서 나는 이제 우리 가족에겐 즐겁고 행복한 일만 있을 것이라 믿어 의심치 않았다. 집으로 돌아오면서 아기용품을 파는 가게에 들러 샛별이에게 필요한 모든 것을 아낌없이 샀다. 그리고 방 하나를 비워서 샛별이의 보금자리로 꾸몄다. 샛별이는 그렇게 우리 딸이 되었고, 나는 행복했다. 매일매일 꿈을 꾸는 것 같았다. 남편도 퇴근을 하자마자 집으로 달려왔고, 과음도 하지 않았다. 하지만 한 달이 지나고부터 남편의 행동이 바뀌었다. 샛별이를 다시 데려다줘라고 보채기 시작했다.

"나는 내 피가 흐르는 자식을 갖고 싶단 말이야!"

나는 그런 남편을 달랬다. 샛별이는 하늘나라로 간 우리 아이들이 보낸 선물이라고 설득시켰다. 하지만 남편은 샛별이가 있는 집에 들어오지 않으려 했다. 그러던 어느 날 남편은 이혼을 요구했다. 난데없이 다른 여자와 결혼을 해야겠다는 것이었다. 나는 그럴 수 없다고 사정했다. 하지만 남편은 숫제 여자를 집에 데려오기까지 했다. 그리고 나를 투명 인간 취급하면서 보란 듯이 둘이 안고 뒹굴었다. 그런 남편을 보면서 나는 절망했다. 내가 비집고 들어갈 틈이 없다는 것을 깨달았다.

나는 방 안을 서성이다 다시 침대에 누워 잠을 청했다. 하지만 아무리 자려고 해도 잠이 오지 않았다. 수백 마리의 양을 헤아리고 잡념을 물리쳐도 눈꺼풀은 감기지 않고 머리가 더 맑아졌다. 나는 포기하지 않고 다시 처음으로 돌아가 양을 세었다. 양 백 마리, 양 구십구 마리… 그래도 한 번 도망간 잠은 다시 찾아오지 않았다. 몇 시쯤 되었을까. 환기가 안 된 방 안 공기가 숨통을 조여 왔다. 가슴이 답답했다. 나는 이불을 뒤집어썼다. 숨이 막혀왔다. 심장이 터질 것 같았다. 비명을 질렀다. 목이 쉬도록 악을 썼다. 한참을 그러고 나자 가슴이 좀 열리고 정신이 번쩍 들었다. 뭔가를 해야 할 것 같았다. 그런데 무엇을 해야 할지는 얼른 생각이 나지 않았다. 순간 한 남자가 떠올랐다.

"언제라도 내가 필요하면 전화해. 24시간 대기하고 있을 테니."

나는 한동안 그를 잊고 살았다는 생각이 들었다. 1년 혹은 2년에 한 번씩 남자에게 전화를 하면 그는 늘 기분 좋은 목소리를 보내주었다. 한 번도 귀찮은 내색을 한 적이 없었다. 술이 얼큰하게 취한 목소리로 남자는 전화를 받았다.

"어, 반디가 웬일이야?"

남자는 날 언제나 반디라고 불렀다. 이름을 부르라고 해도 고집을 꺾지 않았다.

"반디라는 말이 나는 좋아. 그쪽은 늘 반딧불처럼 반짝이지만 실없이 뜨겁지가 않거든. 더우면 빨리 식으니까 그저 은은한 빛을 가진 그 고결함을 존경한다는 뜻이지."

나도 그 말이 싫지가 않았다. 남자가 반디라고 부를 때마다 내 존재가 귀하게 느껴졌기 때문이었다. 남편에게서는 날마다 핀잔을 들으면서 천치 같다는 말만 듣고 살았지만 남자를 만나면 나는 더없이 귀하고 소중한 존재가 되었다.

"저 서울에 왔어요."

나는 조심스럽게 입을 열었다.

"반디는 아직도 나를 생각하고 있었나? 난 잊어버린 줄 알았지. 우리 연락을 안 한 지 몇 년은 된 것 같은데."

"햇수로는 2년이지만 시간상으로는 1년밖에 안 되었어요."

"그런가? 건강하게 잘 지내. 나 지금 술 먹고 있는 중이야."

남자는 금방 전화를 끊었다. 예리한 칼날이 가슴을 관통하는 듯 통증이 밀려왔다. 괜히 전화를 했다는 생각이 들었다. 나는 다시 베개에 머리를 묻고 잠을 청했다. 남자의 얼굴이 작은 공간 안에 차오르기 시작했다.

건축현장 공사 감독을 하던 오빠가 난간에서 떨어져 병원으로 실려 갔다는 소리를 듣고 달려갔을 때는 이미 심장이 멎어버린 뒤였다. 머리를 심하게 다쳐서 병원으로 옮기는 도중 구급차 안에서 사망했다고 했다. 나는 오빠를 부르며 그대로 응급실 바닥으로 쓰러져 정신을 잃어버렸다. 눈을 떴을 땐 빈소가 차려지고, 남편이 상복을 입고 조문객을 받고 있었다. 결혼을 하지 않았던 오빠는 남겨둔 자식조차 없었다. 나는 오빠의 죽음을 인정할 수 없었다. 통곡하다 몇 번씩이나 까무러치곤 했다.

한 달 뒤 납골당에 안치된 오빠를 만나러 갔을 때 뜻밖에도 한 남자가 서 있었다. 나를 돌아다보는 남자의 얼굴이 눈물범벅이 되어 있었다. 한동안 막연한 당혹감에 빠져 있던 내가 울음을 추스르고 밖으로 나갔을 때 납골당 마당 입구에 있는 나무 아래 그 남자가 서 있었다. 내가 곁으로 지나가자 남자가 말을 걸었다.

"저어…, 김 감독관님 동생분이시죠?"

나는 눈물이 그렁한 눈으로 남자를 바라보았다.

"저는 김 감독관님과 함께 일했던 사람입니다. 괜찮으시다면 말씀이라도 좀…."

나는 말없이 남자를 따라 은행나무 밑에 설치한 벤치에 앉았다.
　"김 감독관님은 평소 저를 아우라 부르며 마음을 주신 분이십니다. 동생분 이야기도 많이 들었습니다. 제가 김 감독관님만큼은 아니더라도 힘이 되어 드리겠습니다. 제가 필요하면 언제든지 연락하십시오."
　그제야 나는 남자를 자세히 바라보았다. 오빠를 아는 사람이어서 그럴까. 그 남자의 얼굴은 오빠를 많이 닮아 있었다. 따뜻하고 정이 많았던 오빠와 분위기도 흡사했다. 어쩌면 이 남자 역시 오빠처럼 독신주의자가 아닌가도 싶었다. 순간 나는 이 남자가 오빠를 대신해줄 사람일 지도 모른다고 막연히 생각했다. 그만큼 당시 나는 사고무친한 처지이기도 했다. 그날 이후로 나는 오빠가 보고 싶거나 힘이 들 때마다 남자에게 전화를 하곤 했다. 남자는 언제 어느 때든 반갑게 받아주었다. 연락 없이 불쑥 찾아가도 싫은 내색을 하지 않았.
　나는 다시 잠을 청하며 몸을 뒤척였다. 그러나 낯선 곳에서 숙면을 취하기에는 내 신경이 너무 예민했다. 몸이 불편해서 다시 돌아누웠다. 그때 전화벨이 울렸다.
　"반디, 지금 와 줄 수 있소?"
　술에 취한 남자의 목소리가 귓전을 울렸다.

"반디, 지금 오시오. 나 작업실에 있소."

서울의 밤거리는 살아 꿈틀거렸다. 네온사인들이 즐비한 거리에는 사람들이 바쁘게 오가고 있었다. 젊은 연인들은 주위의 시선들을 아랑곳하지 않고 서로 포옹하고 입술을 포개었다. 하지만 누구 하나 그들에게 신경 쓰지 않았다. 나는 젊은 연인들에게 주었던 시선을 거두며 생각했다. 남자는 나를 보고 무엇이라 할까. 분명 묻지 않을 것이다. 나도 아무 말 하지 않을 것이다. 11년 전 처음으로 나는 남자를 찾아갔다. 네 번째 아이를 유산하고 방에 누워 있을 때 남편은 발로 내 등을 걷어찼다.

"에이, 재수 없어."

나는 그런 나 자신이 너무도 가여워 견딜 수가 없었다. 무작정 비행기를 타고 서울로 갔다. 공사 현장에서 왔는지 작업복에 흙이 묻은 채로 남자는 내가 기다리고 있는 찻집 안으로 들어왔다. 남자는 시든 배추 같은 내 얼굴을 안쓰럽다는 듯 바라보며 자리에 앉았다. 차를 마시고 나서 남자는 내 옆 의자로 왔다. 그리고 나를 다정하게 안아주었다. 남자의 몸에서 해초 냄새가 났다. 오빠 몸에서 나던 향긋한 바다 냄새였다. 문득 오빠와 남자의 관계가 궁금해졌다. 혹시? 그러나 나는 천천히 고개를 저었다. 그런 건 아무래도 좋았다. 중요한 건 그에게서 오빠의 체취와 함께 어떤 분신 같기도 한 아우라 같은 게 느껴진다는 점이었다. 남자는 내 등을 토닥거리며 말했다.

"지금부터 나는 그쪽이 원하는 사람이 되어줄 거요. 오빠가 되어 달라면 그렇게 해 줄 것이고, 친구나 아버지가 되어달라고 하면 또 그렇게 해 줄 것이오."

남자는 아무것도 묻지 않았다. 그리고 작업실로 데리고 가서 손수 밥을 해서 밥상을 차려 주었다. 내가 숟가락을 들 때마다 밥 위에다 반찬을 올려 주었다. 나는 눈물을 흘리면서도 밥 한 공기를 다 먹었다.

"그쪽이 어떤 모습이든 나는 언제나 그쪽 편이오. 오빠가 그립거나 힘들 때, 아니 아무 때고 무슨 일이 있으면 오늘처럼 나를 찾아오시오."

택시에서 내린 나는 단숨에 계단을 뛰어 올라가 현관 손잡이를 당겼다. 문은 여느 때처럼 활짝 열렸다. 일 층에 살고 있는 남자는 내가 갈 때는 언제나 문을 잠그지 않았다.

"반디를 내 가족이라 생각하기 때문이오. 그러니 언제나 내 집에 온다는 생각으로 오시오."

나는 그런 남자가 편안했다. 나를 존중해준다는 생각에 마음이 따뜻해졌다. 남자의 작업실이기도 한 작은 공간의 실내는 각종 기계들과 집 모형들이 가득 차 있었다. 남자는 그중

하나를 고르면 언젠가는 집을 지어주겠다고 말한 적이 있다.

중학교를 겨우 졸업한 남자는 막노동을 하며 공사 현장을 돌아다니다 부모들의 강요에 못 이겨 한 여자와 결혼했지만 혼인신고도 하지 않고 헤어졌다. 웬일인지 그는 여자들이 늘 버겁고 어려웠다. 그래서 남자는 언제나 홀가분한 혼자가 좋았고, 아예 결혼이란 건 남의 일로 치부하며 살았다. 그러던 중 남자는 오빠를 만났는데, 여러모로 세상을 사는 방법과 취향이 같아서 가족보다 더 뜨겁게 의지하며 살았다고 했다. 그러면서 오빠는 스스로의 삶보다 여동생의 앞날을 더 걱정하며 늘 그리워했다는 말도 전했다.

남자는 내가 들어서자마자 다정하게 안아주었다. 커다란 손으로 등을 다독거리기까지 했다. 나는 때로 동생 같고, 어느 땐 오빠 같기도 하며, 또 어떨 땐 마음씨 좋은 이웃집 아저씨처럼 여겨지기도 하는 남자가 좋았다. 남자의 몸에서는 술 향내가 섞인 해초 냄새가 났다. 방 안에는 내가 그동안 보지 못한 집 모형이 몇 개 더 늘어나 있었다. 나는 집 모형들을 하나하나 만져보면서 물었다.

"정말 제게 이런 집들을 지어 줄 거예요?"

남자는 기분 좋은 듯 말했다.

"그럼 당연하지. 나에게 기쁨을 선사하는 반디에게 집 한 채 꼭 지어주고 싶어. 반디가 원한다면 지금이라도 당장…. 진짜로 반딧불이 날아들 집을 말이야."

나는 남자를 바라보며 환하게 웃었다.

"우리 오랜만에 만났는데 술 한잔해야지?"

나는 남자가 식탁 위에 차려 놓은 와인과 술잔을 바라보았다. 언제 장만했는지 사과와 포도를 담은 접시도 놓여 있었다. 나는 식탁 앞으로 가서 남자의 맞은편에 앉았다. 남자는 내 잔에는 술을 반 정도만 따르고 자신의 잔은 가득 채웠다.

"반디는 그냥 음미만 해. 속상할 때 술을 많이 마시면 몸이 상하거든."

남자는 내가 말하지 않아도 나의 모든 것을 알고 있었다. 나는 작은 술잔을 들고 단숨에 목구멍 속으로 털어 넣었다. 달콤한 와인이 목젖을 타고 심장을 지나서 발끝까지 전율시키며 빠르게 번져 나갔다. 기분이 좋아졌다. 남자는 사과를 포크에 찍어 나에게 건네주었다. 내가 받으려고 하자 입 안으로 넣어주었다. 나는 미소를 지으며 받아먹었다. 남자가 나를 바라보며 말했다.

"힘내. 반디 곁에는 언제나 내가 있으니까."

나는 남자의 손을 보면서 나뭇등걸 같다는 생각을 했다. 한평생 공사판에서 산 남자이기에 뼈마디가 굵고 거친 게 당연하겠지만 안쓰러운 마음이 들었다. 남편의 하얗고 긴 손가락이 생각났다. 남편의 손가락은 여자 손처럼 섬세했다. 막노동이라곤 해 보지 않고, 온실 같은 사무실 안에서만 일하고 있는 그의 손가락이 하얀 것은 이상할 게 없다. 하지만 남자의 손을 보는 순간 비교가 되었다. 남자는 와인 병을 장식장 속에다 넣고 술잔을 치웠다. 그리고 침대 위에다 새 이불을 깔았다. 나는 남자가 깔아준 이불 위에 반듯하게 드러누웠다. 남자는 이불을 덮어주며 말했다.

"아침에 일어났을 때는 모든 걱정을 다 잊어버리는 거야."

나는 남자의 부드럽고 다정한 목소리를 들으며 눈을 감았다.

딸그락거리는 소리에 눈을 떠 보니 남자가 주방 앞에 서 있었다. 구수한 밥 냄새가 방 안을 가득 채우고 있었다. 식탁 위에는 이미 반찬과 국이 차려져 있었다. 남자는 밥공기에 밥을 담아 식탁 위에 놓고 내 곁으로 다가왔다. 내가 눈을 뜬 것을 보고는 다정하게 미소로 인사를 대신했다.

"아침 먹어야지?"

나도 남자를 바라보며 환하게 웃었다. 남자는 내 손을 잡아 일으키고는 식탁 앞으로 데려갔다. 배추를 넣고 끓인 맑은 된장국이 식욕을 끌어당겼다. 나는 밥 한 공기를 다 비웠다. 설거지를 마친 남자가 차를 끓여왔다. 나는 조심스럽게 찻잔을 들었다. 따뜻한 차 향기에 더 마음이 편안해졌다. 나는 행복하게 웃었다. 남자도 나를 보며 입꼬리를 올렸다. 내가 힘들 때마다 자신을 찾아온다는 것을 알고 있는 남자는 또 안 좋은 일이 있는가보다, 짐작하고 있을 것이다. 하지만 남자는 아무런 내색을 하지 않았다. 찻잔이 비워지자 남자는 침대 위로 올라가 누우라고 했다. 나는 남자가 시키는 대로 조용히 누웠다. 곁으로 다가온 남자는 내 얼굴을 말없이 쓰다듬었다. 그리고는 침대에 걸터앉아 서랍 속에서 하모니카를 꺼내었다. 오빠가 하모니카를 아주 잘 불었다고 언젠가 남자에게 말했던 기억이 났다. 남자는 하모니카를 입술 사이에 끼우며 말했다.

"형님을 따라 하모니카를 배운 건 참 잘한 일 같애."

남자는 나지막하게 하모니카를 불기 시작한다.

뜸뿍 뜸뿍 뜸뿍새 논에서 울고…

나는 남자의 하모니카 소리를 들으며 생각한다. 정말 오빠는 지금 어디에 가 있을까.

"와~! 와~!"

학교 운동장에서 아이들이 질러대는 함성소리가 날아와 창문에 꽂히며 청아한 파열음을 빚어낸다. 어디 갔다 왔는지 아까 왔던 까만 고양이가 창문턱에 걸터앉아 열어 놓은 창문으로 머리를 들이밀고 안을 들여다보고 있다. 남자의 하모니카에선 다시 메기의 추억이 이어진다.

옛날에 금잔디 동산에 메기 같이 앉아서 놀던 곳

 남자와 내가 함께 있는 이 순간도 시간이 지나면 다 추억이 될 것이다. 안타까운 추억이든 행복한 추억이든 추억은 늘 그립고 아름다운 것이다. 내가 눈이 멀게 되어 아무것도 보이지 않는다고 하더라도 나는 이 순간을 선연하게 그려볼 수 있을 것이다. 그것만으로도 내 삶이 그리 슬프지는 않다.

물레방아 소리 들린다 메기 아~ 희미한 옛 생각

 나는 남자를 바라보며 행복하게 웃는다. 그런 나를 바라보며 남자도 미소 띤 얼굴로 하모니카를 분다. 창밖의 고양이는 이제 엎드려서 평온한 얼굴로 하모니카 소리를 음미하고 있다.

동산 수풀은 없어지고 장미화만 피어 만발하였다

어느 날 내가 문득 사라지고 연락이 안 되면 이 남자는 오늘을 어떻게 생각할까.

"와! 와!"

아이들이 다시 함성을 질러댄다. 그 소리에 묻혀 하모니카 소리가 잠시 주춤거린다. 남자의 눈길이 잠시 먼 창밖으로 떠난다. 오빠를 생각하는지 오늘은 그가 오빠를 더 닮아 보인다. 고양이가 고개를 들고 푸른 눈빛을 반짝이며 남자와 나를 바라본다. 새까만 고양이 등 위로 노란 은행잎 한 장이 얹힌다. 그 위로 하모니카 소리가 조심스럽게 내려앉는다.

삼각 릴레이

두물머리든 양수리든 그저 명칭이 하나로만 통일되어 불렸으면 좋겠어요. 순우리말도 의미가 있지만 어차피 지명地名은 오래전부터 사용되어 온 게 아니겠어요? 같은 장소가 두 가지로 호칭되는 경우 왠지 혼란스럽고 번거롭게 느껴지거든요.

입구에 들어서자마자 달려오는 '두물머리'라는 말에 생경함을 느낀 나는 괜한 투정 조로 그의 동의를 구해본다. 하지만 그는 부드러운 미소로 양쪽에서 흘러오는 강물만 번갈아 고쳐볼 뿐 가타부타 말을 보태지 않는다. 민망해진 나는 입을 크게 벌려 강물을 빨아들이는 시늉을 하며 샐쭉하니 주위를 둘러본다. 군데군데 얼음덩어리가 쌓여 있는 길 위에는 매서운 바람이 몰려와 진을 치고 있다. '두물머리'라는 글자가 새겨진 표지석은 눈과 먼지와 세월의 무게에 눌린 듯 지쳐 보인다. 내 삶도 어쩌면 저런 모습이 아닐까. 짙은 음영에 가려 빛이 다가와도 쉽게 제 모습을 드러낼 수 없는 깊은 동굴 속의 여러 풍경들 같은….

나는 그 스산하고 두꺼운 버캐들을 털어내듯 한차례 고개를 흔들어대다 하얗게 얼어붙은 강 주변으로 시선을 던진다. 남한강과 북한강의 머리가 만나는 곳에는 이따금 햇살을 받아 은빛 비늘로 부서지기도 하지만, 너무 차서 차라리 검게 보이는 강물이 몸을 흔들며 내려가고 있다. 날아오르는 은비늘 사이에선 청둥오리 한 쌍이 자맥질을 하고 있고, 얼음 위에는 그 모습을 바라보고 있는 세 마리의 오리가 더 있다. 강물에 뜬 두 마리의 오리가 입을 맞추자 얼음 위의 오리들도 지지 않겠다는 듯 서로의 부리를 비벼댄다. 그중 혼자가 된 한 마리가 풍덩, 물속으로 뛰어든다.

저기가 두 물길이 만나는 곳인가 봐요. 정말 신기하네요.

나는 그를 올려다보며 물음표를 입술 위에 담는다. 나의 궁금증을 풀어줄 기회를 만났다는 듯 그는 기분 좋은 목소리로 오래 닫고 있던 입을 연다.

두 물이 합해지면 그 충돌로 수압의 차이가 생겨서 물의 온도가 달라지게 되는 것이지요. 그래서 그 두 물의 만남을 흉내 내고자 저렇게 코스프레하듯 녀석들이 입을 맞추는 게 아닐까 싶은데….

나는 고개를 끄덕이며 망막 안으로 강을 끌어들인다. 끝이 보이지 않는 강은 하얀 얼음판을 만들어놓고, 가슴에서 치마폭만 한 넓이의 쪽빛 물줄기를 빚어내고 있다. 창포물에 감은 여인의 머리카락같이 매끄러운 물 위로 겨울 햇살이 앉아 눈을 반짝인다. 나는 강물에서 거두어들인 눈길을 그의 얼굴 위로 가져간다. 그는 여전히 강물 위로 낚시처럼 던져놓은 시선을 거두지 않고 있다. 침묵이 오래 그의 얼굴에서 머뭇거린다. 그는 무슨 생각을 하고 있을까.

인간은 어차피 필요에 의해 서로 만나는 것이고 우리 또한 그런 연분 아닌가요?

마흔한 살에 만나 일 년을 하루도 빠짐없이 다정하게 전화를 했던 서정요가 그 말을 했을 때 나는 망치로 머리를 한 대 맞은 것 같았다. 까닭 없이 건조하고 낯설게 느껴지는 그녀의 음성에 얼른 전화기를 귀에서 떼고 액정 속을 들여다보기까지 했다. 그날은 내가 그녀를 위해 누드모델이 되어준 지 일주일째가 되는 날이었다. 그럼 우리 역시 그런 연유에 의해 만나는 관계이냐고 물었을 때, 한참 동안이나 숨을 고르던 그녀는 달리 대답할 말이 없다는 듯 다시는 전화하지 말라며 단호하게 잘라버렸다. 순간 나는 예리한 칼날에 심장 한 부분이 도려져 나가는 듯했다. 이어서 쓰나미처럼 밀려오는 통증에 전신이 후들거렸다. 믿을 수가 없었다. 나는 전화기를 들고 떨리는 손으로 송신 버튼을 눌렀다. 하지만 그녀는 받지 않았다. 신호음이 울리고 음성 사서함으로 넘어갈 때까지 그녀의 목소리는 나를 찾지 않았다. 내가 무엇을 잘못했을까. 아무리 생각해도 그럴 까닭이 떠오르지 않았다. 밤새 이야기를 나누다 새벽 별이 머리 위로 쏟아지는 거리에서 나를 안으며 그녀는 분명히 말했다.

내 생애 마지막 친구인 것 같아요.

서정요는 처음으로 내가 친구라 이름 붙인 사람이었다. 그녀를 만난 곳은 평생교육원 강의실이었다. 오래 함께했던 승원이 떠나고 난 뒤 나는 아무것도 할 수 없었다. 현실을 받아들이기가 너무 고통스러웠다. 온종일 방 안에서 벌레처럼 웅크리고 있었다. 피폐해진 영혼은 세상을 향한 모든 문을 닫아 버리게 만들었다. 비어버린 머릿속으로 절망의 덩어리들이 몰려와 쌓여갔다. 수면제 30알을 먹어도 죽지 않을 수 있다는 인터넷 검색 기사를 읽으면서, 면도날을 손에서 만지작거리기도 했다. 아무도 찾을 수 없도록 꼭꼭 숨어버리고 싶었다. 하지만 내 몸을 감추기엔 방 3개가 있는 21평 아파트는 너무 넓었다.

신축 아파트에 청약을 넣고 당첨되었다는 연락을 받았을 때 승원과 나는 얼싸안고 뛰었다. 경기도 쪽이긴 하지만 서울과는 그리 멀지도 않았고, 매달 들어가야 할 납입금도 많지 않아서 부담이 되지 않았던 그 집에서 죽는 날까지 함께 살자고 약속했다. 진짜로 나는 성실하게 일하면서 그와 함께 예쁜 아이 둘쯤 낳아서 평범하게 살고 싶었다. 그것이 유일한 꿈이었다. 이사를 하던 날 나는 많이 울었다. 너무 행복해도 눈물이 난다는 것을 그때 알았다. 승원은 내 눈물을 닦아주며 말했다. 더도 덜도 말고 오늘처럼만 행복하자.

그런 승원이는 이제 없다. 언제 그랬냐는 듯 그는 약속을 버렸다. 나는 분노와 절망 사이를 오가며 악몽 속으로 빠져들었다. 고문의 날이 쌓여갔다. 살아있다는 것이 짐이 되었다. 모든 것을 놓아버리고 싶었다. 신경정신과를 찾아갔다. 의사는 현실을 받아들이고 인정해야 한다고 했다. 과거에만 집착하면 결국 나만 망가진다며 하고 싶은 일을 찾으라고 했다. 좋아하는 일에 몰두하다 보면 고통에서 벗어날 수 있을 것이라 했다. 병원을 나서는 순간 내가 그림을 그리고 싶어 했다는 것이 생각났다.

큰 기대는 없었지만 나는 지푸라기라도 잡듯 평생교육원 한국화 반에 접수를 했다. 화선지에 붓으로 밑그림을 그려야 하는 한국화는 단 한 번의 실수도 용납하지 않는다. 절대 잡념을 가져서는 안 된다. 그림에만 집중해야 한다. 잠시라도 딴생각을 하면 붓은 토라져 아무 데나 낙서를 해버린다. 몇 시간씩 작업한 작품을 무용지물로 만들어버린다. 나는 강사가 어떤 사람인지에 대해서도 별로 관심이 없었다. 온전히 몰두할 곳이 필요했을 뿐이었다. 그것은 첫 시간이 시작되기 전까지 변함이 없었다.

서정요가 강의실 앞문을 열고 들어섰을 때 나는 얼핏 심장이 멎는 듯했다. 168센티미터 정도 되어 보이는 키에 44 사이즈가 맞을 것 같은 몸매, 까무잡잡하고 작은 얼굴, 오똑한 코, 맑고 커다란 눈망울 그리고 도톰한 입술을 가진 그녀는 우선 내 눈을 끌어당겼다. 참으로 매혹적인 얼굴이었다. 브이라인으로 파인 목선 위로 리플이 달리고 종아리까지 내려오는 검은 원피스를 입은 모습은 고혹적이었다. 동성에게 그렇게 콩깍지가 씐 건 처음이었다. 나만 그런 느낌이 든 게 아니었다. 수런대던 강의실 안이 순식간에 고요 속으로 잠겨 들었다.

서정요입니다.

청아한 목소리를 통해 그녀는 나와 같은 마흔한 살이라는 것을 알게 되었다. 나는 순식간에 그녀에게 빠져들었다. 그녀는 참으로 매력적인 여자였다. 눈동자는 늘 촉촉이 젖어 있었고 온몸으로 열정을 피워 올렸다. 수업이 끝나고 수강생들과 모여서 맥주를 한 잔씩 할 때가 있었는데, 술기운에 젖은 그녀는 발그레한 얼굴로 길에서 춤을 추기도 잘했다.

그녀가 밟는 스텝은 눈동자 안에 쉽게 담을 수 없을 만큼 빠른 템포였다. 무엇보다도 그녀는 플라멩코를 잘 추었다. 하이힐을 신고 손뼉을 치면서 격렬한 동작으로 리듬을 탈 때는 지나가던 사람들도 멈춰 서서 바라보았다. 그녀는 그런 것에 전혀 개의치 않았다. 춤에만 열중했다. 얼굴은 흥분으로 붉게 달아올랐고, 허공에 던져진 눈동자는 신비로운 아우라를 그려내었다. 정적이 감도는 길 위에는 그녀의 하이힐 또각이는 소리와 손뼉 치는 소리, 감탄의 한숨 소리만 가득 울렸다. 『노트르담의 꼽추』에 나오는 집시 여자 에스메랄다를 연상하게 만드는 그녀는 몰려든 사람들의 눈을 빨아들이고 혼을 사로잡았다. 30분 가까이 그렇게 춤을 추고 나면 그녀의 몸은 땀으로 흥건히 젖어 들었고, 그제야 사람들도 제정신을 찾은 듯 자신도 모를 신음을 끊어내고는 환호성을 지르며 박수를 보냈다.

가끔씩은 수업 도중 강의실 책상 위에 올라가 플라멩코를 출 때도 있었는데, 그녀의 눈빛은 미지의 세계를 배회하는 듯 초점이 없었다. 그럴 때마다 나는 미래완료 형의 수필가 전혜린이 떠오르곤 했다. 불꽃처럼 살다가 젊은 나이에 생을 마감

한 전혜린이 눈앞에 있는 듯했다.

서정요를 만나면서 나는 끈질기게 달라붙던 악몽에서 벗어날 수 있었다. 승원에 대한 기억들도 거짓말처럼 잊어버렸다. 그렇게 그녀는 단숨에 나를 승원으로부터 해방시켜 준 여자였다.

연락이 끊긴 오랜 뒤에도 나는 그녀를 쉽게 잊을 수가 없었다. 시간이 날 때마다 그녀의 집 앞을 서성거렸다. 어느 날 아들과 마트를 다녀오는 그녀를 발견했다. 나는 가로수 뒤에서 그 모습을 훔쳐보았다. 그녀에게 달려가고 싶었다. 정말 보고 싶었다고 말하고 싶었다. 하지만 마음과는 달리 몸은 움직이지 않았다. 그녀를 좋아했지만, 그 마음을 이용했다는 것을 생각하면 온몸이 경직되었다.

갑자기 서정요가 보고 싶어진다. 원망보다는 고마움을 먼저 떠올리게 만드는 여자. 미움보다는 그리움을 앞서게 만드는 여자. 꿈에서라도 보고 싶은 여자.

무슨 생각해요?

그가 머리를 낮춰 내 얼굴 앞으로 가져오며 묻는다. 나는 순간 이 남자를 놀려 주어야겠다는 생각이 든다.

오늘 당신을 어떻게 잡아먹나 하는 생각!

아, 하 하 하 하 하!

생글거리며 아무렇지도 않게 내뱉는 나의 말에 그는 경쾌한 웃음을 터뜨린다. 그가 뿌려 놓은 웃음 가루가 얼어붙은 강물 위를 내달린다. 금빛으로 쏟아지는 햇살 속으로 스며 들어가 은빛 연어의 비늘이 된다. 나는 눈 맑은 연어가 되어 그를 따라 유영을 시작한다. 쉬지 않고 강물을 따라 흘러간다. 그와 내가 멈춘 곳에는 지금까지 내가 가지지 못한, 나의 것이 아니었던 희열들이 꿈틀대고 있다. 나는 손을 뻗어 그것들을 조심스럽게 잡는다. 손바닥 안에 가득 차오르는 미지의 세계. 나는 주먹을 꽉 쥐어본다. 놓치고 싶지 않다. 욕심인 줄 알면서도 매달려보고 싶다. 영원히 가질 수는 없지만 잠시라도 내 몫으로 지녀보고 싶다.

나는 팔짱을 낀 손에 힘을 준다. 칼날 같던 바람이 새털처럼 부드럽게 변해 뺨을 쓰다듬는다. 저만치 앞에서 오십 대 중반쯤 되어 보이는 남녀들이 걸어오고 있다. 그들은 팔짱을 끼지 않았다. 남자는 검은 점퍼와 빛바랜 푸른색 코르덴 바지를 입었고, 화장기 없이 뽀글뽀글하게 파마를 한 여자는 두꺼운 털 스웨터를 붉게 걸치고 펑퍼짐한 엉덩이에 발목이 드러난 회갈색 면바지를 받쳐 입고 있다. 그들의 차림새나 행동으로 봐서 부부라는 것을 알 수 있다. 나는 그의 마음을 떠본다.

팔짱을 끼지 말까요?

그는 왜 그러느냐는 듯 커다란 눈을 동그랗게 말아 올린다.

밖에 나왔을 때 팔짱을 끼면 연인 사이이고, 그냥 걸어가면 부부래요.

재미있다는 듯 그가 내 턱 밑에 얼굴을 바싹대며 입김을 피워 올린다.

그럼, 현서 씨는 나하고 부부로 보이고 싶어요?

나는 기다렸다는 듯 얼른 대답을 던진다.

당연하죠. 연인도 좋지만 영원한 짝꿍인 부부가 더 좋은 거 아닌가요?

그는 내 눈 속으로 자신의 눈동자를 밀어 넣는다.

부부보단 연인이 더 싱그럽지만 난 다 좋아요. 부부로 보여도 좋고, 연인으로 보여도 좋고. 하지만 사람들은 우리를 부부로 볼 것입니다.

내 기분을 생각했는지 그가 잡은 손에 힘을 넣는다. 그런 그의 행동이 나를 쓸쓸하게 만든다. 심장을 버석거리게 한다. 그것을 눈치챈 매서운 바람이 내달려온다. 그와 나 사이로 비집고 들어온다. 춥다. 나는 몰려오는 한기를 밀어내며 그를 향해 질문을 던진다.

그럼 진짜 우리의 관계는 뭔가요?

그는 망설임 없이 부드러운 리듬을 입술 위로 빚어 올린다.

아름다운 여자와 괜찮은 남자. 그러니까 지상 최고의 잉꼬 연인.

나도 모르게 입가에 미소가 피어난다. 연인이 아니라는 것은 알고 있다. 그래도 기분은 좋다. 행복해진다. 내 인생을 보상받는 것 같다. 왜 연인인지 묻고 싶지는 않다. 혹시 농담이었다고 할까 봐. 잠시 가졌던 행복이 도망가 버릴까 봐.

나에게 다가온 행운을 조심스럽게 껴안으며 그의 눈빛에서 벗어나 강 언저리로 시선을 던진다. 그런 나를 바라보는 그의 얼굴에는 따뜻한 미소가 햇살과 함께 걸려 있다.

비닐하우스 속 부산한 봄 준비와는 달리 강은 그런 것들에는 무심하다. 눈길을 주는 나무들에게 말도 걸지 않는다. 강의 무신경에도 나무들은 속상해하지 않는다. 강 초입에는 일 미터도 훨씬 넘는 눈들이 얼어붙어서 마치 얼음덩어리들을 쌓아놓은 것 같다. 그것은 언젠가 텔레비전에서 본 북극의 바다를 연상시킨다.

북극에 온 것 같지 않나요?

나는 그의 턱밑에 입김을 피워올리며 대답을 구한다. 그는 얼굴 가득 웃음을 담아 올린다.

맞아요, 우리는 지금 북극에 와 있어요. 이곳은 위험하니 내 팔을 놓치면 안 됩니다. 꼭 잡아야 해요, 나를 잃어버리지 않도록.

그런 그의 모습 위로 밝은 겨울 햇살이 내려와 금빛으로 부서지며 후광을 수놓는다. 순간 심장 속에서 쿵, 하고 커다란 유리구슬 하나가 굴러떨어진다. 나는 머리를 흔들며 정신을 수습한다. 이게 뭐지? 너무 놀라서 나도 모르게 웃음을 터트린다.

하하하하하하하하!

폭발적인 웃음소리가, 기괴하다는 표현이 어울릴 정도의 옥타브와 음조를 가지고 차가운 공기 속을 촐랑거리다가는 얼음덩어리에 부딪혀 튕겨 오른다.

왜 웃어요?

그는 잘못하다 들킨 어린아이처럼 심각한 얼굴로 바뀐다.

그냥 우스워서요.

나는 웃음을 참으며 호흡을 가다듬는다. 그는 비밀을 캐낼 때처럼 호기심을 담은 눈빛을 내 눈 속에 꽂는다.

뭐가 그렇게 우스워요?

나는 멈추지 않고 구르는 구슬 소리를 감추느라 허둥댄다. 목소리에 담긴 떨림을 삼킨다. 솟구치는 심호흡을 잘라낸다.

우리가 만나서 여기까지 오게 된 것이요.

내 말이 떨어지기 바쁘게 그도 얼굴 위로 웃음기를 올려놓

삼각 릴레이

는다.

처음 만나서 지금까지 4년 정도 지났는데 만난 것은 오늘까지 다섯 번밖에 되지 않잖아요. 그런데도 우리는 오래된 연인처럼 팔짱까지 끼고 있어요.

그가 입술 사이로 흘러나오는 웃음을 밀어 넣으려고 애를 쓴다.

정말 그러네요! 하 하 하 하 하 하!

참을 수 없다는 듯이 그가 경쾌한 웃음주머니를 터트리고 만다. 덩어리째 쏟아붓는다. 그의 웃음소리를 따라 다시 튕겨 나온 내 웃음소리가 함께 뒤엉킨다. 얼어붙은 강 위로 벌러덩 넘어진다. 마구 뒹굴기 시작한다. 하얀 얼음 가루들이 날아올라 웃음소리 속으로 뛰어든다. 두물머리 흙내음도 따라 달려온다.

하하하하하하하하하! 우하하하, 푸파파파, 크크크

하하하하하하하하하! 까까까깔, 흐ㅎ흐ㅎ 까무륵….

그와 나는 허리까지 구부려가며 웃음들을 쏟아낸다. 온몸에 쌓여 있던 찌꺼기들이 남김없이 빠져나온다. 숨통이 트인다. 이렇게 웃어본 적이 있었던가. 적막하고 암울한 그림자 속에 갇혀 웃는 법조차 잊어버렸다. 웃음과 나는 거리가 먼 줄 알았다. 웃음은 내가 가져서는 안 되는, 침범할 수 없는 영역에 있는 줄 알았다. 하지만 나도 웃을 줄 안다. 웃으면 행복하다는 것을 느낄 수 있다. 그 용솟음치는 감정을 새삼 깨달으며 나는 지금 그것을 실천하고 있다.

그를 처음 만났던 날 나는 울고 있었다. 나는 그때 온통 인생의 바닥에 떨어져 있는 기분에 갇혀 모든 생각이 멈춰진 상태였다. 태어나서 처음 가져본 가족이라는 울타리는 짓이겨져 형체도 없이 사라져 버렸고, 몸과 마음은 늪 속에 빠져 헤어 나오지 못한 채 허우적거렸다. 삶의 의지도 무너져 버렸다. 그때 만약 누군가가 혼자 죽으려 하는데 너무 외롭다고 말을 걸기만 했어도 망설이지 않고 따라갔을 것이다. 그런 나에게 그는 다정하게 손을 내밀었다. 나는 세상을 향해 첫걸음을 내딛는 어린아이처럼 조심스럽게 그 손을 잡았다. 그렇게 잡은 손은 늦은 밤 헤어질 때까지 내 손과 함께 있었다. 미술관에 갔고, 인사동 거리를 걸었고, 문학관에서 빛바랜 잉크 냄새를 맡았다.

그날 무엇을 보았는지는 기억에 없다. 하지만 단 하나 선명하게 떠오르는 것이 있다. 구스타프 클림트의 유디트 1이다. 자신의 조국을 침범한 홀로페르네스를 유혹해 죽이고, 야릇한 미소를 머금고 있는 유디트를 보는 순간 온몸에 전율이 흘렀다. 방금까지 자신의 몸을 탐하던 남자의 목을 베어 치켜들고 있던 유디트의 모습은 한 번도 느껴보지 못한 카타르시스를 내게 안겨 주었다. 더없이 안락했던 낙원을 망가뜨리고, 절망의 구덩이 속으로 던져버린 채 냉정하게 돌아서던 승원의 모습이 홀로 페르네스 위로 오버랩되는 것을 나는 보았다. 처음으로 버림받음도 해방이 될 수 있음을 깨닫는 순간이었다.

나는 고개를 흔들며 애써 어두운 시간들을 털어낸다. 팔짱을 낀 손에 힘을 준다. 강 건너 보이는 빈 들판은 찾아올 봄을 기다리고 있다. 추위가 물러가면 말끔하게 비워진 그곳에서는 푸른 새싹들이 자랄 것이다. 겨우내 잠자던 땅들은 생기를 얻을 것이고, 용트림처럼 솟아오르는 뭔가의 새로운 희망에 온몸이 열병을 앓을지도 모른다.

정말 재미있네요.

그가 웃음을 멈추고 나를 바라본다. 나는 얼른 화평한 얼굴이 되어 그를 맞이한다. 웃음 가루가 남아 있는 그의 얼굴이 소년처럼 상기되어 있다. 나는 생각한다. 그와 나는 다른 남녀들이 흔히 하는 보고 싶다든지, 언제 만나자든지, 하는 일상적인 말들은 한 번도 해본 적이 없다. 나는 기억에도 없는 한 번을 제외하면 지금까지 다섯 번을 만났지만 몇십 년을 만난 사람들처럼 지극히 자연스럽다. 그의 말대로 우리는 정말 연인인가? 연인이라기엔 설렘이 없다.

현서야, 우리 이혼하자.

교통사고 후유증으로 두 달 동안 병원에 누워 있던 승원이가 말했을 때 나는 농담인 줄 알았다.

늦게 와서 화났어? 내일이 퇴원이라 준비 좀 하느라 늦었어. 화 풀어.

나는 승원이의 얼굴에 내 얼굴을 갖다 대며 겨드랑이를 간질였다. 하지만 승원이는 웃지 않았다.

농담 아니야. 우리 이혼하자.

순간 나는 시간이 정지된 것처럼 몸이 얼어붙었다. 승원이는 감정 없는 얼굴로 나를 바라보고 있었다. 나는 당혹스러워하면서도 한참이나 천연덕스러운 표정을 짓고 있었지만 결국 묻지 않을 수가 없었다.

왜?

좋아하는 사람이 생겼어.

승원이는 기다렸다는 듯이 대답했다.

그럼 나는? 내가 싫어진 거야?

승원이는 내 눈을 바라보면서 말했다.

아니, 싫어진 건 아니야. 좋아해.

나도 모르게 픽, 웃음이 새어 나왔다.

나를 좋아한다면서 왜 헤어져야 해?

너를 좋아는 하지만 설레지가 않아. 그 사람을 보면 설레. 설레는 사람과 살고 싶어.

순간 나는 아무런 말도 할 수 없었다. 무수한 생각들이 한꺼번에 몰려오면서 말문을 막아버렸다. 누구인지, 두 달 동안 병원 밖으로 나가지도 않았는데 어떻게 설레는 사람을 만나게 되었는지 묻지 않았다. 승원이의 마음이 진심이라는 것을, 승원이의 눈빛 속에 내가 더 이상 들어있지 않다는 것을 알았기 때문이었다.

그래, 이혼하자. 나도 너를 보면 설레지 않아.

그 순간의 충격이 몰려오면서 쓸쓸함도 함께 따라온다. 나는 애써 그것들을 밀어내고 명랑을 다시 회복한다.

저 애들 정말 예쁘다. 그죠?

내 말에 동의를 하는 것인지 중얼거리는 것인지 그는 시선도 돌리지 않고 예쁘네요, 하고 대답한다. 어수선한 기척에 놀랐는지 정겹게 놀고 있던 다섯 마리 청둥오리들의 부리가 일제히 우리에게로 향한다. 그러다가는 이내 얼굴을 돌리고 자신들의 유희에 몰두한다. 그가 갑자기 내 뺨에 입술을 댔다가 얼른 치운다. 나는 깜짝 놀라 뒤로 주춤한다. 그리고 능청을 떤다.

매화꽃 잎이 뺨에 앉았다 날아갔나?

나의 말에 그는 한술을 더 뜬다.

내 입술을 훔쳐 간 놈이 매화 꽃잎이었던가?

우리는 다시 폭발적인 웃음소리를 쏟아낸다.

하하하하하하하하하하하!

하하하하하하하하하하하!

그 소리에 놀란 햇살이 허리를 꺾고 다섯 마리의 오리들이 일제히 머리를 치켜든다. 지나가던 바람도 별난 듯 걸음을 멈춘다. 잠시 후 물속의 한 쌍이 먼저 고개를 돌리며 다른 일거리를 찾는다. 강물에 고개를 박고 무엇을 찾는 시늉을 하던 녀석들이 부리를 맞대며 다시 유희를 시도한다. 그가 갑자기 소리친다.

아니, 저놈들 봐라. 우리를 따라 하고 있잖아.

그 모습이 소풍 나온 초등학생 같다. 귀엽게 보인다. 갑자기 세포들이 퐁퐁 뛴다. 승원이 떠난 뒤 단 한 번도 가져본 적 없는 감정이다. 그동안 내 영혼은 메마르고 피폐해져 버렸다. 싹을 틔울 햇살조차 들어오지 못했다. 그런데 미세한 틈이 생겼다. 그 사이를 비집고 들어온 기대감이 걸음마를 시작한다. 발아가 시작되고 있음을 깨닫는다. 당황스러워진다. 잠시 설렘을 따라간 승원을 생각하며 터무니없이 몇 번 고개를 끄덕여 본다.

나는 머리를 흔들어 혼란스러운 생각들을 쫓아내며 강물에 집중한다. 청둥오리 두 마리는 여전히 얼음 위에 서서 헤엄치는 친구들을 바라보고 있다. 그러다 갑자기 서로의 몸을 비비기 시작한다. 물속에서도 짝을 찾지 못한 한 마리는 불안하게 두리번거린다. 어디로 갈지 몰라 갈팡질팡한다. 그 기운이 내게까지 날아와 스며든다. 측은함에 코끝이 매워 온다. 짝이 없는 쓸쓸함은 인간이나 오리나 다르지 않다. 승원을 떠올릴 때마다 나 자신이 가여워진다. 내 인생 전부를 유린당한 것 같은 치욕스러움에 몸이 떨린다. 그것은 시간이 지나도 옅어지지 않는다. 빛깔과 각도만 조금 다를 뿐 내 곁을 떠나지 않고 있다.

너 앞에서 나는 설렐 때가 없었어.

갑자기 승원의 목소리가 달려와 등줄기를 후려친다. 나는 애써 목소리를 밀어내며 말한다.

저 애들은 추운 줄도 모르나 봐요.

그가 대답한다.

겨울은 저 애들이 살아갈 수 있는 환경이지요. 너무 따뜻하면 심장이 녹아 없어질지 몰라요. 내 심장도 지금 녹기 직전입니다. 조금 떨어지면 안 될까요?

그는 나를 밀어내는 시늉을 한다.

그것이 설렘인가요?

그러나 나는 그걸 묻지 않는다.

안 돼요, 나는 추운 것이 싫어요.

나는 엄마에게 안기는 아기 오리처럼 그의 품속에 얼굴을 묻는다. 그의 상체가 내 웃음소리에 놀라 출렁인다.

나도 추운 것은 싫어요.

자신의 가슴 안에 들어온 내 얼굴을 안으며 그도 하, 하, 하, 하, 하, 웃음을 터트린다.

우리도 저기 들어가서 헤엄을 쳐 볼까요?

나는 그에게서 빠져나오며 말한다.

난 물이 무서워요.

그는 웃음을 뿌리며 도망을 친다. 뒤따라가서 그를 잡으며 내가 말한다.

사실 나도 물이 무서워요.

하하하하하 하하하하하.

하하하하하 하하하하하.

우리는 마주 보며 경쾌하게 웃는다. 한참을 웃다가 나는 다시 그의 팔짱을 끼고 걷는다. 나는 그를 사랑하지 않는다. 설레지도 않는다. 하지만 싫지는 않다. 만나면 즐겁다. 행복해진다. 나는 그가 어떤 사람인지도 잘 모른다. 5년 전쯤 그는 내가 있는 시청으로 서류를 떼러 왔다고 했는데, 나는 기억하지 못한다. 4년 전 승원과 이혼한 뒤 인사동 거리에 멍하니 서 있을 때 그가 아는 척을 하며 다가왔다.

이현서 계장님 아니세요?

나는 그때 초점 없는 눈으로 그를 바라보았던 것 같다. 그는 왜 그러느냐고 놀란 눈으로 물었다. 나는 아무 말도 못 하고 주뼛거렸다. 그 순간 까닭도 없이 눈물이 나왔다. 그는 나를 커피숍으로 데리고 갔고, 내가 구지레해진 얼굴을 수습할 때까지 기다려주었다. 나는 그가 주문한 캐모마일을 마시며 마음을 진정시켰다.

어제 남편과 이혼했어요. 남편이 설레는 여자를 만났대요. 제게는 설렘이 없대요.

나는 곧 스스로의 경솔을 후회했지만 다시 주워 담을 수는 없었다. 그는 내 말에 놀란 것 같더니 이내 고요한 눈빛으로 나를 다독였다. 나는 그의 따뜻한 눈빛에 마음이 진정되었고, 비로소 나를 어떻게 아느냐고 물었다.

1년 전에 그는 시청으로 급한 서류를 떼러 갔고, 내가 친절하고 상냥하게 대해주었다고 했다. 순수한 미소가 문득문득 생각났다고 했다. 그는 미술관에 가겠느냐고 물었다. 나는 고개를 끄덕였다. 그날 클림트의 그림들을 보았고, 황금빛에 매혹당했다. 그 후로 나는 시간이 날 때마다 혼자서 미술관으로 가는 것이 습관처럼 되어버렸다. 그를 두 번째 만난 것도 미술관이었다. 루벤스의 그림을 둘러보다가 '십자가에서 내려지는 예수' 앞에서 눈물이 났다. 그때 손수건을 내미는 사람이 있었다. 올려다보니 그 사람이었다. 나는 말없이 손수건을 받아 눈물을 닦았다.

초등학교 5학년 때 『플란다스의 개』를 읽으면서 밤새 눈이 퉁퉁 붓도록 운 적이 있다. 왜 사람들은 부모가 없다고 하면 무시하고 업신여길까. 그토록 보고 싶어 했던 루벤스의 그림 앞에서 파트라슈를 안고 죽어간 네로가 불쌍했다. 나는 고아원 구석진 곳에 앉아 숨죽여 울었다. 그때 승원이가 다가와 눈물을 닦아 주었다.

승원이는 학교에서 아이들이 놀릴 때마다 내 편이 되어주었다. 우리는 늘 함께였다. 고등학교를 졸업하고 보호 종료 아동이 되어 고아원을 나오면서 5백만 원씩의 정착 지원금을 받았을 때도 막막함보다 기쁨이 앞섰다. 둘이라는 사실이 그렇게 든든할 수가 없었다.

우리는 보증금 천만 원에 월 30만 원씩 하는 지하 단칸방을 얻어 함께 살기 시작했다. 학교를 졸업하기 전에 이미 공무원 시험에 나란히 합격한 상태였고, 원하던 시청으로 발령도 받았다. 둘 다 야간 대학 사회 복지과에 입학을 했고, 졸업 후에는 우리 같은 아이들을 위해 봉사하면서 살자는 약속도 했다. 우리는 열심히 살았다. 모든 계획은 순조롭게 이루어졌다. 40세가 되던 해는 아파트의 주인이 되었고, 아이도 가지게 되었다. 세상에 둘밖에 의지할 곳이 없었던 우리는 피붙이가 생긴다는 사실에 가슴이 벅차올랐다. 우리의 미래는 당연한 행복이었다. 그것을 믿었다. 그런데 복병은 등 뒤에서 늘 칼을 겨누고 있었다. 행복에 빠져서 눈치채지 못했을 뿐이었다. 나는 왜 한밤중에 갑자기 만두가 먹고 싶었을까. 만두를 사러 달려 나가는 승원이를 왜 잡지 못했을까.

승원이가 나가자마자 들려온 비명이 벼락처럼 머리를 내리치는 순간 나는 현관문을 열고 달려 나갔고, 웅성거리는 사람들 틈새를 뚫고 들어간 곳에서 피투성이가 된 승원이를 보았다. 나는 정신을 잃어버렸다. 의식이 돌아왔을 때 나는 유산이 되었다는 것을 알았다. 승원이는 머리를 심하게 다쳐서 수술 중이었다.

그날을 생각하면 지금도 숨이 막히고 심장이 조여 온다. 교통사고만 나지 않았다면 승원이는 병원에 입원하지도 않았을 것이고, 설렘을 주는 간호사도 만나지 않았을 것이다. 유산하는 일도 없었을 것이다. 아이가 태어났더라면 승원이는 자라

나는 자신의 피붙이를 보면서 설렘을 느꼈을 것이고, 다른 여자에게 설렘은커녕 눈을 돌릴 여유조차 없었을 것이다.

나는 그의 팔짱은 낀 채 어쩌면 서정요와 함께 왔을지도 모르는 양수리를 둘러본다. 2월 마지막 날인데도 겨울은 아직 가고 싶은 마음이 없는지 매서운 바람을 껴안은 채 머물러 있다.

나는 그를 올려다본다. 그는 부드러운 미소를 얼굴에 담은 채 내 시선을 맞이한다. 그는 나의 무엇을 보고 있을까. 나는 그에게 나를 어떻게 생각하는지 물어본 적이 없다. 그도 나에게 묻지 않았다. 그가 어떤 사람인지도 나는 모른다. 아내가 있는지 혹은 혼자 사는지, 무엇을 하는 사람인지. 나이는 나보다 다섯 살쯤 위인 것 같기도 하지만 몇 살인지는 알지 못한다. 우연히 만나면 밥을 먹고 차를 마시고 밤이 늦을 때까지 함께 있다가 헤어진다. 언제 만나자는 약속도 없이. 그도 내가 시청 공무원이고, 고아이고 4년 전에 남편과 이혼했다는 것 외에는 알지 못할 것이다. 그러고 보니 나는 서정요에 대해서도 아는 것이 별로 없다는 생각이 든다. 나와 나이가 같고, 초등학생 아들과 남편이 있다는 표면적인 것밖에 모른다. 서정요는 나에 대해 얼마만큼 알고 있었을까. 정말 내가 자신에게 필요했기 때문에 만났던 것뿐이었을까. 왜 나는 끝까지 서정요의 부탁을 거절하지 못했던가. 그날 나는 무엇에 홀렸던 것인가. 하지만 나는 후회하지 않는다. 그날의 내 마음 상태가 궁금할 뿐이다.

서울 외곽도로를 빠져나가 양수리로 접어든 길목 식당에서 어묵탕을 시켜 놓고 소주를 마실 때 나는 들떠 있었다. 서정요가 전화했다는 사실만으로도 흥분이 되었다. 내가 선택받은 사람 같아 심장이 두근거렸다. 종각역에서 만나 양수리를 향해 가면서 서정요는 기분이 좋은지 목소리의 톤이 한껏 올라가 있었다.

현서 씨, 많이 보고 싶었어요. 현서 씨는 나 안 보고 싶었어요? 지민 씨가 이야기 좀 해주세요, 내가 현서 씨 얼마나 보고 싶어 했는지.

서정요는 언젠가 한국화 반에 취재를 나왔던 잡지사 여기자와 동행하고 있었다.

맞아요, 정요 씨가 현서 씨 정말 보고 싶어 했어요. 함께 양수리에 가보고 싶다고 했어요. 나도 샘이 나서 따라나섰어요.

나는 그들의 말에 부끄러워서 대답조차 못한 채 얼굴을 붉혔다. 양수리로 들어서는 입구에서 갑자기 서정요가 말했다.

우리 저기 가서 술 한잔할까요?

미래는 언제나 예측불허이고 한 치 앞도 내다볼 수 없는 것이 인간의 운명이다. 그 운명 속에는 술이 자주 등장한다. 그것을 알고 있으면서도 거부하지 못한다. 디오니소스의 광기에 빠져들어서는 안 된다는 것을 인지하면서도 유혹하는 술의 신에게 빠져들 수밖에 없어진다. 술 한 잔만 먹어도 취하는 나였지만 서정요와 함께라는 사실만으로도 이성이 마비되어 따라 주는 술을 다 받아먹었다. 서정요는 빈 소주병이 네 개가 나왔는데도 마시지 않은 것처럼 멀쩡했다. 김지민 기자는 술을 못한다며 사이다만 마셨다.

내가 술에 취해 휘청거릴 정도가 되자, 서정요는 누드모델이 되어달라고 했다. 전공은 한국화이지만 서양화의 매력에 빠져 야간 대학에 편입했는데, 누드화를 그려야 한다고 했다. 그런데 내가 모델로 적격이라는 것이었다. 나는 혼미한 정신 속에서도 단호하게 거절했다. 그런 것을 해본 적도 없고, 내 얼굴이 그려지는 것은 원치 않는다고. 서정요는 내 손을 잡고 애원했다. 얼굴은 다르게 그리기 때문에 누구인지 전혀 알 수가 없다고. 무엇보다 내가 찾기 힘든 매력적인 모델의 요소를 갖추고 있다고. 곁에 있던 김지민 기자도 거들었다. 자신은 하고 싶어도 너무 뚱뚱해서 할 수가 없다고, 나 같은 몸매면 자랑스럽게 할 것이라고.

나는 망설이다 고개를 끄덕였다. 김지민 기자의 말보다도 내가 좋아하는 서정요의 간절한 눈빛을 외면할 수가 없었기 때문이었다. 일은 재빠르게 진행되었다. 김지민 기자가 운전을 하여 서정요의 집으로 갔고, 나는 그녀들 앞에 서서 서정요가 시키는 대로 포즈를 취했다. 필름 두 통은 나의 그런 모습들을 남김없이 담았고, 화폭 속에는 서정요의 연필 끝 속에서 태어난 이브가 고개를 돌린 채 앉아 있었다. 서정요는 수고했다며 나를 안아주었다. 김지민 기자는 브라보,를 외치며 박수를 쳤다. 사실 김지민이 그렇게 환호를 한 것과 나를 누드모델로 이끈 것도 그녀 역시 서정요의 간절한 요청을 받고 그걸 뿌리치기 위한 작전이었음 뒤늦게야 알았다. 그 후 연락을 끊었던 서정요는 일주일째 되던 날 전화를 받더니 말했다. 다시는 전화하지 말라고. 사람은 서로가 필요에 의해서 만나는 것이라고.

현서 씨도 내가 필요해서 만난 것 아니었어요?

그것이 내가 들은 그녀의 마지막 목소리였다. 나는 그날 밤새 울었다. 하지만 모델이 되었던 일을 후회하지 않는다. 예전에도 지금도. 나한테 그런 경험을 시켜준 서정요가 고마울 뿐이다. 동굴 속에 갇혀 있던 나를 세상 밖으로 나오게 해준 서정요는 나에겐 빛이었다. 그것은 어떤 것도 밀어낼 만큼 강한 위력을 가지고 나를 사로잡았다. 서정요와 함께 한 1년 동안 슬픔이라는 단어까지 잊어버렸을 만치. 나는 믿었다. 믿어 의심치 않았다. 그림들이 완성되면 서정요는 내게 다시 전화할 것이라고. 오해도 풀고 예전처럼 가까워질 것이라고. 함께 차를 마시고 밥을 먹고, 별이 쏟아지는 밤하늘을 바라보며 끝없는 이야기 속으로 빠져들 것이라고. 내가 사랑받고 있는 사람이라는 것을 느끼게 해줄 것이라고.

나는 다시 그를 올려다본다. 자세히 보니 그는 참으로 듬직하게 생겼다. 둥그스름한 얼굴엔 따뜻함이 가득하다. 그 어떤 나쁜 기운도 가까이 가지 못할 것같이 맑고 투명하다. 나는 이 남자를 좋아하는가. 그런 것도 같다. 하지만 설레지는 않는다. 다만 설레려고 할 때가 있을 뿐이다. 설레는 것과 설레려고 하는 것에는 무슨 차이가 있는 것일까.

저기 보이는 느티나무 있지요? 저기에 대고 소원을 빌면 다 이루어진대요.

그의 말이 땅에 떨어지기가 무섭게 나는 튕겨 오르듯 경쾌한 리듬을 입 밖으로 내민다.

우리 빨리 달려가서 소원을 빌어요.

그가 웃으며 묻는다.

그렇게 하고 싶어요?

난 어린애처럼 진지한 얼굴로 고개를 끄덕인다.

이제 보니 현서 씨 무지 귀엽네요.

그가 내 얼굴을 빤히 들여다보며 말한다.

그러니까 날 만나는 거 아니에요?

말해놓고는 우스워서 나는 또다시 푸하하하하하, 웃음을 쏟아낸다. 그런 나의 모습을 접한 그도 소리 내어 웃는다. 평소에는 지극히 소심한 나지만 이상하게 그와 만나면 딴사람이 된다. 내가 아닌 다른 사람의 영혼이 들어온 것 같다. 서정요의 영혼이 들어온 것인가.

새벽 4시에 전화벨이 울리고, 한국화를 함께 배웠던 한 지인의 떨리는 목소리를 듣는 순간 심장이 정지된 듯했다.

서정요 선생님이 돌아가셨대요.

밤늦게 아들이 있는 수련장에 갔다가 돌아오는 길에 차가 중앙선을 넘었고, 마주 오는 택시와 부딪쳐서 그 자리에서 변을 당했다는 것이었다. 나는 서정요가 안치되어 있다는 병원으로 달려갔다. 장례식장 입구에 김지민 기자가 있었다. 그녀는 눈동자가 빨갛게 부어있었다. 나를 보더니 부둥켜안으며 울음을 쏟아내었다. 서정요의 아들은 엄마를 부르며 발버둥 치고, 사람들은 그런 아이를 껴안고 있었다. 나는 너무 놀라 눈물도 나지 않았다. 발인 날 성당에서 장례 미사를 볼 때도, 의정부에 있는 천주교 묘지로 향하는 버스 안에서도, 그녀를 품은 관이 땅속으로 들어갈 때도 눈물이 나지 않았다. 장례식장에서 엄마를 부르며 울부짖던 서정요의 아들은 친구들과 깔깔거리며 봉분 사이를 뛰어다녔다. 울며 통곡하던 사람들은 장지에서 내려오자마자 언제 그랬냐는 듯 웃으며 밥을 먹었다. 김지민 기자는 국밥 한 그릇을 말끔하게 비웠다. 그 모습들이 너무 낯설었다. 나는 물 한 모금도 삼키지 못했다. 눈물이 쏟아졌다. 한 사람이 영원히 세상을 떠났는데, 어떻게 밥이 넘어갈까.

돌아오는 버스 안에서도 내 눈은 눈물을 멈추지 않았다. 김지민 기자는 더 이상 울지 않았다. 그 뒤로 나는 김지민 기자를 만난 적이 없다. 서정요의 그림들도 본 적이 없다. 그림, 스무 점이 넘었다는 그 그림들은 다 어디로 갔을까. 사진과 필름은 어떻게 됐을까. 서정요는 정말 내 얼굴이 아닌 다른 얼굴을 화폭에 담았을까. 어디에서 내 얼굴을 한 누드화가 걸려 있는 것은 아닐까. 내 사진들이 인터넷 속으로 돌아다니는 것은 아닐까. 나는 고개를 흔들어 그런 생각들을 떨쳐낸다. 그럴 일은 없을 것이라고. 서정요는 약속대로 그림 속 얼굴은 내 모습과 다르게 그렸을 것이고, 사진과 필름들은 다 태워서 없애 버렸을 것이라고. 나는 서정요를 믿는다. 믿고 싶다.

그와 나는 나란히 소원을 들어준다는 나무 아래로 걸어간다. 나는 두 손을 모으고 간절한 마음으로 빈다. 부디 더도 덜도 말고 지금처럼만 잘 견뎌내게 해 달라고. 승원이 없는 나머지 삶도 씩씩하게 살아갈 수 있게 해 달라고. 옆에 있는 이 남자를 우연히 또다시 만나게 해 달라고. 눈을 뜨자 그가 나를 바라보고 있다. 따뜻한 햇살을 얼굴 가득 담아서.

무슨 소원 빌었어요?

나는 그가 내미는 햇살을 받으며 말한다.

서로에 대해 묻는 것은 금기가 아니었던가요?

아, 그렇지요.

사실 난 내 몸에서 언제나 인색했던 설렘이 뭉게뭉게 피어나라고 빌었어요.

그러나 나는 이 말도 그에겐 하지 않았다.

그가 웃음기 가득한 얼굴로 나를 바라본다. 나는 그를 탐색하며 생각한다. 오늘이 지나면 이 남자를 또 만날 수가 있을까. 한 달 뒤? 일 년 뒤? 아니면 10년 뒤? 그를 생각하면 클림트와 루벤스가 생각날 것이고 두물머리가 떠오를 것이다. 소원 들어주는 나무도 기억의 창고 속에서 나를 소환할 것이다. 때로는 반갑고 때로는 행복하고 또 때로는 조금 쓸쓸하게. 가끔씩 그는 그렇게 과거의 기억 속에서 달려 나와 미래의 공간까지 함께 가줄 것이다.

수타면이 맛있다며 그가 데려간 곳에서 면발 뽑는 모습을 바라본다. 주먹 두 개를 합한 것 같은 반죽 덩어리가 주방장의 손이 움직일 때마다 면발이 생겨나고, 수 갈래로 잘게 가늘어진다. 그것을 보며 나는 생각한다. 우리의 삶이라는 것도 저 면발과 같지 않을까. 태어날 때는 누구나 똑같은 모습이지만 자라면서, 혹은 각자의 삶을 찾아 나가면서 삶의 모양과 크기도 조금씩 달라지는 것을 보면.

서울로 돌아온 그와 나는 작별 인사를 한다. 나는 지하철 입구에 서서 그를 바라본다. 그가 손을 흔든다. 다정한 미소를 가득 담은 얼굴로. 나도 손을 흔든다. 마지막이 될지도 모르는 그의 얼굴을 오래도록 바라본다. 어쩌면 나는 그를 다시 만나고 싶어 미술관을 찾을지도 모른다. 양수리를 향하는 버스에 몸을 실을지도 모른다.

나는 그의 차가 사라지는 것을 차마 볼 수 없어 뒤돌아서서 걷는다. 지하로 내려가는 계단이 지상의 세계를 올려다보고 있다. 나는 심호흡을 한 번 하고 다시 걷기 시작한다. 계단 중간에 더덕과 도라지를 파는 할머니가 보인다. 바쁘게 오가는 발길 사이로 새하얀 속살을 드러낸 도라지와 더덕들이 수북하게 쌓여 있다. 나는 더덕 한 소쿠리를 산다. 검은 비닐봉지에 말끔하게 깐 더덕을 넣고 있는 할머니의 손이 빨갛게 곱

아들어 있다. 손톱 밑은 더덕 물이 끼어 새까맣다. 나는 빼앗다시피 더덕 봉지를 받아 들고 계단 위에 다시 발을 올린다.

색시, 고마워.

뒤따라오는 할머니의 목소리에 괜히 울컥하는 마음이 된다. 빨리 저 더덕이 다 팔려야 할 텐데. 그래야 할머니는 집으로 돌아갈 수 있을 텐데. 나는 시도 때도 없이 솟구치는 이런 연민이 싫을 때가 많다.

나는 지하도를 빠져나와 한강대교 위를 지나가는 전철 차창을 바라본다. 강물은 무심한 듯 흐르고 있다. 다리 위를 걷고 있는 사람들의 얼굴도 무심하다. 하지만 그 무심함은 지대한 관심의 또 다른 모습이다. 지나친 관심은 서로를 힘들게 한다는 것을 알고 있기에 무관심한 척 포장을 하고 있을 뿐이다. 그 남자와 내가 서로에 대해 묻지 않는 것도 무관심을 가장한 관심의 표현이 아닐까. 문득 그와 함께 했던 수타면 집의 면발이 떠오른다. 그렇게 우리의 모든 인생은 하나의 덩어리에서 갈라지고 가늘어져 종내는 부서지고 헤어지면서 사라진다. 나는 처음과 끝을 이어가는 그 면발들의 일생처럼 세상의 모든 소멸이 그냥 아름다운 과정이었으면 싶다.

흔들리는 지하철의 요동에 몸을 맡긴 나는 눈을 감고 또 생각에 잠긴다. 우리의 인생이라는 것이 어쩌면 삼각 릴레이인지도 모른다고. 한 사람이 지쳐 쓰러지면 남은 한 사람이 이끌어주고, 또 한 사람이 지쳐 쓰러지면 다른 한 사람이 힘을 내어 골인 지점을 향해 달리는 삼각 릴레이. 그것은 혼자서는 결코 할 수 없는 게임이다. 함께 발 끈을 맬 수 있는 누군가가 있어야 한다. 난방이 잘 된 전동철이 노곤하게 몸을 데워주어 금방 잠이 들 듯하다. 인생이 삼각 릴레이가 정녕 맞는다면 또 누군가는 나를 깨워줄 것이다.

  차창 너머로 보이는 서쪽 하늘 위론 석양이 지고, 그 지는 해에 끈을 매어 릴레이가 하고 싶은 구름의 끝자락엔 서서히 붉은 놀이 물들고 있다.

칼을 가는 시간

선홍빛 고깃덩어리가 도마 위에 올려져 있다. 그 남자의 심장 빛깔을 닮았다. 그의 가슴을 열고 심장을 떼어낸다면 이처럼 붉을 것 같다.

　나는 오른쪽 검지를 고깃덩어리 위에 대고 지그시 누른다. 손끝을 타고 온몸으로 흘러들어오는 피의 근성. 뭉클한 살의 떨림. 숨을 쉴 수 없게 만드는 누릿한 내음. 욕지기가 올라온다.

　니까짓 게 뭐야?

　비웃음이 가득 담긴 남자의 눈빛이 고깃덩어리와 합세해서 등줄기를 후려친다. 숨이 막혀 온다. 죽이고 싶다, 는 생각이 전신을 휘감으며 달려든다. 하지만 나는 그에게 아무런 행동도 하지 못한다. 설사 그 남자가 내 목에 방아쇠를 잡아당긴다

해도 고스란히 받을 것임을 안다.

난 널 사랑하지 않아.

모멸의 덩어리가 머리 위로 쏟아졌을 때도 멍해진 얼굴로 그 남자를 바라보았을 뿐이었다. 새파랗게 질린 낮달이 눈동자 속으로 내리꽂히고, 가로수 위에 걸려 있던 희망이 땅 위로 곤두박질치던 날이었다.

올 것 없어. 나도 이제는 자네 보고 싶지 않아. 수인이 아빠도 원장 선생 다시 안 만날 거야. 애들도 전화 안 받을 거니까 애쓸 것 없어.

그 남자의 어머니까지 달려들어 머리카락을 쥐어뜯는다. 그 말에 반박조차 못 하고 수화기를 내려놓는 순간, 현기증으로 몸체가 비틀거렸다. 다리가 퉁퉁 부어 서 있는 것조차 힘들 정도로 고객들의 머리를 만지고 파김치가 된 몸으로 들어와 용돈을 주면 입이 함박만큼 벌어지던 그의 어머니였다.

그 남자의 어머니는 나만 보면 손을 잡고 눈을 맞추며 말했다.

자네가 우리 집 은인이여. 자네 아니었으면 나도 영감도, 애비도 애들도 다 죽었어….

그리고 나서는 눈물이 그렁그렁한 얼굴을 감추기 위해 먼 산을 바라보기도 했다.

칼을 가는 시간

영감이 중풍에 걸려 쓰러졌을 때 눈앞이 캄캄했어. 나까지 허리를 다쳐서 이제는 다 죽었구나, 생각했어. 그때 자네가 나타난 거야. 영감을 병원에 데리고 다니고 목욕도 시켜주고… 이 은혜를 어떻게 다 갚아….

그런데 이제는 날 언제 봤냐는 듯 내치고 있다. 얼음조각처럼 냉랭한 목소리로 내 심장을 후벼 파고 있다. 아들의 말만 듣고, 그것이 절대적인 것인 양 진실을 들으려고 하지 않는다. 그 나물에 그 밥이라고 하더니, 더러운 인간들. 나는 싱크대 앞 선반에 올려진 고양이 인형의 목을 분질러서 쓰레기통 속으로 던져버린다.

참으로 이기적인 인간들. 자신이 필요할 땐 갖은 감언이설로 상대방의 환심을 사려고 비굴하게 굴곤 하지만, 필요 없다고 생각되면 언제 그랬냐는 듯 벼랑 아래로 밀어버리는 냉혈동물. 옷자락에 달라붙은 먼지처럼 툭, 툭, 털어 버리고, 아무렇지도 않게 지극히 무심하고 평온한 얼굴로, 내던져두었던 일상으로 되돌아가는 파렴치한들.

나는 꽃병에 꽂혀 있는 장미꽃의 모가지를 따서 발로 짓이긴다. 발바닥을 뚫고 올라온 장미 가시가 심장 속까지 파고든다. 가슴 속에서 불덩어리가 솟구친다. 숨을 쉴 수가 없다.

나는 핏물이 스며 나오는 새빨간 고깃덩어리를 한 점 베어 물고 잘근잘근 씹는다. 비린내에 기습당한 목구멍이 울컥, 괄약으로 일어선다. 뱃속이 울렁거린다. 위장 속에 들어있던, 채 소화되지 못한 음식물들이 쏟아져 나온다.

나는 화장실로 달려 들어간다. 변기 속으로 고개를 박는다. 먹은 것도 별로 없는데 배는 끊임없이 출렁거린다. 출렁거림을 따라 노란 쓸개즙이 올라온다. 끊임없이 올라온다. 마지막 한 방울까지 남김없이 올라온다. 입안이 쓰디쓴 쓸개즙의 침범으로 진저리 친다. 헛구역질까지 합세한다. 한참을 그러고 나서야 다소 울렁거림이 가라앉는다.

나는 얼굴을 들고 거울을 바라본다. 거울 속 여자는 새빨갛게 충혈된 눈에 눈물과 콧물 범벅이 되어 있다. 코끝이 시큰거리면서 눈두덩이 뜨거워진다. 나는 여자가 안쓰러워 외면을 한 뒤 샤워기로 얼굴에 물을 뿌린다. 차가운 물이 얼굴에 닿자 정신이 번쩍 든다.

…다 죽여 버릴 거야…!

허공을 가르며 튀어나온 소리에 놀라 심장이 헐떡인다. 눈에서 불꽃이 일렁인다. 나는 찬장 속에 있는 접시들을 꺼내어 닥치는 대로 집어 던진다. 뜻밖에 침입자의 횡포에 놀란 접시들은 비명을 지른다. 접시 위에 올려져 있던 아름다운 추억들이 산산조각으로 부서진다. 그래도 몸을 타고 오르는 분노의 열기는 가라앉지 않는다. 냉장고를 열고 찬물을 꺼내 들이켠다. 벌컥벌컥 소리가 나도록 배 속으로 들어붓는다. 쓸개즙까지 말라버린 위장이 요동을 친다. 얼음 속에서도 불덩어리는 여전히 타오르고 있다.

나는 얼음을 꺼내어 입안으로 한움큼 쑤셔 넣는다. 오도독, 오도독 소리가 목줄대의 핏줄을 시퍼렇게 일어나게 만든다. 그 남자의 뼈마디를 씹으면 이런 소리가 날까. 뼛속까지 얼음덩어리가 차오른다. 눈 속에서 불꽃이 튕겨져 나온다. 하지만 그것은 더 이상의 해결 방법이 되어주지 못한다.

그렇다고 가만히 있을 수는 없다. 무엇이라도 해야 할 것 같다. 아니면 심장이 터져서 숨이 멎어버릴 것 같다. 나는 굶주린 사냥개의 눈이 되어 온 집안을 두리번거린다. 하지만 뜨겁게 타고 있는 몸체를 삭여 줄 그 어떤 것도 보이지 않는다. 헐떡이는 숨결이 집안 공기를 뒤흔들기 시작한다. 숨이 가빠온다. 눈동자는 초점을 잃고 허둥거린다. 이성은 마비되고 격한 감정의 소용돌이가 몰아닥친다. 숨을 쉴 수가 없다. 막다른 골목에 다다른 감정은 제어장치를 마비시켜 버린다. 비명 소리가 입속을 빠져나와 헐떡이는 숨결과 합세한다. 한 번 쏟아지기 시작한 비명소리는 멈추지 않는다. 계속해서 터져 나온다. 목구멍이 찢어질 때까지 소리의 톤이 올라간다. 그럴수록 가

숨속 불덩이는 커져만 간다. 나는 입을 앙다물고 독이 오를 대로 오른 이를 입술 깊숙이 박는다. 입술의 살점이 떨어져 서걱거리며 피를 밀어낸다. 나는 스며 나오는 피를 빨아들이며 눈동자를 번득인다. 불안한 시선은 거실 벽에 부딪혀 심장 속까지 들어와 송곳으로 꽂힌다. 하얗게 건조된 심장은 더 이상의 고통을 느끼지 못한다.

나는 또다시 번득이는 눈을 두리번거린다. 그때 도마 위에 놓여 있는 고깃덩어리가 달려 들어온다. 그래, 난 지금 고기를 썰려고 하던 중이었지. 갑자기 그 고깃덩어리가 미워진다. 날 비웃는 것 같다. 바보라고 놀리는 것 같다. 무엇이든 날 비웃는 것은 가만둘 수 없다.

나는 싱크대 앞으로 달려간다. 젖 먹던 힘까지 다 동원하여 고깃덩어리를 들어 올린다. 바닥으로 있는 힘을 다해 내팽개친다. 철퍼덕, 소리와 함께 살 속에 숨어 있던 핏덩어리들이 부엌 바닥으로 쏟아졌다가 튀어 오른다. 사방이 핏자국으로 꿈틀거린다. 고깃덩어리는 냉장고 문 앞에까지 쫓겨 가서 허리가 꺾여버린다.

사랑? 그게 뭔데? 난 사랑 같은 것 안 믿어. 여자도 믿지 않아.

그 남자의 목소리가 달려와 송곳이 박힌 심장을 후려친다.

시퍼런 불꽃이 가슴을 짓밟고 올라온다. 분을 삭일 수가 없다고 흥분한다. 도저히 참을 수 없다고 나를 부추긴다. 나는 악을 쓰면서 고깃덩어리를 짓이긴다. 발끝을 타고 목구멍까지 올라온 피비린내가 진저리를 친다. 분노가 천장을 뚫고 기어오른다.

싫으면 가. 안 잡아. 나는 너 같은 여자들 생리를 알아. 조금만 힘들면 가버리는 것. 그러니 가! 나도 니가 싫어.

나는 고기를 짓이기는 발에 더욱 힘을 가한다. 그래도 분이 풀리지 않는다. 나는 있는 힘을 다해 악을 쓰며 소리를 지른다. 10평 남짓한 작은 공간이 몸살을 앓는다. 가만두면 안 돼. 사랑을 능멸한 놈을 용서해서는 안 돼. 순수한 마음을 의심한 놈들은 마음에 쇠꼬챙이를 꽂아야 해. 그리고도 시침을 떼고 있는 놈의 입을 갈기갈기 찢어야 해.

나는 다시 소리를 지른다. 부엌 바닥을 미친 듯 헤맨다. 악을 쓰다 지친 목구멍이 피를 쏟아낸다. 독기 오른 눈물이 바닥으로 떨어진다. 목구멍을 타고 올라온 핏덩이가 눈물과 합세하여 피범벅을 만든다. 얇은 몸피가 탈진하여 바닥으로 주저앉는다.

그런 거지 같은 놈 다시는 생각도 하지 마라. 니가 혼자 있는 게 쓸쓸할 것 같아서 가끔씩 만나 밥이라도 같이 먹고 드라

이브도 하라고 소개해 줬지, 그 집에 들어가 살라고 한 게 아니야. 니가 짐 싸 들고 그 집에 들어갔다는 말 듣고 정말 실망했어. 그런데 지금이라도 정신 차렸다니 다행이야.

친구의 목소리가 달려와 나를 위로하고 있다.

니 같은 애가 왜 그런 데 들어가 고생을 사서 해? 넌 혼자 사는 것이 훨씬 멋있어. 고객들에게 대우받으며 우아하게 아름다운 독신 고집하며 살아. 그런 놈하고 살면 우선 니만 피곤하고, 게다가 품위가 떨어져.

그래, 다시는 생각하지 말자. 내 '품위'를 생각해서 그런 비도덕적인 인간은 잊어버려야 해. 지금까지도 혼자서 잘 살아왔는데.

나는 비로소 이성을 되찾는다. 휴지를 꺼내 바닥에 묻은 피를 말끔히 닦는다. 고깃덩어리를 주워 도마 위에 반듯하게 올려놓는다. 죄 없는 고깃덩어리를 두 번이나 죽게 만들다니, 나는 괜히 울컥해진다. 부엌 바닥은 다시 반짝반짝 빛이 난다.

화장실로 들어간다. 거울 속의 여자는 얼굴이 조금 부어 있다. 나는 부스스해진 여자의 얼굴을 정성스레 문질러준다. 한결 생기가 난다. 빗을 가져와 머리를 빗겨준다. 허리까지 내려오는 검은 머리에 윤기가 흐른다.

사람들은 나에게 긴 생머리가 잘 어울린다고 말한다. 머리 때문인지 아직도 삼십 대 초반으로 본다. 그게 무슨 상관이람, 남자에게 차인 주제에…. 그것도 인간쓰레기 같은 놈에게. 쓰디쓴 웃음을 짓고 있는 여자가 거울 속에서 나를 바라보고 있다. 미련 갖지 말라고 한다. 나는 빗을 머리 깊숙이 넣고 천천히 빗어 내린다.

남자가 내 머리를 빗기며 말했다.

당신 만난 게 내겐 행운이야. 당신 안 만났으면 아마 인생 포기했을 거야.

곁에 있던 고3짜리 딸이 거들었다.

원장님은 제게 귀인이에요. 별점 보니까 귀인이 찾아와 도와준다고 했어요. 원장님 아니었으면 아마 대학 가는 것 꿈도 꾸지 못했을 거예요. 학원 다닌 덕분에 영어와 수학 점수 많이 올랐어요. 친구들도 모두 부러워해요. 너무 비싼 학원이어서 갈 엄두도 못 내는 아이들이 많거든요.

중3짜리 딸도 끼어들었다.

원장님이 계셔서 밥 먹는 시간이 행복해요. 집에 돌아올 때 늘 가슴이 설레요. 오늘은 무슨 간식이 어떤 모습으로 날 기다릴까 하구요.

그 남자의 어머니도 지고 싶지 않다는 듯 거들었다.

니들 언제까지 원장님이라고 부를 거야? 이제부터 엄마라고 해. 두 아이들의 눈빛이 반짝거렸다. 조심스럽게 내 얼굴을 올려다보았다. 가슴이 콩닥거렸다. 아이들의 입술이 달싹거렸다.

엄… 마….

그 소리에 나는 무너졌다. 심장이 뜨겁게 달아오르면서 쿵쾅거렸다. 나도 이제 엄마가 되었어. 죽는 그 날까지 들어보지 못할 것이라 생각했는데. 쏟아지는 눈물이 멈추지 않았다.

오랜만에 마트에 갔다가 정육점 앞에서 발이 멎었다.

오늘은 소 잡는 날입니다. 알뜰한 주부들은 이 기회를 놓치지 마십시오. 맛있는 쇠고기를 싼값에 사서 가족들과 행복한 식탁을 마련하시길 바랍니다. 현명한 주부가 되어 남편에게 사랑받으세요. 자, 어서 오세요. 행복은 덤으로 나눠 드립니다.

남자 판매사원이 마이크를 든 채 얼굴 가득 함박웃음을 머금고 있다. 그 앞으로 저녁 찬거리 사러 나온 주부들이 몰려든다. 질 좋고 양 많은 고기를 십 원이라도 더 싸게 사기 위해 주부들의 발걸음이 동동거린다.

껍질만 벗겨진 소의 몸통은 공중에 매달려 팔려 가길 기다리고 있다. 칼을 든 직원은 주부들이 원하는 대로 부위별로 살

칼을 가는 시간

점을 도려내고 있다. 그럴 때마다 아직 굳어지지 못한 피들이 살을 뚫고 흘러나온다.

나도 그들 가운데 서 본다. 그들과 똑같은 주부가 된다. 아무도 내가 한 남자에게 버림받은 여자인 줄 모른다. 가슴 속에 품고 있는 저주의 칼날을 발견하지 못한다. 내장까지 다 빼앗겨 버린 채 허물 벗은 번데기 같은 모습도 찾아내지 못한다.

불과 며칠 전만 해도 그 남자는 내가 살아가는 의미였다. 유일한 희망이었다. 그를 위해서라면 목숨 같은 것은 기꺼이 내놓을 수 있다고도 믿었다.

난 새벽에 일어나는 것은 정말 힘이 들지만 수인이의 밥을 짓기 위해 5시에 일어난다는 사실이 행복해요. 조금도 피곤하지 않아요. 국을 끓이고 반찬을 만들고 간식을 쌀 때는 콧노래가 흘러나온다니까요. 수인이를 학교까지 데려다주고 올 때는 아침 햇살이 내 얼굴을 간질이는데 마치 솜털에 싸인 것 같아요. 고3짜리 딸을 둔 엄마의 행복이 이런 것인가 봐요.

설거지를 하면서 종달새처럼 재재거리는 나의 뒤로 와서 그 남자가 허리를 껴안을 때는 두근거리는 행복 소리가 거실 안을 가득 채우곤 했다. 작은딸과 셋이서 아침을 먹으면서 반찬을 서로 밥 위에 올려주느라 젓가락이 부딪칠 때는 눈부신 미소가 식탁 위에 꽃향내를 피워 올렸다.

지문이 다 지워진 손으로 아이들이 벗어 놓고 간 옷을 빨 때도 힘들다는 생각이 들지 않았다. 베란다 구석구석에 숨어 있던 가난의 얼룩들을 걷어내면서 그를 선택한 삶이 내가 태어난 이유라고 믿었다. 늦은 아침을 먹고 일을 하러 나가면서 아이들이 학교에 갔다 와서 먹을 간식을 식탁 위에 차릴 때는 이런 것이 살아있는 행복이구나 생각했다. 나도 엄마가 되었다는 사실에 심장이 떨려왔다. 밤늦게 집에 돌아오면 아이들이 벗어 놓은 교복과 속옷을 빨면서도 콧노래가 흘러나왔다.

난 수인이와 혜인이를 가슴으로 낳았어.

아이들에게 그 말을 하고 났을 때는 심장이 떨리고 눈물이 났다. 그 모든 새로운 삶들이 내게는 더없이 신비롭고 설레는 일이었다. 생각만 해도 입이 벙글어졌다.

결혼한 지 한 달 만에 남편이 교통사고로 유명幽明을 달리하고 나서 20여 년 가까이 혼자서 살아왔던 나에게는, 영원히 찾아올 것 같지 않았던 꿈 같은 나날들이었다. 하지만 그와 헤어져 있는 지금은 그 순간들이 끔찍했다는 생각이 든다. 영원히 빠져나올 수 없는 지하 감방에서 탈출한 느낌이다. 그 남자를 만나서 일 년 동안 무엇을 했나 생각하면 시장 보고, 밥하고, 빨래하고, 청소한 것만 떠오른다. 그 외에는 아무것도 기억나는 게 없다. 그 남자와 내가 정말 사랑을 했던가? 살을 부비고 쪼아댔던가? 잘 모르겠다. 분명한 건 그 남자에게 했던 말이다.

당신 없으면 난 죽어요, 당신이 내 인생의 목표예요.

그런 생각을 비칠 때마다 그 남자는 말했다.

내가 죽는 날이 당신과 헤어지는 날이야.

그런데 나는 지금 그 남자를 증오하고 있다. 죽이고 싶다. 아니면 그 남자에게 버림받은 여자 중 한 사람이 그 남자를 난도질해 주기를 바라고 있다. 정말 웃기는 일이라고 벽시계가 째깍거리며 말한다. 간사스러운 것이 인간의 감정이라고 형광등 불빛도 맞장구친다. 내가 그 사람을 미워하게 될 줄은 상상조차 할 수 없었던 일이었다.

나이 많은 아주머니가 자리를 양보해 주었다.

이쁜 새댁도 고기 사러 왔나 보네. 맛있는 고기 많이 사서 신랑한테 사랑받아요. 아주머니는 마이크를 든 직원 흉내를 내며 미소 지었다. 난 그 아주머니야말로 행복한 주부라는 생각을 한다. 남을 배려할 줄 안다는 것은 그만큼 삶에 여유가 있다는 것을 의미한다. 아주머니에게 목례를 하며 미소를 보내는 가슴속으로 아픔의 파도가 출렁거린다.

나는 껍질이 벗겨진 채 공중에 매달려 있는 소를 쳐다본다.

그것은 이제 소가 아니다. 한낱 고깃덩어리일 뿐이다. 최대한 먹음직스러운 모양으로 사람들의 식욕을 자극하는 일만 남았다. 팔려 가길 기다리는 게 전부다. 설사 영혼이 살아 있다 해도 육체와 분리되어 아무것도 할 수 없다.

나 또한 주부의 모습으로 서 있지만 주부가 아니다. 피폐해진 마음 밭에 아무런 감정의 물결도 떠올리지 못한다. 허깨비가 되어 버렸다. 내게 보이는 세상은 모두 회색빛이다. 행복하게 웃는 사람들 사이에 서 있는 나는 인형일 뿐이다. 입속으로 털어 넣는 음식도 오염된 쓰레기 같다. 역겹다. 하지만 오늘은 고기가 먹고 싶다.

왜 내 말을 안 믿어요? 내가 거짓말하는 것 같아요? 수인이가 정말 내게 눈을 흘겼다니까요. 묻는 말에 대답도 안 하고 눈을 치켜뜨고 째려봤단 말이에요.

내 말을 믿지 않고 화만 내고 있는 그 남자를 향해 나는 소리쳤다.

여자들은 다 똑같아, 너는 안 그럴 줄 알았는데. 우리 수인이는 그런 애가 아니야. 어린아이보다 더 순진하고 착해. 차라리 살기 싫다고 해.

순간 나는 가슴 속에서 치솟는 화를 억누르지 못했다.

당신은 딸을 너무도 몰라요. 어떻게 내가 거짓말을 한다고 생각해요? 그렇게 날 못 믿어요? 정말 못 믿어요? 대답해 봐요. 나를 믿어요? 수인이를 믿어요?

남자의 눈 속에 경멸의 빛이 가득 차올랐다.

난 우리 수인이를 믿어. 됐지?

눈앞이 아득해졌다. 이제는 끝이구나, 하는 생각이 머리를 타고 온몸으로 흘러내렸다. 끔찍스러웠다. 작고 얇은 내 몸피가 진저리를 쳤다. 헤어진다는 생각은 손톱만큼도 해 본 적이 없었다. 내 수입으로 그 남자네 살림은 물론 바로 옆집에 살고 있는 그의 부모님들까지 챙겨야 했지만, 그것은 전혀 문제가 되지 않았다. 내겐 그 남자만 있으면 되었다. 그런데 그 남자는 이제 내가 필요 없다고 했다.

왜 니가 나를 버려? 버려도 내가 너를 버려야 해. 넌 절대 나를 버려서는 안 돼. 목구멍 위로 올라오는 그 말을 간신히 참고 있는데 눈물이 솟구쳐 올라왔다. 그래, 이 순간의 모욕을 난 절대 잊지 않을 거야. 그리고 너의 마음을 돌려놓고, 니가 내 발 앞에 무릎을 꿇고 빌 때 나는 널 버릴 거야.

처절한 배신감 속에서도 난 그 남자에게 복수할 시나리오를 짜고 있었다. 눈물은 될 수 있으면 많이 흘려야 한다. 그리고 최대한 비참하고 처참한 모습으로 일그러져야 한다. 난 당신 없으면 죽어요, 하는 것을 남자의 머릿속으로 각인시켜 놓아야 한다…. 지는 것이 이기는 것이야…. 난 이를 악물었다.

난 당신 없으면 못살아. 갈 데가 없어. 날 버리지 말아요.

난 눈물과 콧물이 범벅이 된 얼굴로 그를 올려다보며 애원했다. 하지만 의자에 앉아 나를 내려다보는 그의 얼굴은 싸늘했다. 처음 보는 사람처럼 낯설었다.

난 이제 니가 싫어. 정말 싫어. 그러니 가.

얼음같이 차가운 그의 말은 내 두 눈에서 불꽃이 튕겨 오르게 했다. 순간 나도 모르게 그 남자의 멱살을 잡고 흔들었다. 뜻밖의 행동에 놀란 남자의 두 눈이 휘둥그레졌다. 어찌할 줄 몰라 허둥거렸다.

야, 이 사기꾼아. 내 인생 물러내. 잘 사는 사람 꼬셔 데리고 와서 돈 빼먹고, 이제 짜낼 것이 없으니 날 내쳐? 거지 같은 놈 구해 줬더니 은혜도 모르고. 너 같은 인간들이 있어서 세상이 범죄로 득실거리는 거야.

이 쌍년이!

얼굴에서 번갯불이 튀어 올랐다. 난 더 이상의 모욕은 받고 싶지 않았다. 훗날의 복수를 위해 참고 싶었던 마음들이 인내의 한계점에 도달했다.

이 비열한 놈! 여자를 어떻게 때리느냐고? 사기 치지 마. 나도 다 알고 있어. 니 마누라가 바람나서 도망간 이유가 모두 니가 때렸기 때문이라는 거. 날마다 노름이나 하고, 집안 재산 다 말아먹고 때리고 의심하고 뒷조사하는데 바람 안 날 여자 있어? 나 같아도 달아나겠다. 학교도 사표 낸 게 아니고 밤새도록 술 마시고 아이들 자습만 시켜서 부모들이 항의하는 바람에 쫓겨났다는 것도 다 알고 있어.

그 남자는 시뻘게진 얼굴로 또다시 손바닥을 치켜올렸다. 하지만 난 멈추지 않고 악다구니를 퍼부었다.

넌 짐승보다 못한 놈이야. 네 명이나 되는 여자들이 일 년도 못 돼서 다 도망간 것은 모두 네놈 그 더러운 성격 때문이야. 내가 가고 나면 또 다른 사람들에게 거짓말하겠지. 그렇게 잘해줬는데 돈 떼먹고 도망갔어요, 하고. 더러운 놈, 평생 여자 등이나 처먹고 살아라.

모욕으로 부르르 진저리치던 남자가 벌떡 일어서더니 바람만 불어도 날아갈 것 같은 내 몸피를 짓밟기 시작했다. 나는 남자의 허리춤을 잡았다. 남자는 그런 나를 떼내어 벽으로 몰아붙였다. 그리고 멱살을 잡고 뺨을 연거푸 후려갈겼다.

그래, 이 개 같은 년아, 난 이런 사람이다. 이제 알았어? 그러니 가. 지긋지긋해.

내 눈과 입도 지지 않았다. 시퍼런 불꽃을 피워 올렸다.

이 몰상식한 새끼야, 뚫린 입이라고 아무 말이나 해? 오늘 널 죽여 버릴 거야.

나는 남방이 찢어지도록 거세게 움켜잡고 조여진 목을 흔들었다. 그 남자는 내 손을 떼 내려고 얼굴에 핏대를 있는 대로 세웠다. 그럴수록 나는 더 세게 잡고 흔들었다. 그를 죽여야 한다는 생각이 온몸의 세포와 독기들을 남김없이 불러일으켰다.

그래, 오늘 널 죽여 버릴 거야. 어차피 내 인생은 끝났어.

내 손가락이 그 남자의 목으로 기어 올라가 짓누르기 시작했다. 그때 마루에 놓여 있던 선풍기가 공중으로 날아올랐다. 남자의 발에 걷어차여 벽에까지 날아간 선풍기는 몸뚱이가 두 동강이 나면서 날개까지 부서져 버렸다. 튕겨 나온 날개 파편이 내 얼굴로 날아와 박혔다. 피비린내가 입속으로 흘러들었다. 나는 흡혈귀 같은 얼굴로 그를 올려다보았다. 그런 나의 얼굴에다 그는 사정없이 발길질을 했다. 나는 비명조차 지르지 않고 피눈물이 떨어지는 얼굴로 그를 노려보았다. 핏대 선 그의 얼굴은 가마솥 아궁이처럼 시뻘겋게 타오르고 있었다.

나는 그 남자의 껍질을 벗겨서 매달아 놓으면 어떨까 하는 생각을 해 본다. 그 남자는 덩치가 크니까 살점도 많을 거야,

칼을 가는 시간

하고 중얼거려 본다. 고기를 자르고 있는 마트 직원의 칼을 빼앗아 살점을 도려내고 싶어진다. 매달려 있는 소를 끌어 내려 난도질을 하고, 뼈마디까지 남김없이 다지고 싶다. 하지만 나는 그 어떤 것도 하지 못한다. 얼굴 가득 잔잔한 미소만 피워 올린다. 차례만 기다리고 있다.

나는 고기 한 덩어리를 산다. 심장에서 가장 가까운 살점이다. 금방이라도 고깃덩어리가 살아서 일어날 것만 같다. 눈을 빤히 뜨고 쳐다볼 것 같다. 나는 시장바구니 속으로 고기를 담은 비닐봉지를 내동댕이친다.

언젠가 서울에 있는 마장동 축산물시장에 간 일이 있다. 남자 동창생이 그곳에서 도축업을 하고 있는데 취재차 간 것이었다.

내 친구인데 기자랍니다.

그 친구는 내가 미장원 원장인 것보다 잡지사 프리랜서라는 것이 더 자랑스럽다는 듯이 말했다. 하지만 난 무서웠다. 친구의 뒤만 졸졸 따라다녔다. 그곳은 사방이 온통 붉은빛으로 덧칠해져 있었다. 피비린내와 생고기에서 피어나는 누릿한 냄새 때문에 숨을 제대로 쉴 수 없었다. 아침 먹은 것이 목구멍을 타고 올라왔다. 그것을 억누르느라 눈알이 튀어나오려 했다.

줄지어 늘어선 가게마다 돼지나 소들이 걸려 있었다. 껍질만 벗겨진 몸통은 사지를 버둥거리고 있었다. 소머리나 돼지 머리들은 가게 문을 지키고 있었다. 금방이라도 껌벅일 것만 같은 커다란 소의 눈을 나는 차마 바로 볼 수 없어서 외면했다. 눈이 닿는 곳은 어디든 고깃덩어리들로 가득 차 있었다. 길바닥에 흐르는 물은 모두 피와 뒤섞여 있었다. 하이힐 속으로 자꾸만 핏물이 스며들었다. 친구가 커피를 한 잔 사 주었지만 넘어가지 않았다. 그곳에는 커피 색깔도 핏빛이었다. 커피를 따라주는 아주머니가 달려들어 내 목을 따고 껍질을 벗길 것만 같았다. 한겨울인데도 몸에서는 땀이 줄줄 흘러내렸다.

마장동 취재 기사를 쓸 때 손가락에서 피비린내가 진동하였다. 자료로 찍어온 사진 속의 소들이 뛰쳐나와 내 목을 조였다. 며칠 밤을 가위에 눌렸다. 흘러내린 식은땀으로 이불이 흥건했다.

나는 칼을 갈아야 한다는 생각을 한다. 칼이 잘 들어야 고기가 잘 썰어질 것 같다. 칼날이 무디면 고기가 썰어지지 않고 찢어져 버린다. 그럼 생으로 찢겨진 소의 살은 피투성이가 된 얼굴로 살아나 내 목을 조일지도 모른다.

나는 죽고 싶지 않다. 그 어느 누구도 날 죽일 수 없다. 죽이도록 내버려두지 않을 것이다. 기어이 날 떠밀어낸 그 남자의 목을 조여야 한다.

나는 밤마다 그 남자를 죽이는 꿈을 꾼다. 잠에서 깨어나면 온몸이 땀으로 범벅이 되어 있다. 깨어나서도 나는 중얼거린다. 그를 죽이고 싶다. 죽여 살을 저미고 요리를 해 먹고 싶다.

그 남자의 집으로 들어가는 일은 어렵지 않다. 내게 그 남자네 집 현관 열쇠가 있다. 내가 불임수술을 하러 가던 날 그 남자는 따라오지 않았다. 그 남자가 나를 사랑하지 않는다는 것을 그때 알았다.

혼자 병원을 나오면서 나는 열쇠를 복사해 두었다. 언젠가 쓰일 것만 같았기 때문이었다. 그 일은 내가 한 일 중에 가장 잘한 것 같다. 그 열쇠만 있으면 언제든지 그 남자의 집 안으로 들어갈 수 있다. 그 남자가 다른 여자와 발가벗고 뒤엉켜 자는 모습도 다 볼 수 있다. 사진을 찍어 인터넷에 올릴 수도 있다.

사진 밑에다 이렇게 쓸 수도 있다. 여자의 돈을 갈취해 먹고 돈이 떨어지면 차 버리고 또 다른 여자를 만나는 파렴치한─그런 사람이 학생들에게 무엇을 가르칠 것인가. 그렇게 되면 그 남자는 일주일에 다섯 시간이나마 붙들고 있는 보충수업 강의를 그만 두어야 할 것이다.

나는 하루에도 몇 번씩 그 남자의 집으로 들어가는 내 모습을 본다. 내 손때가 묻은 물건들이 구석구석 놓여 있는 곳은 전혀 낯설지 않다. 옷장 안에는 내가 사 준 그 남자의 옷들이 가득 들어있다. 두고두고 후회되는 것은 그 남자가 짐을 가져가라고 했을 때 그것들을 찢어버리지 못한 일이다. 일 년 동안 내가 그 남자에게 사 준 옷값이 몇 달 수입보다 더 많다.

처음 만났을 때 그 남자는 옷이 두어 벌밖에 없었다. 학생들이 교복이라고 놀린다는 말을 들었을 때 당장 달려가서 옷부터 사 입혔다. 좋아하는 그 남자를 보면서 눈물이 핑 돌았다. 그때부터 길 가다 옷 가게가 보이면 무조건 들어가서 사 입혔다. 옷걸이가 좋은 그 남자는 어떤 것을 입어도 다 잘 어울렸다. 그래서 명품은 아니지만, 브랜드 가치가 높은 옷을 옷장이 가득 차도록 사 입혔다.

그 옷들을 입고 다른 여자들을 만날 것을 생각하면 피가 솟는다. 화가 난다. 눈알이 빠져버릴 것만 같다. 이제는 그 남자를 사랑하지도 않는데 왜 화가 나고 분노가 솟구치는지 이해가 되지 않는다. 아직도 내가 그를 사랑하고 있다는 말인가. 나는 머리를 훼훼 젓는다. 그런데도 나는 자꾸 화가 난다. 암튼 나는 까닭도 없이 화가 치민다. 너무 화가 나서 미칠 것만 같다. 세네카가 쓴 『화에 대하여』라는 책을 몇 번씩이나 읽어도 분노는 사그라들지 않는다. 이 책에서 세네카는 말하고 있다. 일단 화를 내는 것에 성공하면 의기양양해지지만 실패하면 광기에 미쳐 날뛴다고. 실패했을 때조차 화는 지치지 않으며, 만약 화가 미치지 않는 곳까지 상대가 달아나버리면 분노를 이기지 못하고 제 살까지 뜯어먹는다고. 화는 그 강렬한 기운이 어디서 시작되었든지 개의치 않으며 아주 사소한 것에서 시작되어 저만치 높은 곳까지 솟아오른다고.

2천 년 전에 세네카는 오늘의 나를 예견한 것 같다. 우주를 떠다니고 있는 내 영혼 속으로 들어와 나의 모든 것을 낱낱이 보고 느꼈던 것 같다. 나는 지금 광기가 조금 가라앉은 것처럼 보이지만 전혀 그렇지 않다. 화가 극도로 치달아 폭풍전야 같은 긴장감 속에 잠시 갇혀 있을 뿐이다.

나는 싱크대 서랍 속에서 숫돌을 꺼낸다. 금강석 숫돌이다. 결혼할 때 아버지께서 짐꾸러미 속으로 넣어주신 것이다. 아버지….

칼을 갈 때는 숫돌에 물을 뿌리면서 요렇게 갈아야 자알 갈아진단다.

아버지의 다정한 음성이 달려온다. 아버지…. 이제는 보고 싶어도 볼 수 없는 나의 아버지. 생각만으로도 눈물이 흐른다. 나는 애써 아버지의 영상을 떨쳐버리고, 숫돌에 물을 뿌리고 칼을 가는 일에 열중한다. 숫돌 위에 물을 조금 뿌린다. 마음을 담아서 정성스럽게 칼을 간다. 아주 얇게, 요리하기 좋도록 고기를 저미려면 칼을 잘 갈아야 한다. 나는 칼날을 물에 적신다. 그리고 다시 숫돌 위에 눕혀서 문지른다. 손은 칼을 갈고 있는데 마음은 그 남자의 집으로 들어서고 있다.

현관에는 몇 켤레의 신발이 제멋대로 뒹굴고 있다. 나는 신발들을 가지런히 한다. 입구에 큰딸 수인이의 방이 보인다. 덩치가 나보다 더 큰 고3인 그 애는 언제나 젖가슴이 다 드러난 모습으로 자고 있다. 브래지어만 하고 있는 육감적이고 팽팽한 가슴은 나를 비웃고 있다. 당신이 뭐라고 해도 난 내 맘대로 할 거예요. 당신이 내 엄마인가요 이래라 저래라 하게.

나는 그 애의 말에 반박할 수가 없다. 난 엄마가 아니기 때문이다. 제재를 가할 아무런 자격이 없다. 그 남자와 한방에서 잠을 잤지만 그 남자의 아내가 아니다. 그렇다고 가정부도 아니다. 가정부는 돈을 받지만 나는 내 돈으로 그 집 살림을 다 살아주었다. 그런 나를 그 집식구들은 멀뚱하니 쳐다보기만 했다. 내가 짐을 싸 들고 그 집을 나오는 순간부터 그들과의 관계는 단절되어 버렸다. 가족이었다면 절대 있을 수 없는 일이다. 원수처럼 으르렁거리다가도 돌아서면 웃으며 껴안는 것이 가족이라는 특수 관계다. 그들과 나는 가족이 아니었다. 나에게 그들은 가족이었지만 그들에게 있어서 나는 물주에 불과했다.

처음에는 모두들 나를 신기한 듯 바라보았다. 잘 보이려고 갖은 관심을 보였다. 하지만 속옷 차림으로 다니지 말라고 한 뒤부터는 태도가 바뀌었다. 냉랭해졌다. 아이들은 불러도 대답조차 하지 않았다. 그 남자도 자신의 딸을 흉보는 내게 처음에는 고치도록 해 볼게, 하다가 그것이 잦아지자 짜증을 냈다.

당신도 언젠가는 간다는 것 알아, 다른 여자들처럼.

그 남자가 아내와 이혼을 하고 1년 동안에 만난 여자들이 네 명이나 되었다는 말을 처음 들었을 때 망치로 머리를 한 대 맞은 것 같았다. 그것도 한 명은 술집 주인이었고, 세 명은 술을 먹다가 만나 합석한 여자들이라고 했다. 첫날부터 함께 자고 다음날부터 같이 살았다는 것이다. 밤이든 낮이든 가리지 않고 껴안고 뒹굴면서.

그 남자는 유난히 섹스를 밝혔다. 낮에 텔레비전을 보다가도 흥분을 하며 바지를 내렸다. 심지어는 아이들이 방에서 공부를 하고 있는 데도 거실에서 몽롱한 얼굴로 쳐다보곤 했다.

그런 모습으로 네 명이나 되는 여자들과 함께 살았다는 생각을 하면 역겨움이 올라온다. 그 여자들이 누웠던 자리에 내가 드러누워 있었다는 사실이 끔찍했다. 처음에는 그것이 문제가 되지는 않았다. 남자의 실체를 알기 전까지는.

 나는 정성스럽게 칼을 간다. 쓱~쓱~쓱~, 칼 가는 소리가 새벽공기를 가르고 있다. 열일곱 번을 문지르고 칼날을 물에 씻는다. 금강석 가루와 칼에서 나온 쇳가루가 섞여 짙은 회색빛 물방울이 칼끝에서 떨어지고 있다.
 나는 무엇을 해도 꼭 7이라는 숫자로 끝나게 한다. 그래야 행운이 나를 찾아올 것 같다는 생각이 들기 때문이다. 13이라든지 4라는 숫자는 무조건 피한다. 13일의 금요일은 아예 아무것도 안 하고 집안에서만 지낸다. 그렇게 45년을 살았지만 행운은 결코 내 손을 잡아주지 않았다.
 초등학교 때 보물찾기에서 보물을 단 한 번도 못 찾은 게 나라는 인물이다. 행운권 추첨도 된 적이 없다. 물건을 사면 꼭 불량품만 걸린다. 어디 가서 앉더라도 물이 있는 자리던지 아니면 바닥이 찢어진 곳이 나한테 걸린다. 외식을 할 때면 수세미 조각이나 머리카락 같은 것을 자주 만나곤 한다. 그런 나를 보고 사람들은 재수 옴 붙었다고 했다. 그래서 나는 사람들을 피했다. 가까이 가면 나로 인해 그들이 재수 옴 붙을까 봐서. 나와 친하게 지내고 싶어하는 사람들에게는 선수를 쳤다. 나와 놀면 재수 옴 붙어요. 나는 머피의 법칙에 적용되는

칼을 가는 시간

사람이라구요.

인간 냄새도 나지 않는 그 남자를 만난 것도 재수 옴 붙은 일이라는 것을 이제야 깨닫는다. 내가 잠시 방심한 틈을 타서 잽싸게 자리를 차지한 암적 존재. 그것이 바로 그 남자다.

하지만 난 그 남자와 헤어지고 싶지 않았다. 그 남자가 좋았다. 이유는 모른다. 헤어지면 죽을 것 같았다. 그래서 자존심도 다 내팽개치고 울며 매달렸다. 난 갈 데가 없어요. 당신이 버리면 난 죽어요. 제발 가라는 소리 하지 말아요.

하지만 남자는 냉정했다.

난 당신이 싫어 그러니 가. 사랑? 사랑이 밥 먹여 줘? 난 사랑 같은 거 안 믿어. 사는 게 더 중요해. 내 생명보다 소중한 우리 애들 흉보는 여자는 싫어. 두 번 다시 보고 싶지 않아.

그 남자는 날 이상한 동물 쳐다보듯 했다. 다 큰 여자애들이 속옷 바람으로 당연한 듯 다니고 그 남자도 팬티 바람으로 집안을 오가는 것이 솔직히 난 이해가 안 되었다. 여자는 한여름에도 속바지를 껴입고, 될 수 있으면 살을 가리고 살아야 한다는 엄마의 교육을 받고 자란 내게 그 남자의 사고방식은 결코 용납되지 않는 것이었다. 그것을 좀 고쳤으면 좋겠다고 할 때마다 그 남자는 오히려 내가 이상하다고 했다. 그리고 정신과에 끌고 갔다.

그 남자의 말만 들은 의사는 내가 정상적인 사고가 아니라고 말했다. 결벽증 환자라고 했다. 장기간의 치료가 필요할 만큼 심각한 증세라고 했다. 하지만 둘만의 상담 시간이 되자 달라졌다. 내 이야기를 듣고 의사는 그 남자와 헤어지라고 했다. 그 남자가 잘못된 도덕관을 가지고 있는 편집증 환자라고 했다.

나는 그 남자와 아이들의 가치관을 바꿔 보려고 했다. 어떻게든 그 남자와 살고 싶었기 때문이다. 그래서 모두를 모아놓고 이야기했다. 가족 간에도 지켜야 할 도덕이 있으며, 여자는 무엇보다도 몸가짐을 반듯하게 해야 한다고 예를 들어가며 설명을 했다. 하지만 두 딸들은 그런 내 말에 콧방귀를 뀌었다. 도전이라도 하듯 브레지어와 팬티만 입고 더 당당하게 집안을 활보했다. 밥 먹을 때 고개를 숙이면 젖꼭지까지 훤하게 다 보였다. 그럴 때마다 내 얼굴은 모멸감으로 일그러졌다. 그런 나를 바라보는 남자의 눈초리는 갈수록 사나워졌다. 그 남자의 어머니한테도 말했지만 소용이 없었다.

말해도 애들이 안 듣는 걸 나도 어떻게 할 수 없어.

그날도 수박을 먹는데 큰딸 수인이가 엉덩이가 다 보일 듯한 반바지에 브레지어만 하고 나왔다. 바닥에 앉아 수박을 베어 물 때마다 젖무덤이 출렁거렸다. 그 옆에서 수박을 먹고 있던 그 남자의 얼굴이 젖무덤 속으로 파묻힐 것 같았다. 내가 눈치를 줬지만 그 남자는 웃기만 했다. 한술 더 떠서 우리 수인이 가슴 보니까 시집가도 되겠네, 하고 너스레까지 떨었다. 안 그래도 애들이 내 가슴이 크다고 부러워하고 있어. 큰딸은 자랑스러운 듯 말했다. 그 남자의 어머니는 웃기만 했다.

나는 민망스러워 계속 앉아 있을 수가 없었다. 그래서 베란다로 나가 아이들 교복을 빨기 시작했다. 그때 그 남자가 기다렸다는 듯이 옷 뭉치를 던졌다. 바지 4개, 윗도리 5개였다. 난 갑자기 화가 치밀었다.

이렇게 한꺼번에 내놓으면 어떻게 해요? 이런 것은 세탁기로 빨아도 되는데 아까 세탁기 돌릴 때 내놓지 그랬어요?

그러자 그 남자가 코맹맹이 소리를 했다.

그래도 당신이 손으로 빨아주는 게 더 좋아. 당신 빨래 잘하잖아.

그 말에 분노가 치솟았다. 하지만 내색하지 않았다. 입술을 앙다물고 참았다. 비누를 칠하고 옷을 치대는데 눈물이 났다. 내가 지금 무엇을 하고 있는가. 왜 이런 고생을 사서 하고 있는가. 정말 싫다, 는 생각이 순간적으로 온몸을 훑어 내렸다. 놀라운 변화였다. 빨래를 하면서 짜증스러웠던 적은 한 번도 없었다. 베란다에 놓여 있던 화분들을 박살 내고 싶었다. 비누 거품으로 가득 채워진 세숫대야를 마루에 앉아 수박을 먹고 있는 그 남자의 가족들 위에 끼얹고 싶었다.

빨래를 다 하고 나자 그 남자는 웃으며 말했다. 당신 수고했으니 내가 커피 사 줄게. 밖으로 나가자. 나는 말없이 따라 나갔다. 커피래야 공설 운동장에 있는 자판기에서 뽑은 것이었다. 커피를 마시면서 나는 속옷 문제를 매듭지어야 한다는 생각을 했다.

애들에게 당신이 말 좀 해 봐요. 정말 보기 흉하단 말이에요.

그 남자의 눈이 찢어지면서 목소리에 신경질을 있는 대로 실었다.

옷 벗고 다니는 것이 어때서? 난 솔직히 아무렇지도 않아. 부모와 자식 사이인데 그것이 어때? 당신이 예민한 반응을 보이는 거야. 내가 아는 어떤 선생님은 장가를 갔는데도 샤워하고 엄마가 있는 거실로 그냥 나와서 몸을 닦는다고 해. 그런데 속옷 바람으로 다니는 것이 뭐가 잘못됐어? 난 우리 애들 아플 때 콧구멍까지 빨아주었어.

날 이해해 보려는 노력조차 하지 않고 자신이 옳다고 우기는 그 남자에게 화가 치솟았다.

당신은 무조건 당신이 옳다고 합리화시키는군요. 그건 분명 잘못된 것이라구요.

그 남자도 지지 않고 언성을 높였다.

그게 왜 이상해? 그렇게 생각하는 당신이 더 이상해. 그런 소리 이젠 정말 지겨워. 제발 그만해. 그렇게 보기 싫으면 가면 될 것 아니야? 그래, 가. 가버려.

그는 소리를 지르며 종이컵을 땅바닥에 내동댕이쳤다. 종이컵 속에 남아 있던 커피가 흰색 코트에 튀어 오르며 갈색 얼룩을 만들었다. 난 분노로 심장이 터질 것 같았다. 분명한 것을 아니라고 우기는 그 남자의 잘못된 가치관에 울화통이 치밀었다. 어떻게 해 볼 도리가 없는 불가항력이라는 것을 깨달았다. 나는 입술을 앙다물고 그 남자를 노려보았다. 비웃음이 실린 그 남자의 얼굴도 나를 내려다보고 있었다. 나는 발 앞에 떨어져 있는 종이컵을 있는 힘을 다해 짓이겼다. 몇 방울 남아 있던 커피가 발등을 쳤다.

사회 규범상 분명 잘못된 일임에도 불구하고 자신에 가치관에다 그것이 옳다고 규정지어 놓고 다른 사람들의 말은 들으려고도 하지 않는 그 남자의 왜곡된 도덕관에 분노가 치밀었다. 그래서 나는 해서는 안 될 한 마디를 기어이 내뱉고 말았다. 그것을 뱉는 순간 그 남자와 헤어져야 한다는 것을 알고 있었지만 나는 결국 하고 말았다. 그렇지 않으면 머리가 터져버릴 것 같았기 때문이었다.

그럼 수인이 아파서 입원했을 때 내가 날마다 목욕시켜 준 것에도 질투 났겠네요? 미안해요, 당신 즐거움을 빼앗아서. 내가 없었으면 당신이 날마다 온몸을 닦아 주었을 텐데. 나는 쉬지 않고 따발총처럼 연거푸 쏟아부었다. 그래요, 갈게요. 당신이 원하는 게 그것이라면 나도 싫어요. 내가 가고 나면 이제부터는 눈치 볼 일 없으니 콧구멍도 빨아주고, 함께 목욕도 하고 온 식구들이 발가벗고 다니면서 필요할 때마다 껴안고 뒹굴면서 살아봐요.

순간 그 남자는 얼굴이 시뻘개지더니 내 멱살을 쥐고 흔들었다.

이 쌍년, 이거 완전히 또라이 아니야?

나도 지지 않았다.

야, 이 개새끼야. 내가 또라이면 넌 인간 쓰레기야. 또라이보다 쓰레기가 더 더러운 거야. 지나가는 사람 붙들고 물어볼까? 또라이가 더러운지, 쓰레기가 더러운지. 니 같은 놈들이 있어서 세상이 말세가 되는 거야.

이 미친년이!

내 얼굴 위로 무쇠 덩어리가 덮쳐왔다. 갑작스러운 충격에 놀란 뺨이 꿈틀거리면서 입술이 찢어졌다. 난 악다구니를 치며 남자의 멱살을 잡고 흔들었다.

이 나쁜 놈아, 내가 니한테 뭘 잘못했어? 애들 옷 좀 입고 다니라고 하는데 그것이 그렇게도 잘못되었어? 인간이 짐승하고 다른 점이 무언데? 사고를 하고 부끄러움을 알고 예의를 차릴 줄 알기 때문이야. 그럼 여름에 더운데 뭐 하러 옷 입고 다녀? 발가벗고 다니지. 사람은 기본적으로 지켜야 할 도덕이라는 게 있는 거야. 너 같은 인간을 뭐라고 하는 줄 알아? 후레자식이라고 해.

그래, 난 후레자식이다. 그러니 가. 다시 오지 마.

그 남자는 달려드는 나를 땅바닥에 밀쳐버리고 뒤도 돌아보지 않은 채 차를 몰고 가 버렸다. 나는 힘없이 바닥에 넘어져 멍하니 앉아 있었다. 나둥그러진 종이컵 속의 커피가 슬픈 눈빛으로 그런 나를 올려다보고 있었다. 검붉은 노을이 달려와 내 어깨를 토닥거렸다.

잘 갈아진 칼날이 시퍼렇게 빛이 난다. 지금부터 나는 고기를 저밀 것이다. 아주 얇게 저며서 샤브샤브를 해 먹을 것이다. 가장 예쁜 그릇을 꺼내어 소담스럽게 반찬을 담아서 식탁을 풍성하게 차릴 것이다. 그리고 여왕처럼 우아하게 앉아 만찬을 즐길 것이다.

붉은 와인으로 목을 축이고 설거지를 끝내고 옷장 속에서 가장 멋있는 옷을 입을 것이다. 검은색이 나한테 잘 어울리니까 검은색 원피스를 입어야겠다. 그리고 핸드백을 메고 처음으로 산 붉은 색 하이힐을 신고 지리산으로 갈 것이다. 지리산 언저리에 있는 간이 휴게소에서 커피를 한 잔 마시고 산 아래를 굽어볼 것이다. 산자락에 안개가 끼어 있다면 좋겠다.

며칠 전에 나는 그에게 편지를 썼다. 마지막 남은 자존심까지 남김없이 버리고 애원했다. 두 달 동안 생각해 보고 또 생각해도 난 당신 없으면 살지 못한다, 그러니 날 용서하고 예전처럼 다시 돌아가자, 하는 장문의 편지를 그 남자의 집 우편함 속으로 넣고 왔다. 주차장에 그 남자의 차가 보였다. 내가 피 같은 돈으로 사 준 하얀색 중형차. 그 차를 사 줬을 때 그 남자는 말했다.

정말 고마워. 당신은 나의 구세주야. 그때 내가 말했다. 혹시 당신 마음이 변하면 난 죽을지 몰라요. 그 남자는 웃으면서 내 손을 잡았다. 당신이 바람을 피우지 않는 한 내가 당신을 떠나는 일은 절대로 없을 거야. 그 남자의 어머니도 곁에서 거들었다. 이 사람의 마음이 변한다면 그것은 머리가 돈 것일 거야. 믿어도 돼. 절대 자네 안 버려. 내가 알아. 곁에 앉은 둘째 딸 혜인이도 말했다. 안심하세요, 원장님, 우리 아빠는 절대 안 변해요. 제가 보증해요.

난 편지를 쓰면서 그 남자가 내게 전화를 해 줄 것이라 믿었다. 새벽 세 시에 전화가 왔다. 나는 가슴을 두근거리며 수화기를 들었다.

이 썅년아, 왜 편지질해서 날 곤경에 빠뜨려? 난 너 같은 것 사랑한 적 없어. 니년이 좋아서 쫓아다니다가 내가 거들떠도 안 보니까 간 것 아니야? 난 결혼할 여자 있어. 바꿔 줄 테니 정신 차려. 뒤이어 여자의 간드러진 목소리가 수화기를 타고 달려왔다. 나는 태천씨와 결혼할 사람인데 당신 누구야?

나는 은빛으로 번쩍이는 칼날을 고깃덩어리 속으로 밀어넣는다. 조심조심 그 남자의 심장을 저민다. 핏물이 번져 나온다. 아이보리 색 플라스틱 도마가 피빛으로 물들기 시작한다. 나를 능멸한 그 남자를 결코 그냥 두고 싶지 않다. 마지막 남은 내 자존심까지 짓뭉갠 그 남자의 심장 깊숙이 비수를 꽂을 것이다.

지리산에 비가 내린다. 꼬불꼬불한 산길을 한참 동안 달려가니 간이 휴게소가 나온다. 그 남자를 두 번째 만나던 날 왔던 곳이다. 나는 휴게소 안으로 들어가서 커피 한 잔을 산다. 그리고 밖으로 나와서 처마 밑에 선다.

그 남자와 왔던 일 년 전 그날도 비가 내렸다. 여름 장맛비였다. 그 남자는 차에서 내리는 내 손을 잡아주었고, 등산 잠바를 어깨에 걸쳐 주었다. 그리고 처마 밑에서 커피를 마시며 말했다.

이곳에 혼자서 자주 와요. 마음이 쓸쓸할 때 와서 커피 한잔 마시며 이렇게 지리산 자락을 내려다보면 기분이 상쾌해져요. 난 그때 말했다. 좋아하는 사람 생기면 비가 내리는 산자락에서 커피를 마시고 싶다는 생각을 했어요.

나는 종이컵 속에서 떨고 있는 갈색 액체를 내려다본다. 심호흡을 한다. 지리산 자락이 슬픈 눈으로 바라본다. 나는 다시 한 번 크게 숨을 들이킨다. 뜨거운 커피잔 속으로 수면제 50알을 빻은 분말을 남김없이 쏟아붓는다. 핏빛으로 주춤거리며 흔들리던 액체는 순식간에 하얀 가루를 삼켜버린다. 추억도 함께 묻어버린다.

비는 그칠 생각을 하지 않고 더 세게 쏟아진다. 땅거미가 운무를 타고 오르기 시작한다. 나는 천천히 입술 위에 커피잔을 갖다 댄다. 짙은 커피향이 코끝으로 스며들어와 실핏줄을 타고 흐르기 시작한다.

이제 내 사랑의 숨통을 조일 시간이다.

나는 뜨거운 커피 한 모금을 머금고 혀끝으로 조심스레 굴리다 삼킨다. 그리고 또 한 모금을 머금는다. 그 순간 가방 속에 들어있는 휴대용 전화기가 진저리치기 시작한다. 머리카락이 남김없이 일어서며 온몸에서 오돌돌 소름이 돋아난다. 나도 모르게 꿀꺽 입안의 커피를 삼킨다. 혀끝에 묻은 아달린 분말이 당혹감을 감추지 못한 채 허둥거리다 목구멍을 타고 흘러내려 간다. 난 후들거리는 손끝으로 전화기의 폴더를 조심스럽게 위로 밀어 올린다. '엄마'라는 글자가 심장을 덜컥 내려앉게 만든다. 애타게 나를 부르며 달려온다.

나비

…그래요, 당신….

37년을 살아오면서 단 한 번도 뇌어본 적 없는 '당신'이라는 이름을 입술 위에 올려봅니다. 생각만으로도 온몸의 세포 남김없이 일어서게 만드는 당신을 향해 조심스레 가슴을 열어젖힙니다.

어느새 오월입니다. 일 년 중 가장 아름답다는 계절입니다. 그중에서도 더없이 눈부신 날이 오늘이라지요. 로즈 데이라고 들었습니다. 사랑하는 사람에게 장미를 선물하는 날이라 합니다. 사랑을 고백하고 싶은 사람은 오늘을 놓치지 말라고 하더군요. 비록 장미는 드리지 못할지라도 가슴 속에 피어오른 수천 수만 송이 그 꽃의 영혼을 바칩니다.

겉은 피처럼 붉지만 반으로 가르면 순백의 눈보다 더 새하얀 장미의 속살, 그 순결한 마음을 당신께 드립니다. 아직까지 단 한 번도 내보이지 않았던 날개 수줍게 폅니다. 꼭꼭 닫아걸고 못까지 박아 아무도 들어오지 못하게 걸어놓았던 빗장 활짝 열어젖히고 당신을 맞이합니다. 혼신의 힘으로 엮어 둔 꿈의 융단을 발아래 깔아 두었습니다.

무슨 말부터 해야 좋을지 모르겠습니다. 하늘보다도 더 큰 생각의 우물 안에 가득 찬, 당신을 향한 이 간절한 마음들을 어떻게 길어 올려야 할지 당혹스럽습니다. 하고 싶은 말들을 단 한 줄도 쏟아내지 못하게 만드는 부족한 언어 능력에 속이 상합니다.

저도 그림을 그릴 수 있다면 얼마나 좋을까요. 그러면 당신을 향한 제 마음 밭에 파스텔컬러를 마음껏 칠할 수 있을 텐데요. 하지만 유감스럽게도 저는 그림에 관해서는 문외한이라 감히 거론할 수조차 없습니다.

어디서부터 해야 할까요. 무엇부터 꺼내야 좋을지요. 차라리 무심함을 보이는 게 낫다고 처음에는 생각했습니다. 아무것도 아닌 것처럼 여기자 마음먹었습니다. 두 번 다시 만날 수 없을지라도 함께 가진 소중한 시간만으로 고마워해야 한다고 되새겼습니다. 하지만 당신의 침묵이 저를 참을 수 없게 만듭니다. 고통의 우물 속으로 빠져들게 합니다. 인내의 한계를 시험하고 있습니다.

　헤어진 지 백육십 여덟 시간이 지나도록 당신은 연락을 하지 않고 계십니다. 제 마음은 온갖 번민의 소용돌이에 빠져 허우적이고 있습니다. 참담한 부끄러움과 만나게 만들고, 절망의 늪 속을 헤매게 하면서 당신을 향한 믿음을 깨려 하고 있습니다. 창밖의 인기척 소리에만 귀 기울이며 하루하루 버티고 있는 마음은, 벼랑 끝에 선 것처럼 아슬아슬합니다. 내장을 남김없이 드러낸 채 길 한가운데서 죽음과 입맞춤하고 있는 고양이가 차라리 부럽습니다.

　단 한 번의 만남에 끌려버린 게 싫어서, 그 운명 같은 만남을 거역하기 위해 당신과의 거리를 두려고 안간힘을 썼던 것이 얼마나 어리석은 생각이었는지 이제야 깨닫습니다.

　그랬지요, 그날은. 하늘에서 비가 쏟아지고 있었지요. 들어붓는다고 해도 과언이 아닐 정도로 폭우가 몰려오고 있었습니다. 낮부터 쏟아지기 시작한 비는 밤이 되도록 그칠 줄 몰랐습니다. 담장을 둘러싸고 있던 넝쿨장미의 꽃잎들이 핏빛으로 물든 몸뚱이들을 속수무책으로 길바닥에 내맡기고 있었습니다. 보도블록을 타고 미끄러지던 흙탕물들이 거머리처럼 온몸으로 감겨 올랐습니다. 아무래도 나쁜 일이 생길 것 같다고 걱정하는 수군거림들이 거리를 불안하게 떠다니고 있었습니다.

그 모두가 당신을 만날 징조였음을 그때는 깨닫지 못했습니다.

아침에 눈을 뜨자마자 창가로 달려온 새들의 유난히 덤벙대던 수다며, 창문을 타고 들어온 햇살 한 줄기가 침대 위로 올라와 밤 동안 가라앉아 있던 칙칙함들을 남김없이 몰아가던 일, 샤워를 하는데 물속에서 피어오르는 수증기에 설렘이 가득 묻어 가슴 위에서 방울방울 맺혀 떨어지던 현상들, 녹음테이프가 자꾸만 되감겨 같은 노래가 계속 반복되던 것 등 그 모두가 당신을 만날 것이라는 예고였지요. 온종일 뜨거운 햇볕으로 아스팔트가 녹을 거라던 기상대 소식을 무시하고 점심때가 지나면서부터 쏟아지기 시작한 폭우도 모두 당신을 제 앞에 데려다주기 위한 준비였음을 그때는 정말 눈치채지 못했습니다.

꼿꼿이 강의를 할 때 진주성 하늘 위를 가득 메우며 몰려들던 비둘기 떼들이 두근거리는 바람 한 오리를 몰고 왔던 기억이 납니다. 우우~노랫말에 실려 녹음 익어 가는 설렘도 함께 달려왔습니다. 그 기운들이 무엇인지 알기 위해 달려온 모든 사람들이 두리번거리며 고개를 들고 쳐다보았지요. 그것이 당신께서 피워 올리신 향기라는 것을 그때는 생각지 못했습니다.

　그날따라 이상하게도 자꾸만 허둥대던 목소리의 톤이 백합꽃 송이송이마다 머물렀다 사라지면서 손끝마저 떨게 만들던 이유를 이제 알 것 같습니다. 호수를 가로지르던 아이들의 맑고도 투명한 웃음소리가 은비늘로 부서지던 물결 위에서 가야금 선율을 만들었던 신비로움의 비밀도 풀 수 있게 되었습니다. 아른아른한 시선 너머로 포물선을 그으며 날아오르던 물총새의 날갯짓이 그렇게 눈부셨던 것도 결국 남김없이 다 알아내어 버렸습니다. 그 모두가 당신이 오신다는 계시였음을, 당신의 향기가 만들어 낸 마술이었음을 말입니다.

　어떻게 그 자리에서 당신을 만날 수 있었을까, 아무리 생각해도 믿기지 않습니다. 도저히 있을 수 없는 일이라 여겨집니다. 운명적인 만남을 인정할 수밖에 없습니다. 밀어내려고 해도 가슴 깊숙이 뿌리 내린 당신을 뽑아낼 힘이 이제는 없습니다. 아닙니다. 뽑아내고 싶지 않다는 게 더 솔직한 심정입니다.

　그 실내포장은 선배가 하는 곳이었고, 개업한 지 일 년이 다 되었지만 한 번도 가 본 적이 없었던 곳입니다. 절 너무도 아껴주는 그 선배가, 만날 때마다 독신 생활 청산하라고 말하는 게 부담스러워 찾지 않았던 곳입니다. 10년이 넘도록 마음을 가득 채우고 있는 사람이 있는데 어찌 다른 사람과 결혼이라는 것을 상상이라도 할 수 있었겠습니까. 처음 본 순간 블랙홀 속으로 빨려 들어가듯 제 영혼은 당신에게로 남김없이 흡수되어 버렸습니다. 당신 외에는 누구도 받아들일 수 없게 되었습니다.

세상에 그런 일도 있을까요. 단 한 번 만남에, 차 한 잔 같이 마신 일도 없는데, 무작정 당신만을 기다리며 살아온 것입니다. 아닙니다. 기다린 것이 아닙니다. 당신을 피하고 있었습니다. 멀리멀리, 가능하다면 이 세상 끝자락 그 어떤 곳이라도 흘러들어 사라지고 싶었습니다. 이유는 모릅니다. 그냥 당신에게서 멀어지고 싶었습니다. 제가 당신을 찾을 수 없는 곳까지 도망쳐서, 당신의 흔적조차 기대할 수 없는 곳으로 숨어들어 티끌만 한 희망도 갖지 못하도록 스스로를 가두고 싶었습니다. 하지만 도망친다고 해서 마음까지 숨길 수는 없었습니다. 몸이 멀어질수록 영혼은 더더욱 당신을 향해 달음박질치고만 있었습니다.

그 상념이나 집착을 떨쳐버리기 위해 일에만 매달렸습니다. 백 리 길이 넘는 곳도 저를 필요로 하는 곳이면 어디든 달려갔습니다. 잠시의 짬도 나지 않을 만큼 꽉 짜여진 시간표 속에서 제 자신의 존재가치조차도 잊어버린 채 지냈습니다. 하지만 그 어떤 것도 당신을 향해 달려가는 마음을 가로막지는 못했습니다. 조금이라도 시간이 나면 당신이 미치도록 그리워 뼛속까지 녹아드는 후회와 안타까움에 숨이 막혔습니다. 그렇다고 찾아 나설 수는 없었습니다. 아무것도 모르실 당신에게 저를 알리고 싶지는 않아서였지요. 자존심이 아닙니다. 당신에게는 아무런 의미조차 없는 사람인 제가, 고통스럽게 가슴에 담아두고 있다는 사실 자체가 너무도 황당한 욕심이라는 것을 알기 때문입니다. 그건 누가 들어도 미친 짓이 분명한 일이니까요.

멀고 먼 남쪽 땅, 작은 소도시, 서울과는 천 리도 넘을 만큼 멀리 떨어진 곳. 당신은 지명조차도 모를 이 낯선 곳으로 도망치듯 내려온 지 10년째가 됩니다. 이곳은 정말 살기 좋은 곳이라는 것을 시간이 흐를수록 깨닫고 있습니다. 겨울이 와도 춥다는 생각을 거의 하지 못할 정도로 따뜻해서 마음이 얼어있는 제게는 더 없는 안식처가 되어주었습니다.

봄이 되면 산수유를 비롯하여 매화꽃이 지천으로 흐드러지고, 매실 마을에서 피어오르는 매화 향내는 섬진강 푸른 물을 온통 설렘으로 가득 채웁니다. 땅이 비옥하여 과일과 곡식들이 넘치도록 열리고, 해산물들도 종류를 헤아릴 수 없을 정도로 가득 찬 곳입니다. 하지만 정이 붙지 않습니다. 뿌리를 내릴 수 없습니다. 늘 이방인처럼 떠돌고만 있습니다.

아는 사람 하나 없는 이곳으로 무작정 달려올 때만 해도 꼭 꼭 숨어 살겠다는 심정이었기 때문에 그런 것들이 오히려 좋은 조건이 되었습니다. 하지만 피붙이 하나 없이 세상에 홀로 남겨진 제게 이곳은 외로움과 아픔을 더욱 가중시켜 주기만 했습니다. 숨이 붙어 있다 해서 다 살아 있는 것이 아님을 가르쳐 주었습니다. 사람이 살아가는데 마음과 마음이 오가는 정이 얼마나 소중한 것인지 깨닫게 해 주었습니다. 희망도 없이 무작정 살아간다는 것은 형벌이었습니다.

처음엔 당신을 피해 이곳으로 왔지만 어느 순간부터인가 기다리고 있는 저를 발견했습니다. 잠을 자다가도 창문이 덜컹거리면 벌떡 일어나 불을 켜고 문을 남김없이 열어젖히곤 했습니다. 계단을 올라가는 발자국 소리에도 귀를 세우고 현관 밖으로 달려 나가는 마음을 당신은 가늠조차 할 수 없을 것입니다. 햇살같이 피어오르는 아랫집 가족들의 웃음소리가 집안으로 스며드는 날은 숨을 쉴 수가 없었습니다. 밥을 먹다가도 당신의 부신 미소가 떠올라, 채 삼키지 못한 밥알을 입에 물고 꺼억꺼억 울음을 토해내곤 했습니다.

어느 순간부터 사람들이 제게 웃지 않는다고 말했습니다. 웃는 법을 잊어버렸습니다. 웃는 것이 어떤 것인지 생각이 나

나비 121

지 않았습니다. 그런 제 모습이 싫어지기 시작했습니다. 그래서 당신을 내보내기로 결심한 것입니다. 지워야겠다고 다짐했습니다. 지워지지 않으면 벗어던져 버려야겠다 생각했습니다. 가능하면 남김없이, 어떤 흔적도 없이 깨끗하게 닦아 버리자 마음먹었습니다. 당신으로 인해 받는 고통을 감당할 자신이 남아 있지 않다는 것을 절감했기 때문입니다. 그래서 선배의 실내포장으로 간 것입니다. 그런데 그곳에서 당신을 마주하게 된 것입니다. 세상에 이런 일도 있을까요. 당신을 잊으려고 간 곳에서 당신을 만난 것입니다. 도저히 믿기지 않은 일이지만 실제로 일어난 일입니다.

낮부터 몰려든 이상한 기운들이 온종일 피곤함에 지친 저를 그곳으로 끌고 들어간 것 같습니다. 당신과의 조우가 운명일 수밖에 없다고 가르쳐주기 위해서 말입니다. 숙명이라고 하면 더 적절한 답이 될까요. 만나지 않으면 안 될, 전생에서부터 이어져 내려온 인연의 끈으로 엮어진 필연적인 관계라고요.

술 취한 몇몇 남자들이 비틀거리며 전신주를 붙잡고 오물을 토하고 있는 모습이 비 사이로 선명하게 보이는, 포장마차가 즐비하게 늘어선 시외버스 터미널 뒤편에 자리한 곳이었지요. 골목이 비집도록 줄지어 늘어선 모텔들이 불빛들을 현란하게 피워 올리며 아베크족과 취객들을 유혹하고 있었습니다. 아베크족들을 보면 참으로 삶이 아름답다는 생각이 듭니다. 서로에게 취해 피워 올리는 사랑의 향기는 그 어떤 것으로도 흉내 낼 수 없는 그들만의 성역이라는 것을 단번에 알 수 있습니다. 서로의 눈동자를 바라보는 더 없는 애틋함, 머리칼을 쓰다듬는 손길 위로 내리는 설렘, 포개지는 입술 위로 피어오르는 무지갯빛 영롱함. 그 그림들은 사랑 없이는 결코 만들지 못할 그들만의 색깔이지요. 지금까지 저는 한 번도 그려본 적이 없는 향기 나는 수채화들이었습니다. 그런 모습들을 더없이 부러운 눈으로 바라보다 들어간 곳에서 당신과 마주한 것입니다.

그날따라 외로움이란 놈이 절 놓아주지 않았습니다. 온몸을 휘감으며 기어 올라와서 가슴이 터질 것 같게 만들어버렸습니다. 비 탓이었을까요. 아니면 당신이 몰고 온 야릇한 명리적命理的 기운 때문이었을까요. 밤늦게 집으로 들어갔다가 머리 위에서부터 발끝까지 뚝뚝 떨어지는 빗물을 닦을 생각도 하지 않고 그대로 다시 밖으로 뛰쳐나간 이유가 말입니다.

방하착이라 했던가요. 정신적 육체적인 일체의 집착을 버리고 해탈하는 것 말입니다. 해탈까지는 아니더라도 당신에게서 벗어나고 싶었습니다. 너무 힘이 들어 버틸 자신이 없었습니다. 놓아버림으로써 비로소 자유로워질 수 있다는 것을 깨달은 것이지요.

아침에 눈을 뜰 때부터 달려와 온몸을 에워싸는 당신의 그림자를 밀어내기 위해 차라리 숨이라도 멎었으면 좋겠다고 생각한 적이 한두 번이 아닙니다. 그만큼 당신은 저의 모든 것을 지배하고 있었습니다. 놓아버려야겠다고 수없이 생각했습니다. 하지만 그럴 수 없었습니다. 당신을 벗어나는 순간 제 생명도 끝이라는 사실을 알고 있기에 결코 버릴 수 없었습니다. 아무리 고통스러워도 놓아버리는 자유보다는 껴안고 있는 것이 행복임을 알기 때문입니다. 그때 선배 언니의 실내포장이 생각났던 것입니다. 모든 것을 다 털어놓고 미친 듯 울다가 당신을 잊어야지 생각했습니다. 그런데, 거기에, 당신이 계신 것이었습니다.

김은채 인사해. 이분은 정송우 화가님이셔. 나비라는 누드화로 유명한 분, 몰라? 내 고향 친구야.

벽돌색 동전 깃에 상앗빛 개량 한복을 입고, 혼자 술을 마시고 있던 당신에게로 절 데려간 선배 언니의 말이 끝나기도 전에 심장이 멈추는 것만 같았습니다. 온몸의 피가 역류하는 소리를 들었습니다. 깊고 깊은 땅속에서 포효하며 용솟음치는 슬픈 눈물을 보았습니다. 흘러내리던 빗물들이 남김없이 중

발하여 무중력의 공간 속으로 절 데려가고 있었습니다. 놀란 것은 저뿐만 아니었습니다.

실내포장 안에 애처롭게 매달려 있던 형광등이 금방이라도 와르르 쏟아질 것처럼 하얗게 질려 떨기 시작했습니다. 숨죽이고 있던 돌멩이들이 발바닥을 뚫고 머리 위에까지 솟구쳐 올라와 숨 막히는 통증을 던져놓았습니다. 탁자 위에 놓인 술병들이 발아래로 곤두박질치며 비명을 있는 대로 질렀습니다. 와자지껄한 술꾼들의 취한 소리가 고막을 찢으며 달려 들어와 귀머거리로 만들어버렸습니다. 증발되었던 물방울들이 다시 핏줄을 타고 흘러내리며 심장을 얼어붙게 했습니다. 실내포장 안이 통째로 폭우에 휘감겨 갈 듯 내장까지 비틀거렸습니다. 천장을 뚫어버려야 시원하겠다는 듯 빗줄기가 얇은 장막을 휘갈기고 있었습니다.

정송우 화가. 나비 누드화. 아아, 어찌 제가 모를 리 있겠습니까. 단숨에 영혼을 빼앗아 가버린 그 나비를 기억하고 말구요. 어찌 당신을, 눈부신 그 이름을 잊을 수 있었겠습니까. 밀가루와 물이 만나 글루텐이 형성되어 향기로운 빵이 만들어지듯, 제 가슴 속으로 흘러 들어와 사랑이라는 이름을 조각해 놓으신 당신이라는 존재를 어찌 한순간이라도 지워버릴 수 있었겠습니까. 음식에 소금이 들어가야 맛이 나는 것처럼, 당신의 영혼이 들어와 비로소 가슴 속에 강물이 흐르고 싹이 돋아나고 봄날 같은 부신 빛이 차오르기 시작했는데, 그런 당신을 어찌 잠시라도 놓아버릴 수 있었겠습니까.

정송우, 여긴 내 여고 후배야. 김은채라고, 한때 K 신문사 경제부 기자로 이름 날렸지. 지금은 꽃집을 운영하면서 꽃꽂이 강사로 나가고 있어.

전 그때 분명히 보았습니다. 당신의 하얀 얼굴이 백지장처럼 창백해지면서 파르르 떨리던 모습을 말입니다. 당신이 입고 계신 그 상앗빛 개량 한복보다 더 높은 명도로 변이되던 유백색의 얼굴. 일찍이 그렇게 질려가는 얼굴을 본 적이 있습니다.

아침에 일어나 보니 싸늘한 시체로 변해 있는 아버지를 껴안고 울지도 못한 채 백랍 인형처럼 변해가던 엄마의 모습. 엄마는 다시 깨어나지 않으셨고, 하루아침에 고아가 되어버린 열한 살짜리 제 운명의 굴레도 엉키기 시작했습니다. 죽음이 어떤 모양인지, 사랑이 무슨 색깔인지조차 몰랐던 저는 엄마 아버지를 다시 볼 수 없다는 것만 슬프고 고통스러웠습니다. 당숙 집으로 가서 고등학교를 졸업할 때까지 있었지만 물 위에 뜬 기름처럼 늘 겉돌기만 했습니다. 당숙이 아무리 잘해주셔도, 당숙모가 엄마처럼 살갑게 다가와도 가슴은 늘 시리기만 했습니다.

  봄이 되면 새싹들이 돋아나도 그것이 희망인 줄 몰랐습니다. 꽃들이 다투어 피어나도 예쁘다는 느낌이 없었습니다. 매미 소리가 하늘을 뒤덮는 여름이 와도 감각의 기능들은 남김없이 멈추어버렸습니다. 단풍놀이로 온 동네 사람들이 들썩거리는 추절이 되어도 무감각했습니다. 학교 가는 것 외에는 온종일 방 안에 들어앉아 있었습니다.

  늘 허기가 졌습니다. 아무도 사랑해주지 않을 거라는 피해망상은 세상을 향한 출입구마저 닫아걸게 만들었습니다. 철저히 혼자가 되었습니다. 깜깜한 동굴 속에 갇혀 달팽이처럼 웅크리고 또 웅크렸습니다. 고통과 슬픔, 외로움과 쓸쓸함만이 제가 느낄 수 있는 유일한 감정들이었습니다. 티끌만 한 것에도 상처를 입었습니다. 스쳐 가는 사람들이 흘리고 간 웃음소리도 송곳이 되어 아물지 않은 상처를 찌르곤 했습니다. 대학에 입학을 하면서 당숙 집에서 나와 독립을 하였고, 철저하게 혼자가 되어버렸습니다.

  그런 제게 관심을 가져 주는 사람은 아무도 없었습니다. 함께 어울리지 못하는 것을 이해하지 못했습니다. 알려고도 않았습니다. 누구를 만난다는 것 자체가 두려웠습니다. 처음엔 좋아하는 척하다가도 어느 순간에 돌아서 가버릴 거라는 두려움에 가까이 갈 수 없었습니다. 정말로 좋아했던 친구도 있었지만 만날 때마다 불안했습니다. 언젠가는 떠날 것이라는 두려움에 잠시라도 관심을 보이지 않으면 초조해졌습니다. 그 친구가 다른 사람들과 이야기만 하고 있어도 버림받았다 여겨져 죽고 싶을 만치 아픔이 밀려왔습니다.

사랑이라는 것이 두려웠다면 정답이 될까요. 사랑하는 사람을 가진다는 것이 무서웠다면 이해하실 건가요. 너무도 사랑해서 결혼한 엄마 아버지가 하루아침에 저만 남겨두고 가버리셨다는 사실은, 결코 사랑이 공포를 뛰어넘을 수 없다는 강박증을 저의 여린 가슴에 남게 했습니다. 일종의 트라우마가 된 그 견고한 감정은 사랑이라는 것에 대해 불신을 갖게 만들었습니다. 사랑이 주는 행복보다는 뒤따를 고통이 무서워진 것입니다. 그것이 얼마나 어리석은 생각이었는지 이곳에 와서야 깨닫게 되었습니다. 사랑이란 언제든 고통이 동반한다는 것을 말입니다. 고통이 있기에 행복 또한 갑절로 커진다는 것을 알게 된 것이지요. 그래서 당신에게 갈 수가 없었습니다.

하루에도 수없이 많은 사람들을 상대하는 당신에게 저라는 존재는 관람객 중 한 명 외에 아무것도 아닐 거라 여겨졌습니다. 떠나가는 엄마 아버지를 속수무책으로 바라보고 있어야만 했던 어린 시절처럼 그렇게 사랑하는 사람을 허망하게 잃고 싶지 않았다는 게 저의 솔직한 심정이었지요. 가지지 않으면 잃어버릴 것도 없다고 생각했습니다.

사람들은 자신들의 생각과 행동에 따라 모든 것에 대한 집착과 포기의 확장성도 달라진다고 했습니다. 부에 집착하고, 명예에 집착하고, 목숨에 집착함으로 유무, 선악, 모든 것에 집착하여 미혹을 거듭하고 고뇌를 불러온다 하였습니다. 하지만 집착을 버린다 해서 제 몫이 되지 않는 것은 아니었습니다. 가지지 않으려고 발버둥쳤는데도 끈질기게 따라와 숨통을 조여 놓고 옴짝달싹하지 못하도록 영혼마저 포박해버리는 그 사랑이라는 것은, 받아들일 때에서야 비로소 편안해진다는 것을 알았습니다.

얼마나 어리석은 생각이었는지요. 사랑을 해 보지도 않고 이별이 두려워 피해 다녔다면 모든 사람들이 웃을 것입니다. 사람은 불행을 두려워하며 행복을 바랍니다. 그러나 진실의 지혜를 갖고 이 두 가지를 살펴보면 불행의 상태가 그대로 행복이 되는 것을 알 수 있습니다. 당신을 피해 결사적으로 도망 다닌 것도 당신의 사랑을 받고 싶다는 몸부림이었음을 깨닫게 된 것입니다.

저는 보았습니다. 놀랍고 반가움에 정신을 수습할 수조차 없을 만큼 멍하니 서 있는 저를 향해 당신이 손을 내밀고 서

계시는 모습을요.

 김은채 씨 오랜만입니다.

 의자 너덧 개가 놓여 있는 실내포장 안으로 회오리바람이 몰려왔습니다. 천장이 들썩거리고 탁자 위에 올라가 있던 술잔과 술병들이 춤을 추기 시작했습니다. 애써 매달려 있던 백열등이 놀라움으로 진저리를 쳤습니다. 그 속에 휘말려 제 몸이 비틀거렸습니다. 곁에 있는 탁자를 짚고 주저앉으려는 다리를 애써 진정시켰습니다. 입안이 타들어오기 시작했습니다. 허둥거리는 눈빛을 둘 곳 없어 휘청거리는데 뜨거운 눈물이 쏟아져 내렸습니다. 무슨 말이라도 하고 싶은데 강력 본드를 붙인 것 같은 입술이 붙어버렸습니다.

 김은채. 그래요, 당신이 제 이름을 부르고 계셨습니다. 오랜만이라는 하찮은 말─그러나 그것이 얼마나 큰 울림으로 달려왔는지 당신은 가늠조차 할 수 없을 것입니다. 그 말에는 절 기억한다는 뜻이 포함되어 있으니까요.

 하얗게 질려가던 창백한 얼굴을 걷어버리고, 봄날 같은 환한 모습으로 바라보고 계시던 당신. 10년 동안 가슴 속에 넣어두었던 사랑. 그래요, 사랑이었습니다. 입술 위로 올리는 순간부터 가슴이 아려오고, 온몸에 전율이 흐르며, 핏줄 속을 타고 흐르는 모든 감각 기관들이 낱낱이 일어서면서 머릿속으로 몰려와 삽시간에 불덩이로 변하게 만들어 버리는 그 불가사의 한 말-사랑. 그 사랑이 제 앞에서 손을 내밀고 있었습니다.

지금도 잊히지 않습니다. 바로 어제의 일처럼 너무도 선명하게 떠오르는 당신과의 첫 만남. 그때의 충격은 제 인생을 온통 송두리째 뒤바꿔 놓고 말았습니다.

경제부 기자라는 딱딱한 직업 속에서 마음이 조금씩 황폐해져 가고 있었던 것이 그 당시 제가 가졌던 모습이었습니다. 그런 제게 미술 전시회 관람은 뭔가 새로운 것을 찾아보자는 몸부림이었던 것 같습니다. 서울에서 외곽지대에 있는 미술 전시관에는 젊은 작가들의 작품들이 주로 전시되고 있었습니다. 그래서인지 신선함들과 도발적인 실험 작품들이 많이 있었습니다. 그 가운데 모든 관람객들의 발걸음을 붙들어놓은 그림이 한 점 있었지요. 초대 작품으로 걸려 있는 나비라는 제목의 누드화였습니다.

지금도 마찬가지이지만 그때까지 전 누드화를 볼 때는 솔직히 말해서 얼굴이 붉어져 똑바로 쳐다볼 수가 없었습니다. 물론 예술이라는 좀 막연한 칸막이를 치고 생각하면 별 부담도 없겠지만 여자의 입장에서 남자 관람객들과 함께 서서 그 적나라한 작품을 감상한다는 사실은 어쩐지 감당이 어려웠지요. 상당히 민망스러웠습니다. 제 자신이 발가벗겨져 그렇게 포즈를 취한 채 벽 위에 올라앉은 느낌이라고 할까요. 모딜리아니의 '머리를 푼 채 누워 있는 여인의 누드'라던지 고야의 '벌거벗은 마야' 같은 것을 보면 저도 모르게 얼굴을 돌리게 됩니다. 하지만 그 그림만은 달랐습니다. 제목 그대로 한 마리 나비를 연상시켰습니다. 저런 것을 보고 예술품이라 하는구나, 라는 생각이 들었으니까요.

하얀 접시꽃 위에 다리를 뒤로 모은 채 앉아 살짝 아래로 내린 팔을 꽃잎 위에 걸치고 있는 여인은 정말 한 마리 나비였습니다. 긴 생머리를 허리까지 풀어 내리고 살그머니 고개를 옆으로 내린 모습. 검고 기다란 속눈썹 사이로 볼일 듯 말 듯 한 흑진주 같은 눈망울 아래 오뚝하니 올라오다 끝에 가서 동그랗게 모아진 가슴을 서늘하게 만드는 코며, 금방이라도 연분홍 진달래 꽃잎을 쏟아낼 것 같은 붉은 입술. 잘 익은 복숭아처럼 통통한 젖가슴, 그 아래로 완만한 곡선을 이루며 수줍게 서 있는 허리선. 르누와르의 여인들처럼 풍만한 육체의 아름다움과는 거리가 먼, 가녀리면서도 청초한 모습은 신선한 아름다움과 신비스러운 아우라를 피워 올리고 있었습니다.

여자의 육체에서 흘러나오는 향내는 말초신경을 자극하는 원초적 본능만을 느끼게 하는 것이 아니라, 경건한 감동 속으로 가둬버리는 마력이 있다는 것을 그 그림을 통해서 깨닫게 되었습니다. 매혹적인 모습이었습니다. 아닙니다. 매혹적이라는 표현은 어울리지 않습니다. 그 말은 은연중 유혹의 냄새를 깔고 있기 때문이랄까요.

이른 아침 숲속으로 들어섰을 때 느껴져 오는 맑고 청아한 이슬 향내 같은 것. 깊고 깊은 산 속 바위틈에서 흘러나오는 청정수 같은 소리. 암튼 그런 것이 그 그림 속에서 배어 나오고 있었습니다. 그건 마음이 맑고 투명한 사람이 아니면 결코 흉내 낼 수 없는 것이었습니다.

그것을 그린 화가가 궁금해지기 시작했습니다. 그 사람도 더없이 맑고 고운 영혼을 소유하고 있을 거라는 추정 때문이었지요. 저는 고개를 두리번거리며 전시장 안을 눈동자로 휘젓고 다녔습니다. 그러다가 온몸을 전기로 관통당한 듯한 강한 시선에 당혹감을 느껴야 했습니다. 당신의 눈빛이 저를 향하고 있음을 보았던 것입니다. 순간 가슴이 철렁 내려앉는 소리를 들어야 했습니다. 세상에 저렇게도 해맑은 얼굴을 가진 사람도 있을까 놀랄 정도로 당신은 티없이 맑은 미소를 짓고 계셨습니다. 너무 놀라 어설프게 목례를 하는 저를 향해 당신은 하얗게 웃었습니다. 그래요, 하얗게 웃었다, 라는 표현이 가장 적절합니다. 그냥 하얗다는 느낌 외에 아무것도 생각나지 않았습니다. 잇몸이 전혀 드러나지 않고 소리도 없는, 그러면서도 뭔가 끊임없이 청아한 소리를 피워 올리는 미소.

물이 든 컵 속에 물방울이 통, 하고 떨어질 때 나는 청명한 흔들림. 이른 아침 풀잎 위를 또르르르륵 굴러가는 이슬방울 소리. 바라보고만 있어도 세상 모든 고통과 슬픔들이 남김없이 씻겨갈 것만 같은 향기로움. 직감적으로 느꼈습니다. 그것을 그린 사람이 당신이라는 것을요. 너무 많은 놀라움 속에 갇혀 허둥대고 있는 제게 다가온 당신께서는 말씀하셨지요.

저 모델은 꿈속에 나타난 여인이랍니다. 어느 날 갑자기 제 꿈속에 나타나 밤마다 찾아오는 여인이지요. 언제나 저 모습으로요. 그래서 화폭에 담지 않을 수 없었습니다.

당신이 처음 보는 저에게 그런 말씀을 하신 것은 작가로서의 작품 설명이라 생각했습니다. 하지만 이어지는 당신 목소리에 더욱 놀라지 않을 수 없었습니다.

저 여인을 저는 사랑합니다. 비록 한 번도 본 적 없지만 일 년이 넘도록 밤마다 찾아오는 저 여인을 이제는 기다리게 되었습니다.

그 목소리는 꿈을 꾸듯 몽롱했습니다. 아니 새털처럼 가볍다고 해야 더 정확한 표현일 것입니다. 그것도 맞는 표현이 아닙니다. 고운 바람 한 오리가 새벽 공기를 가르며 날아갈 때 피어나는 설렘 소리. 거문고의 현이 손끝에서 튀어 오르며 남기는 향기로운 몸짓. 백 평 남짓한 전시실 안을 가득 채우고 있는 소리의 향기에 저는 취해버렸습니다. 차마 당신을 바로 볼 수 없었습니다. 그 여인을 사랑한다고, 떨리는 목소리로 말씀하시는 당신 곁에 서 있을 수 없었습니다. 순식간에 당신에게 빨려 들어가 버린 제가 부끄러워졌습니다. 차 한잔하자는 당신 말을 냉정하게 밀쳐버린 채 집으로 돌아오고 말았습니다. 그리고 제 자신과의 길고 긴 싸움을 시작하게 된 것입니다. 제 가슴속에 들어온 당신을 버리는 싸움이었습니다.

저는 바보였습니다. 그 여자가 저였다는 사실을 눈치조차 채지 못하였으니 말입니다. 왜 지금껏 단 한 번도 그럴 가능성에 대해 상상조차 못 했을까요. 그랬더라면 가슴 깊이 뿌리 내린 당신의 싹을 잘라내기 위해 그토록 긴 고통의 세월을 보내지 않아도 되었을 터인데 말입니다.

혼자만의 가슴앓이가 아니라 당신도 같은 마음이었다는 것을 아는 순간 받아야 했던 충격에 한동안 정신을 수습할 수 없었습니다. 쉬지 않고 쏟아지는 눈물로 인해 입술이 일그러지고 있었습니다. 억센 사람의 손아귀에 잡혀 땅바닥에 내동댕이쳐지며 하얗게 질려가는 악머구리처럼, 슬픔이라는 비수에 찔려 의식마저 잃어버린 채 자지러지고 말았습니다. 그런데 이상한 현상이 생겨났습니다. 정신을 수습하고 눈부신 미소를 피워 올리는 순간, 당신 속으로 스며들고 있는 제가 보였습니다. 지난 시간들을 당신과 함께 엮어왔다는 착각이 들었습니다. 아니 착각이 아닙니다. 10년 동안 단 하루도 잊어 본 적이 없는 당신이기에 만나는 그 순간부터 전혀 낯설지 않았습니다. 당신이 제 몸과 같이 생각되었습니다. 당신이 제 속에 있고 당신 속에 제가 있는 듯한 느낌. 당신도 저와 같은 마음이라는 것을 알았습니다.

당신은 주머니 속에서 손수건을 꺼내 뺨을 타고 흐르는 눈물을 닦아 주셨지요. 손수건에 눈물이 남김없이 빨려 들어갔는데도 또다시 쏟아지는 제 뺨의 눈물을 따듯하고 부드러운 손으로 훔치면서 말씀하셨지요.

당신을 찾아 내가 10년이나 헤매고 다녔다는 것을 알기나 하는 거요?

당신은 더없이 조심스럽게 제 뺨을 어루만졌습니다.

당신은 정말 잔인한 사람이오. 차 한잔하자고 했을 때 그렇게 뿌리치지만 않았어도…, 다시는 놓치지 않을 거요. 당신은 나의 나비이니까.

그래요, 당신께서 말씀하셨습니다. 제가 당신의 나비라구요. 꿈속에 나타난 그 여인이었다구요. 그런 믿기지 않는 일이 일어나다니요. 신이 너무 가혹하다는 생각이 들었습니다.

서로가 간절히 원했는데도 어찌하여 죽음과도 같은 헤어짐의 형벌 속에서 지내게 하였는지.

하지만 당신의 빛나는 모습 속에서 지금까지 고통스러웠던 제 삶들이 남김없이 사라지는 것을 느꼈습니다. 그 모든 것들이 당신을 만나기 위해 겪어온 과정이라는 것을 알았습니다. 소중한 당신을 얻기 위한 시련. 그래서 당신이 더욱 귀하게 여겨집니다. 당신의 사랑 속에서 세상은 온통 눈부신 빛이 되고 기쁨으로 거듭 피어납니다.

제 마음속의 빛이 되신 당신,

당신과 함께 겪었던 일들이 정말로 있었던 일들인가요? 아니면 환상이었나요? 그 일로 인해 당신의 마음에 혼란이 일어나지 않았는지요? 하지만 당신이 어떤 마음이든 원망하지 않습니다. 후회하지 않습니다. 저도 비로소 완전한 여자가 되었다는 사실을 깨달았기 때문입니다. 사람들이 흔히 말하는 불행한 여자들의 무리에서 벗어났다는 사실입니다. 그것이 저를 설레게 하고 당신에게 한없는 존경심과 그리움을 보내게 합니다.

사랑을 느끼는 것은 지극히 자연스러운 것이고 함께 있고 싶어지는 것은 인간의 본연적인 감정이라는 것을 당신을 통해 비로소 알게 되었습니다. 영과 육의 합일화. 그것은 그 어떤 말로도 대신할 수 없는, 사랑하는 사람들 사이에만 통할 수 있는 아름다운 단어라는 것을 이제 깨닫고 있습니다. 모든 것은 물이 흐르는 이치처럼 너무나 당연하게 진행되었을 뿐입니다. 그리고 감히 저는 사랑이라는 이름을 앞세워 당신에게 이 편지를 쓰고 있는 것입니다.

처음에 당신이 자고 가자는 제안을 하였을 때 눈을 감고 자는 것 외에는 아무 생각도 못 했습니다. 술을 깨우기 위해서는 반드시 그렇게 해야 한다고 여겼기 때문입니다. 그런 눈빛으로 당신을 올려다보면서, 자고 가면 되지 않느냐고 반문하는 저에게 밤꽃 냄새가 어떠냐고 물을 때처럼 당혹스럽다던 당신 말씀이 생각납니다.

그날 실내포장에서 술을 마실 때 선배 언니가 말했지요. 밤꽃이 필 때 나무 아래 가서는 안 된다고. 잘못하면 죽을 수 있다고. 그때 저는 놀란 토끼 눈이 되어 물었지요.

왜 안 되나요? 밤꽃 냄새가 그렇게 독하나요? 백합처럼요?

그때 저를 향해 피워올렸던 당신의 미소를 잊을 수가 없습니다. 참으로 놀랍다는 눈빛으로, 신기한 것을 발견했을 때의 묘한 표정으로, 어린아이를 바라볼 때의 웃음기 가득한 얼굴로 절 바라보시던 당신의 모습이 지금도 선연히 떠오릅니다.

그랬습니다. 지금껏 살아오면서 남자와 여자가 만나면 어떨 것이라는 보편적인 사람들의 잣대를 저는 알지 못했습니다. 제 사고의 세계가 모든 사람들의 생각일 것이라 여겼을 뿐입니다.

선배가 마련해준 방으로 당신과 함께 들어갔을 때까지도 별다른 생각을 할 수 없었습니다. 어서 잠을 자고 싶다는 생각뿐이었습니다. 노란색과 연분홍색으로 배합이 된 고운 이불이 침대 위에 펴져 있고, 나란히 주인을 기다리는 베개 두 개를 보았을 때도 잠자러 왔다는 생각 외에는 하지 못했습니다. 그날 저는 너무 피곤했기 때문에 잠이 자고 싶었던 것도 사실입니다. 당신이 다정하게 팔베개를 해 주신다면 순식간에 잠 속으로 빠져들 수 있을 것 같았습니다. 그런 생각들을 하는 순간 달콤한 잠의 여신이 몸속으로 스며드는 것을 느낄 수가 있었습니다.

빨리 자요 우리.

꿈에 젖은 목소리로 말하는 저를 다정하게 껴안아 주지만 않아도 그대로 잠의 여신을 따라갔을 것입니다. 제 안에 들어있는 불꽃의 춤사위를 느끼지 못했을 것입니다. 당신 손끝이 어깨 위에 조심스레 내리는 순간 소용돌이가 몰려오면서 몸체를 남김없이 삼켜버렸고, 저는 혼란 속에 빠져 휘청거렸습니다. 정신을 차릴 수가 없었습니다. 그 위로 당신의 향기가 휘감겨오기 시작했습니다. 몸과 마음을 꼼짝 못 하게 마비시켜 버렸습니다.

꿈을 꾸는 것 같았습니다. 어깨만 안아 주었는데도 전신이 녹아내리는 행복감이 밀려온다는 것을 상상조차 해 본 적이 없습니다. 여린 어지럼증과 함께 몰려온 한없는 감미로움. 감은 눈 위로 흘러 들어오던 별빛 부서지는 소리. 한겨울 벽난로 속에서 타닥타닥 불꽃을 피워 올리던 장작 사위어 가는 소리.

제 입술 위로 내려앉던 해초 내음은 남아 있던 영혼마저 남김없이 앗아가 버렸습니다. 그래요. 당신의 입술에선 해초 내음이 묻어나고 있었습니다. 향긋한 갯바람과 함께 몰려온 파도의 수줍은 설렘. 심연의 계곡 속에서 흘러나온 청아한 물빛 소리. 우주 속의 모든 공기가 흔적도 없이 빠져나가 버린 것 같은 무중력상태. 그 속에서 새털처럼 가벼워지던 몸의 무게. 작은 몸피가 그대로 당신 안으로 스러지는 순간 몸속으로 흘러 들어오던 당신의 영혼.

온몸의 세포 하나하나가 남김없이 은빛 비늘로 변해 지느러미를 흔들어대는 절 보면서 놀라 눈이 휘둥그레지던 당신 모습이 보였습니다. 그다음부터는 아무것도 생각나는 게 없습니다. 정말 어떤 것도 기억나지 않습니다. 당신이 제 곁에 있었다는 사실 외에는. 당신의 몸과 마음 그리고 영혼까지 남김없이 제 안으로 흘러 들어왔다는 것, 저 또한 당신 안으로 스며들어 갔다는 것 외에는.

어느 글 속에서 읽었던 낱말이 기억납니다. 감성의 오르가슴. 그때 제게 일어난 변화는 바로 그런 것이 아닐까 하는 것입니다. 당신과 한 공간 안에 있다는 사실만으로도 정신을 차릴 수 없을 만큼 황홀했으니까요.

떨리는 몸 구석구석으로 전율이 흐르는 것을 느꼈습니다. 머리부터 발끝까지 강한 전기가 관통하는 듯한 놀라운 충격. 고압선에 감전되면 그런 느낌이 날까요. 온몸의 세포가 남김없이 일어서면서 피어오르던 미세한 떨림. 공기와 공기 사이에서 끝없이 일어나는 공명. 그 영혼들이 제 몸속에서 춤을 추고 있었습니다. 육신은 남김없이 사라지고 한 오리 바람처럼, 공기처럼 가벼워져서 하늘을 끝없이 날아가고 있었습니다. 아아, 그때야 저는 비로소 한 마리의 완전한 나비가 되었고, 당신이 그 나비를 창조해 낸 주인임을 확인했습니다.

정신을 차리고 보니 당신께서 곁에 누워 계셨습니다. 제 이마 위에 흘러내린 머리카락을 조심스럽게 쓸어 올리고 있었습니다. 그 순간 또 한 번 감성의 오르가슴을 느꼈다면 믿으실 수 있으신지요. 결코 모르실 것입니다. 저도 이해 못 하고 있는데 당신이 어찌 알 수 있었겠어요. 그렇다고 제가 술에 취한 것은 아닙니다. 정신을 놓아버린 것은 더더욱 아닙니다. 아니, 정신을 놓아버렸다는 말이 맞는 것 같습니다. 그렇지 않고는 도저히 그날 행동을 이해할 수는 없습니다. 지금껏 꼭꼭 걸어 잠가 두었던 영혼의 옷자락을 풀어 헤칠 수 있었던 용기. 당신을 부끄러움 없이 바라볼 수 있었던 신기함으로 전신이 저리어왔던 감동. 그 시간들은 어쩌면 제 생애 두 번 다시 오지 않을지도 모를 행복의 정점이었습니다.

저는 지금도 잊을 수 없습니다. 눈을 감고 누워 계시던 그린 듯 아름다운 당신의 모습을요. 아름답다는 말은 여자들에게나 사용하는 것인 줄 알았는데 누워 계신 당신 모습 보는 순간 아름답다는 말이 떠올랐습니다. 남자에게서 느껴지는 아름다움―그것은 여자들이 결코 흉내 낼 수 없는 성스러움이었습니다. 떨리는 손가락으로 당신의 그 단아한 얼굴 윤곽들을 하나하나 짚어 볼 수 있었다는 것이 꿈만 같습니다. 설렘 가득 묻은 입술로 당신의 이마며 입술이며 코며 눈이며 남김없이 더듬을 수 있었다는 사실이 믿기지 않습니다.

하지만 당신이 집 앞까지 바래다주었을 때는 눈앞이 아득해졌습니다. 헤어지고 싶지 않았기 때문입니다. 그 마음이 들킬까 봐 나나 무수꾸리가 부른 사랑의 기쁨을 입술 위로 조용히 올렸습니다. 그 노래를 어떻게 아느냐고 젖은 눈으로 당신이 바라보셨습니다. 저는 그냥 안다고 대답했습니다. 어느 날 꿈속에 나타난 당신께서 그 노래를 부르며 들판을 거닐고 계셨다는 것을 이야기하면 웃으실 것 같았습니다. 믿지 않으실 거라 여겨졌습니다. 그날 아침 일어나자마자 레코드 가게로 달려가서 테이프를 사 왔고, 온종일 그 노래로 집안을 가득 채운 뒤에 배웠다는 사실을 차마 말씀드릴 수 없었습니다. 당신은 그 노래에 대한 추억이 있더군요. 고등학교 때 합창 대회 곡으로 배웠는데 너무 힘들어서 혼이 났다는 기억을요.

지금 그 노래를 입속으로 담아봅니다. 나나 무수꾸리 특유의 애절한 음률이 가슴을 파고 심장까지 찌르면 달려오고 있습니다.

…사라진 별이여 영원한 사랑이여 눈물의 은하수 건너서 만나리…

정말 당신을 다시 만날 수 있을까요. 해초 내음 피어오르는 당신의 향내 다시 맡을 수 있을까요. 하루에도 수십 번씩 당신을 생각하고 또 생각합니다. 전화벨만 울려도 손끝이 설렙니다. 졸음이 눈꺼풀을 내리눌러도 잠들지 못하고 밤을 지새웁니다. 이른 아침 창밖에 서 있는 키 큰 느티나무 가지에 날아온 비비새의 속살댐이 당신 소식인 것만 같아 가슴 두근거리며 기다립니다. 그리고… 실망하는 날들이 늘어나고 있습니다. 당신의 침묵은 저를 무척 힘들게 만들고 있습니다.

하지만 참습니다. 당신을 귀하게 여기고 아끼는 까닭입니다. 사랑을 오래도록 지키는 길이 참아야 하는 것임을 알기 때문입니다. 행여 제 잘못된 행동으로 인해 당신이 곤혹스러워질 것을 염려하는 마음에서입니다. 당신을 귀찮게 하거나 힘들게 만드는 것은 당신을 떠나게 만드는 원인이 되리라는 것을 남김없이 아는 까닭입니다. 우리의 이 기막힌 사랑을 결코 잃어버리고 싶지 않기 때문입니다.

당신과 다시 만난 것은 우연에 의한 필연이었음을 믿습니다. 운명이라는 것도 확신합니다. 하지만 요행이나 기적을 바란다는 것은 너무나 어리석은 일이라는 것을 압니다. 기적이라니요. 그것은 절대 안 될 말입니다. 당신과 제게는 참고 인내하면서 만들어지는 아름답고 성스러운 사랑이 있을 뿐입니다. 기적이라는 것은 그리 오래가지 못합니다. 순간의 기쁨만 줄 뿐입니다. 참고 인내한 것이야말로 영원으로 이어지는 것입니다. 사랑이란 얼마나 함께 오래 하느냐가 중요한 게 아니라, 얼마만큼의 깊이로 진실하게 서로를 사랑했는가에 따라 가치를 결정짓는 것입니다. 그것을 당신도 아시리라 믿습니다. 언젠가는 당신께서 연락을 하실 것이라 생각합니다. 그날이 언제일지는 모르지만 당신은 제 믿음을 저버리지 않으실 것이라 믿습니다.

추신 : 오늘이 당신과 다시 만난 지 세 달이 지났습니다. 편지를 써서 우편함에 넣으러 갔다가 당신 친구를 만났습니다. 10년이 넘도록 저를 찾아다니는 것을 너무도 아프게 지켜보았다고 말입니다. 4대 독자인 당신이 마흔이 되도록 결혼을 하지 않고 있다가 부모님의 성화에 못 이겨 결혼 날을 받을 수밖에 없었다는 것도 들었습니다. 한 달 뒤로 온 결혼 날짜를 피해 도망치듯 이곳으로 왔다가 저를 만난 것이라구요. 그리고 파혼을 하려고 달려갔다구요. 모든 것은 운명이라고 친구분은 덧붙이더군요. 그래요 당신, 전 괜찮습니다. 당신 말씀이 남김 없는 사실이라는 것만으로도 행복하고 고맙습니다. 지금껏 소식이 없는 것을 보면 분명 어려움이 있다는 것을 압니다. 아니 제 생각과는 달리 당신은 지금 모든 문제가 해결되고 또 다른 축복에 갇혀 있는지도 모른다는 생각도 드네요. 약간은 가슴이 저리기도 하지만 정말 그렇게 되었기를 진심으로 비는 마음 또한 간절합니다. 좀 유치하게 여기실지는 모르지만 그것이 영원할 우리들의 아름다운 사랑이 될 것이기 때문

입니다. 어느 쪽이 되든 부디 걱정일랑 하지 마세요. 전 혼자서도 씩씩하게 잘 살아갈 수 있습니다. 당신이 오시든 오시지 않든 상관이 없습니다. 제 가슴 속에는 당신뿐이고, 언제나 저와 함께 계시니 결코 혼자가 아닙니다. 아내의 행복을 위해 자신이 살아 돌아온 것을 내색하지 않고 홀로 조용히 죽어가는 이녹 아든처럼 당신이 행복하기만을 기원합니다.

제가 운영하고 있는 꽃집 안에는 언제나 향기로운 꽃이 가득 차 있어서 외롭지 않습니다. 머리가 하얗게 되도록 당신이 돌아오지 않는다 해도 대문을 활짝 열어두고 기다리겠습니다. 저는 나비이니까요.

나비의 날개는 결코 움직이지 않을 것입니다. 사랑하는 이를 위해 오직 한 번 날아오를 것입니다. 만약 당신이 다시 찾아오시는 날이 있다면 우리들만의 꽃밭 속으로 눈부신 날개 휘저으며 날아 들어갈 것입니다. 그리고 당신을 위해 춤을 출 것입니다. 불새처럼 뜨겁게 온몸과 마음을 남김없이 태워버릴 것입니다. 몸 구석구석 숨어 있는 정기를 뽑아 올려 오직 당신을 위한 사랑의 축제를 마련할 것입니다. 그 찬란한 날을 위해 오늘은 기다립니다. 정말 그날이 온다면 어쩜 그 순간이야말로 우리 생애의 마지막이 될지도 모른다는 생각에서 솔직히 두려움이 없는 건 아니지만, 나비는 모든 노력을 다해 그 아름다운 사랑을 꼭 아름답게 지켜내고 싶다는 결심만은 죽어도 포기하지 않을 것입니다. 어떤 경우든 당신만은 반드시 행복하시길 빌고 또 빕니다.

겨울의 끝

만난다고 뭐가 달라질까.

옷장 문을 열다 말고 나는 맥이 빠진다. 한 달이 넘도록 고민하고 생각했는데도 내 행동에 대한 정당성을 도저히 찾을 수 없다. 어떻게 해야 하나. 또다시 반복되는 물음의 연속. 해답이 나오지 않는다. 답답하다.

창문을 열어젖힌다. 12월의 매운바람이 잽싸게 뛰어들며 얼굴을 할퀸다. 예리한 칼날로 껍질을 도려내듯 살갗이 아리다.

조금 있으면 그 어떤 치료도 무방할 만큼 면역성이 급격히 떨어질 것입니다. 마음을 편하게 먹는 것이 최고의 약입니다.

의사의 염려스러운 눈빛이 달려와 창턱에 걸린다. 머리에 통증이 차오르기 시작한다. 어디선가 와아와아, 함성이 달려온다. 고개를 내밀고 두리번거린다. 아파트 곁에 붙은 농구장에 남자들이 가득 모여 있다. 시장에 갈 때나 외출했다가 돌아올 때면 자주 만나는 풍경들이다. 의자에 앉거나 혹은 서서 손뼉을 치며, 입이 찢어지도록 웃고 떠들며 술을 마시고 있는 동네 남자들. 그 모습을 볼 때마다 아려오는 가슴과 실랑이를 해야 했다. 그 속에 내 남편이 없다는 사실이 서러워져서.

남편을 위해 술을 사고, 정성껏 만든 음식으로 대접할 수 있다면 얼마나 행복할까. 땀 냄새 흥건히 배인 몸으로 현관문을 열고 들어서면 따뜻한 목욕물을 받아두었다가 등을 밀어주고, 아카시아꽃 닮은 하얀 이를 드러내놓고 마주 보며 웃을 수 있는 남편이란 사람이 내게도 있었으면.

나는 창문을 닫아버린다. 탁, 하고 외부의 공기와 단절되는 소리가 매정하다. 더 이상 함성은 들어오지 못한다.

목욕탕 안으로 들어간다. 대형거울 속에 비친 여자의 얼굴이 막막하다. 커다란 눈동자 속에 슬픔이 가득 차 있다. 눈물이 그렁그렁 매달렸다. 눈꺼풀만 내리면 좌르륵, 까만 먹물이 쏟아질 것 같다. 때와 장소를 가리지 않고 불쑥불쑥 만나야 하는 그 얼굴이 이제는 두렵다.

윗집에서 물 내리는 소리가 들린다. 누굴까. 일곱 살짜리 아들일까. 다섯 살짜리 딸일까. 아니면 얼굴이 작고, 꽃처럼 화사한 미소를 피우고 다니는 아내일까. 오늘은 휴일이니까 씨름선수처럼 체격이 건장한 윗집 남편인지도 몰라. 그래, 맞아. 물소리에 힘이 들어가 있으니 분명 남편일 거야.

나는 있는 힘을 다해 변기에 달려 있는 은색 손잡이를 누른다. 콰르르, 힘차게 구르는 물소리가 온 집안을 가득 채운다. 기분이 한결 나아진다. 결국 그를 만나러 가야겠다는 쪽으로 다시 결론을 내린다.

나는 다시 옷장 문을 연다. 연보랏빛 원피스에 시선이 머문다. 나를 보고 그는 어떤 표정을 지을까.

원피스 지퍼를 올리는데 현기증이 몰려온다. 나는 옷장 문을 잡고 휘청거리는 몸을 간신히 바로잡는다. 그를 만나는 순간 백발노인으로 변하는 것은 아닐까. 한줌 재로 사라져 버리는 것은 아닐까. 아득한 공포감이 몰려오면서 또다시 몸피가 휘청거린다.

그와 헤어진 후 나는 스스로 박제가 되어 스물셋의 나이 속에 나를 가두어버렸다. 그것이 슬픔이라는 것을 깨닫지 못했다. 나의 삶을 철저하게 옭아맨 사슬이라는 것도 인지하지 못했다. 그를 만나면 박제에서 풀려나 다시 생명을 얻을지도 모른다. 나는 마음을 수습하고 몸을 곧추세운다. 외출 준비를 마치고 새벽 일찍 독서실에 간 소리에게 메모를 남긴다. 어제저녁에 구워둔 빵도 메모지와 함께 식탁 위에 놓는다.

엄마, 엄마, 사랑하는 엄마.

책가방을 마루에 놓기가 무섭게 목을 껴안고 얼굴을 비비는 나의 딸 소리. 어느새 내 키를 훌쩍 넘어 여고생인 된 아이. 소리를 안을 때마다 미안하다. 아빠를 빼앗아버렸다는 생각에. 소리는 지금까지 아빠의 존재에 대해 이야기한 적이 없다. 유치원 다닐 때, 아빠는 어디 살지? 하고 꼭 한 번 물은 것 외에는. 그때 나는 대답했다. 아빠는 말이야, 이 세상 사람들이 보이지 않는 곳에 살고 있어. 소리가 어른이 되면 나타나기 위해 꼭꼭 숨어 있는 거야. 숨바꼭질하는 것처럼.

아빠의 사진이 한 장도 없다는 것이 아이의 마음에 생각의 우물을 깊이 파게 했을까. 엄마의 가슴이 늘 구멍 뚫린 것처럼 허허롭다는 것을 알고 참고 있는 것일까. 자랄수록 아빠의 윤곽을 닮아 가는 소리를 볼 때마다 명치를 찌르며 몰려드는 싸아한 아픔이 전신을 휘어 감는다

딸이에요. 3킬로그램의 예쁘고 건강한 딸이에요.

간호사가 활짝 웃으며 아이를 보여주었을 때 정신이 번쩍 들었다. 양수에 불은 얼굴, 살이 없어 물갈퀴같이 된 손, 앙상하고 길쭉한 다리, 나는 살아 있어, 외치듯 병실이 떠나갈 듯

겨울의 끝

큰 소리로 우는 그 작은 생명체를 이제는 혼자서 감당해야 한다는 사실이 두려웠다. 하지만 나는 이를 악물었다. 여덟 명이나 누워 있는 병실에 나를 찾아오는 사람은 단 한 명도 없었지만 울지 않았다. 침대마다 가족들이 몰려와 산모를 둘러싸고 웃고 떠들 때도 슬픔을 받아들일 수 없었다. 남편이라는 사람들이 비틀거리는 아내를 부축하며 입이 귀밑까지 찢어져 걸을 때도, 나는 결코 울먹이지 않았다. 미역국을 입 안으로 구겨 넣으며 당차게 서러움을 밀어내었다. 혼자서 살아가려면 앞으로 그것보다 더 어렵고 힘든 일이 수없이 많을 것이라는 걸 깨달았기 때문이었다.

그런데 막상 아기를 안고 빈방에 들어섰을 때는 목이 메었다. 2월의 서울 날씨는 너무 혹독했다. 살 속으로 파고든 한기가 뼈마디를 뚫고 몰려들었다. 며칠 동안 비워둔 방 안 걸레가 꽁꽁 얼어붙어 있었다. 두려웠다. 앞으로 어떻게 해야 할지 아득해져 왔다. 맵고도 질기게 달라붙는 한기 앞에서 당황한 몸피가 내려앉으며 진저리가 쳐졌다. 따스한 햇살이 흐르던 창문도 성에에 얼어붙어 말문을 닫아버렸다. 아기가 엄마의 불안을 감지했는지 악을 쓰며 울어댔다. 바람이 들어오는 뼈마디 마디마다 설움이 박혀 들었다. 아기를 껴안은 채 그대로 방바닥에 주저앉아 울음을 깨물었다. 그러나 아무리 입술을 틀어막아도 기어이 통곡은 몰려오고 말았다. 눈치도 모르고 따라온 아득한 절망이 울음소리를 더 높이 부양시켰다. 가슴까지 갉아 먹힌 달이 창문에 걸려 허우적대기 시작했다.

아니 이게 무슨 일이야.

놀라 달려온 주인집 아주머니가 안방으로 끌고 가 눕힐 때까지도 내 목은 꺽꺽대고 있었다. 세상의 모든 슬픔이 합세한 채 어깨 위로 몰려 들어와 몸통을 짓이겼다.

죽으려고 마음 안 먹었으면 이렇게 하면 못쓴다.

다섯 남매나 되는 자식들을 키워 모두 분가시키고 두 분만 살아가고 있는 주인아주머니는 방을 얻으러 갔을 때 말했다.

돈 때문에 방을 주는 게 아니야. 너무 적적해서 사람 냄새라도 맡으려는 거지. 한식구처럼 편하게 생각해. 밥하기 싫으면 와서 달라고도 하고.

환하게 웃는 그 미소가 편안했다. 그가 처음으로 대문을 밀고 들어올 때도, 내가 그를 떠나 대문을 닫아버릴 때도, 배가 불러와 복대를 아무리 해도 표시가 나서 방 안에만 박혀 있을 때도 아주머니는 다 알고 있었다. 날마다 방문을 두드리며 이것저것 먹을 것을 챙겨주고 안쓰러움을 방안 가득 내려놓았다. 하지만 진통이 와서 병원에 갈 때 나는 아주머니에게 아무 말도 할 수 없었다.

주인아저씨는 아기 때문에 옆방으로 쫓겨났지만 얼굴에 싱글벙글 웃음을 달고 쪽문을 밀곤 했다.

허, 고놈 참 예쁘게도 생겼다.

아주머니는 적막한 집안에 생기가 돈다며 미역국을 끓이고 아기에게 필요한 용품들을 사느라 바쁘게 대문을 들락거렸다. 다행히 아기는 건강하게 잘 자랐다. 아기의 이름은 소리가 되었다. 한소리.

우리 아기 낳으면 소리라고 짓자. 이 세상에 아름다운 행복을 가져다주는 맑고 향기 나는 소리.

그가 해송 내음 가득 피어오르는 갯마을에서 아침을 맞았을 때 했던 말을 나는 기억해 냈다. 출생신고를 하러 갔을 때 아빠가 없어도 아빠의 성은 딸 수 있다는 사실도 알게 되었다.

소리가 두 번째의 생일을 맞을 때까지 나는 무엇을 할지 몰라 막막했다. 부모님이 남겨 주신 것만으로도 힘들지 않게 살수는 있었지만 나는 일을 하고 싶었다. 아무것도 하고 있지 않는다는 것은 내 존재 자체를 부정하고 있다는 기분이 들게 했다. 무엇보다 이제 나는 혼자만의 몸이 아니었다. 소리를 잘 키워야 할 의무가 있다. 절대 스러지지 않아야 한다. 나는 전공을 살려서 중소기업 디자인실로 출근을 했다.

지영아, 니는 다 좋은데 여자다운 면이 조금 부족한 것 같애.

나는 왜 그 말에 화가 났을까. 내가 여자다운 면이 부족하다는 것은 처음 듣는 말이 아니었는데 왜 그때는 그렇게 기분이 나빴을까. 나의 약점을 지적하는 그의 말에 자존심이 상했던 것일까. 질투의 여신이 우리 사이를 갈라놓기 위해 내 감정선을 뒤흔들었던 것일까. 이유는 잘 모르겠지만 그 순간 나는 정말 기분이 나빴다. 화가 나서 분노까지 치솟았다. 나는 두 번 다시 그가 보고 싶지 않았다. 전화가 와도 외면했다. 무엇 때문에 그러느냐고, 이유를 말해보라고 수없이 달려와 매달릴 때도 나는 그를 바라보지 않았다. 밤새도록 창밖에 서서 얼굴이라도 보길 원했을 때도 냉혹하게 문을 걸어버렸다. 그렇게 그는 한 달 가까이 찾아오다가 발길을 끊었다.

사랑하는 사람을 만나 결혼하고 아이를 낳고 행복한 가정을 꾸리는 것은 나의 계획에는 없는 일이었다. 나로 인해 한 남자를 고통 속에 빠져들게 하고 싶지 않았다. 그와 헤어지고 나서 비로소 나는 그 사실을 인지했다. 그것을 깨닫는 순간 나는 잊고 있었던 사실 하나와 맞닥뜨려야 했다. 살아가면서 두 번 다시 떠올리고 싶지 않은 흉몽을 기억해 냈다.

대학 1학년 때였다. 겨울 방학을 맞아 찾은 고향에서 친구

화진이를 만났다. 오랜만에 만난 우리는 정신없이 수다를 떨었다. 저녁을 먹고 나서 화진이가 말했다.

경민이도 왔다고 하던데 가볼까.

뭔가 재미있는 일이 없을까 생각하던 차여서 우리는 당장 집을 나섰다. 밖으로 나오자 매서운 한기가 먼저 달려들었다. 찬 기운을 맞은 별들이 추위에 떨고 있었다. 마을의 언덕 너머로 붉은 기운 속에 서려 있는 서낭당이 눈빛을 번득이고 있었다. 빨강, 파랑, 노랑, 흰색의 치렁치렁한 헝겊 조각들이 소나무에 걸려 무희처럼 몸을 흔들고 있었다. 검은 기와를 덮고 있는 사당 안에서 휘익휘익 바람 소리가 새어 나왔다. 달빛이 사당의 처마에 걸려 하얀 꽃잎으로 피어올랐다. 처마를 타고 내려온 기둥 곁에 얼굴을 내밀고 있는 고양이의 눈빛이 파랗게 타고 있었다.

언덕 아래에 있는 경민이네 집에 도착했을 때, 나는 화진이를 불러 세웠다.

우리, 경민이 놀려주자.

어린 날의 장난기가 쏟아져 나온 나의 제의에 화진이도 기꺼이 호응을 보냈다. 감나무가 서 있는 담을 돌아서 가면 경민이 방 창문이 벽에 붙은 곳이 있다. 그 담 위에 올라가 갑자기 창문을 열어젖히면 경민이는 아마 놀라 비명을 지를 것이다.

그 유치한 장난을 생각해 놓고 우리는 입술을 틀어막으며 킥킥거렸다. 키가 화진이보다 한 뼘은 더 크고 그런 경험이 많은 내가 담을 오르기로 했다. 방안에 불이 켜져 있었고 경민이는 등을 창문 쪽으로 향한 채 책 속에 빠져 있었다.

나는 조심스레 오른쪽 다리를 담 위에 걸치고 왼쪽 발을 담 가운데 디딘 채 벽돌을 잡은 손에 힘을 실었다. 화진이는 그런 나의 엉덩이를 낑낑거리며 받쳐 주었다. 다른 때면 훌쩍 안아 올렸을 담벼락이 그날따라 이상하게도 나를 자꾸만 밀어내었다. 그럴수록 나는 악착같은 오기로 담을 붙들고 늘어졌다. 하지만 나는 그때 보지 못했다. 담장 위에 주먹이 들어갈 만큼 큰 구멍이 세 개씩 뚫린 블록 벽돌이 시멘트에 달라붙어 있지 않고 미장을 하지 않은 상태로 올려져 있었다는 사실을.

화진이는 힘에 부쳤는지 이내 쌕쌕거리며 내 몸 받치는 것을 포기해 버렸다. 하지만 나는 그만둘 수 없었다. 창문에 어른거리는 경민이의 목덜미 속으로 얼음덩어리를 기어이 디밀어 넣고 싶었다.

나는 블록 벽돌을 잡은 손에 다시 한 번 있는 힘을 다 주었다. 그 순간이었다. 온 몸뚱이가 거대한 산 아래 짓눌려 뭉개지듯 내팽개쳐진 것은. 끝없는 낭떠러지 아래로 떨어지는 듯한 아득한 공포감. 그 위에 커다란 바윗돌 하나가 몸을 덮치

겨울의 끝 159

며 함께 굴러떨어지는 것 같은 절망감. 아랫배에 지구가 덩어리째 떨어져 덮쳐 누르는 듯한 통증… 꿈일 거야, 그래 꿈이야. 꿈….

나는 정신을 놓아버렸다. 놀란 화진이가 소리를 지르며 흔들었을 때 나는 희미해지는 의식 사이로 보았다. 하늘 위에 노란 설탕을 뿌려놓은 것 같던 별들이 얼굴 위로 와르르 쏟아지고 있는 것을. 눈도 뜰 수 없을 만큼의 거대한 어지럼증이 온몸을 뒤흔들고 있음을. 아랫배 위엔 국어대사전보다 더 크고, 세상의 모든 무게를 실은 것보다 더 무거운, 블록 벽돌 두 장이 흉기처럼 짓누르고 있는 것을.

나는 꿈에서 깨어나듯 일어서기 위해 몸을 움직였다. 그러나 꼼짝도 할 수 없었다. 허리 아랫부분이 떨어져 나가고 없는 듯한 허전함이 몰려왔다. 내 허리 어디 갔지. 중얼거리는 목소리 속으로 꽁꽁 언 겨울 땅의 차가운 감촉만이 공허하게 날아들었다. 나는 다시 절망 속으로 내던져져야 했다. 몸은 어디론가 도망가고 영혼만 표류하는 듯하였다. 이렇게 해서 죽는구나. 두려움이 온몸을 뒤흔들었다. 나는 모든 것을 포기한 채 맞닥뜨릴 죽음의 순간을 기다리며 누워 있었다. 초점 없는 눈동자를 허공에 던져둔 채.

또 얼마의 시간이 흘렀을까. 나는 화진이에게 의지하여 휘청거리는 다리를 간신히 일으켰다. 하지만 나는 회복할 수 없는 절망감에 몸서리쳐야만 했다. 밤새 하혈을 하고 복통이 심해서 다음날 병원에 갔는데 수술을 해야 한다는 것이었다. 나는 의사의 말에 따르지 않을 수 없었다. 수술이 끝난 후 의사는 조심스럽게 입을 열었다.

앞으로 임신은 불가능합니다.

나는 원래 오른쪽 나팔관이 기형으로 태어났고, 사고를 당하면서 왼쪽 나팔관이 심하게 찢어져 봉합은 했지만 정상적인 기능을 하지 못할 것이라 했다.

나는 병원 침대에 누워서 시트가 흥건해질 때까지 울었다. 함께 온 화진이도 내 손을 잡고 울었다.

사랑하는 사람을 만나 결혼을 하고 아이를 낳아 행복한 가정을 꾸리는 것은 나의 오래된 꿈이었다. 장래 희망란에 현모양처라고 썼다는 것을 안 친구들을 책상을 치고 발을 구르며 웃었다. 내가 아이를 낳을 수 없는 몸일 수 있다는 진단이 그 꿈을 잔인하게 짓밟아 버린 것이었다.

퇴원을 하면서 나는 결심했다. 그 어떤 남자가 가까이 와도 쳐다보지 말아야지. 아무리 멋있는 사람이 보여도 사랑이라는 것을 하지 말아야지. 나로 인해 한 남자의 인생을 망치지 말아야지. 그런 나에게 한 남자가 뛰어들고 내가 그에게 빠져

겨울의 끝

버린 것이다. 무조건적인 기피와 의도적인 증오는 언젠가 스스로를 배반하는 일이 많다고 했던가. 무계획 사이로 스며 들어온 그를 사랑해버린 것이다.

  2학년이 되던 봄날이었다. 그 당시 나는 오르한 파묵이 지은 『내 이름은 빨강』이라는 소설을 읽고 세밀화에 빠져들면서 이슬람 문화에 관심을 가지게 되었다. 그래서 도서관에 갈 때마다 이슬람에 관한 책을 꼭 한두 권씩 빌리곤 했다. 그날도 나는 『이슬람 미술』이라는 책을 보자마자 손을 뻗었다. 그런데 또 다른 손이 내 손보다 더 빨랐다. 내 눈앞에는 햇살처럼 환한 얼굴의 한 남자가 서 있었다. 순간 심장이 쿵쾅거렸다. 그는 민망했는지 내게 책을 내밀었다. 나는 책을 받을 생각도 못한 채 멍하니 서 있었다. 그도 그런 나에게 아무런 말도 건네지 못한 채 책을 내민 손을 거두지 못했다. 나중에 안 일이지만 그 또한 『내 이름은 빨강』을 읽으면서, 오스만 시대에 실존한 세밀화가들의 예술가로서의 장인정신과 고뇌에 대해 알아보고 싶다는 생각을 가지게 되었다고 했다. 처음 만난 순간부터 공통된 관심사가 있었던 우리는 순식간에 서로에게 스며들어 갔다.

  그날 우리는 캠퍼스를 나란히 걸었고, 다음날에는 커피를 마셨고, 교내 식당에서 밥을 먹었다. 내가 졸업할 때까지 교내 곳곳에서 친구들은 우리가 함께 있는 모습을 자주 발견했다.

4학년이 되었던 봄날, 너무나도 유혹적인 솔 향내에 못 이겨 그에게 안기지만 않았다면 내 인생이 달라졌을까, 가끔 생각해 본다. 하지만 결코 후회는 않는다. 나의 딸 소리는 나에게 기적이었으니까. 임신이 불가능하다는 의사의 진단을 보란 듯이 거부하며 나를 찾아온 천사였으니까. 그린 듯이 예쁘고 까만 눈썹, 오똑한 콧날, 야무지고 이지적으로 생긴 입술, 너무도 그와 닮은 소리를 볼 때마다 고마움을 느낀다. 소리가 없었다면 아마도 험난하고 힘든 세상을 살아갈 수가 없었을 것이기에. 내가 엄마가 될 수 있다는 것도 포기한 채 살았을 것이기에.

시외버스 터미널에 내리자 막막해진다. 네 시간을 달려왔는데 또다시 한 시간을 더 가야 한다는 사실에 숨이 막힌다. 어떻게 가야 하는지 그에게 물어보지 못한 것이 후회가 되어 달려온다. 갑자기 찾아가 그를 놀래주고 싶다는 유치한 발상이 이처럼 힘들게 할 줄은 몰랐다.

차 시간표를 붙여놓은 벽을 고개가 아프도록 올려다봤지만 그가 있는 끝동네는 눈에 띄지 않는다. 어떻게 해야 하지. 나는 애꿎은 입술만 자꾸 물어뜯으며 불안한 눈동자를 두리번거린다. 그때 할머니 한 분이 초조해진 시야를 뚫고 걸어 들어온다. 나는 그 할머니에게로 조심스럽게 다가간다.

할머니, 끝동네로 가려면 어디서 타야 하지요?

할머니가 돌아본다.

끝동네?

할머니의 얼굴이 부채살처럼 환히 피어난다.

날 따라오면 돼.

앞장서서 걷는 뒷모습이 엄마처럼 정겹다. 괜히 코끝이 시큰거려온다. 엄마… 이제는 아득히 멀어져 가버린 나의 엄마. 엄마는 막내이고 딸인 나를 유난히도 예뻐하셨다. 셋이나 되는 오빠들도 결혼을 하기 전까지는 나를 끔찍이도 아껴주었다. 학교에 갔다 오면 서로 나와 놀려고 실갱이를 벌이곤 했을 정도로. 평생 부부싸움 한 번 하시지 않은 부모님들은 더없이 서로를 위하고 아끼셨다. 그 속에서 태어난 나는 누구에게나 사랑받는 존재였고. 엄마 아버지가 돌아가시기 전까지 나는 세상에 부러운 것 하나 없는 행복한 아이였다. 예쁜 우리 공주님, 지금도 눈만 감으면 들려오는 엄마의 목소리가 심장을 후려친다.

애써 눈물을 밀어 넣으며 나는 할머니를 따라간다. 할머니는 종종걸음으로 대합실 밖으로 나간다. 밖에는 황색 버스가 한 대 서 있다. 할머니의 얼굴이 버스를 향한다.

저 버스 타면 끝동네로 가. 가만히 앉아 있으면 돼. 종점입니다, 할 때까지.

나를 바라보는 할머니의 얼굴이 더없이 다정하다.

그런데 색시는 그 먼 데까지 왜 가?

부드럽게 미소 지으며 내 까만 롱코트에 묻은 흰 털을 떼어준다.

만날 사람이 있어서요.

나는 얇게 웃으며 할머니의 얼굴에 수줍은 눈을 맞춘다. 할머니는 내 얼굴을 뚫어지게 바라본다.

나는 갑자기 불안해진다. 할머니가 나에 대해서 모든 것을 아는 것 같다는 생각이 불쑥 뛰어든다. 뒤돌아서 할머니를 붙들고 싶다. 할머니, 저 좀 살려 주세요. 할머니는 제가 살 수 있는 방법을 알고 계시죠? 소리치고 싶다. 하지만 아무 말도 나오지 않는다. 입술 위에 강력 본드를 붙인 것처럼 떼어지지 않는다. 목구멍 속에 빈틈없이 시멘트를 짓이겨 넣은 것처럼 숨을 쉴 수가 없다.

보호자를 데리고 오십시오.

검은 뿔테 안경 너머로 보이는 의사의 눈동자가 심상치 않

겨울의 끝

았다. 50대 초반쯤 되었을까. 며칠 전에 왔을 때 잔잔한 미소가 흐르던 부드러운 표정이 아니었다. 얼굴에 그늘이 가득 걸려 있었다.

보호자가 없어요….

나는 말꼬리를 흐렸다.

오빠들이 머릿속으로 떠올랐지만 알리고 싶지 않았다. 분명 나에게 큰일이 일어나고 있다는 예감이 들었기 때문이었다. 언제부터인가 두통이 밀려오기 시작하더니 두 달쯤 전부터는 참을 수가 없었다. 그래서 병원을 찾았고, 조직검사를 한 뒤 그 결과를 보러 온 자리였다. 그런데 보호자를 데리고 오라니. 의사가 그런 말을 했을 때는 십중팔구 위험한 상황이 틀림없다. 도대체 나에게 지금 무슨 일이 일어나고 있는가. 참을 수 없는 그 통증의 정체가 내 생명을 위협이라도 하고 있단 말인가.

무슨 일인지는 몰라도 제게 말씀해 주세요.

의사는 담배를 피우기 시작했다. 노란 필터에 길고 하얀 손가락이 춤추듯 걸렸다. 그는 한숨처럼 길게 연기를 뿜어냈다. 진료실 안이 담배 냄새로 자욱해졌다. 환자 앞에서 의사가 담배를 피우는 것은 금기가 아니었던가. 하지만 나는 그런 것을 따질 겨를이 없었다. 그가 무슨 말을 할 것인가에만 관심이 갔다. 입술이 하얗게 탈색되어 버썩거렸다. 의사의 입술이 담배 연기 속에 갇히기 시작했다. 나는 그의 입술이 열리기만을 기다렸다. 운명의 덫이 달려와 목을 옥죄었다.

이럴 때 저는 의사가 된 것을 후회합니다.

망설임 끝에 쏟아진 의사의 말이 의식을 혼미하게 만들었다. 간신히 의식을 수습하는 순간 나도 담배를 피우고 싶다는 갈증이 목구멍에 컥, 걸렸다. 담배 연기만 맡아도 숨이 막히는 내가 담배가 피우고 싶다니….

급성 뇌종양입니다. 손을 쓸 수가 없을 만큼 머릿속을 꽉꽉 채우고 있어요. 우후죽순처럼 자라고 있단 말입니다.

의사는 화가 난 듯 말을 내던졌다. 뇌종양? 눈앞이 아득해졌다. 암? 머리가 멍해졌다. 내가 죽어? 그대로 몸뚱이가 녹아 물처럼 흐르기 시작했다. 땅속으로 흔적도 없이 스며들었다. 방금 들은 말이 무엇이지? 목적지를 잃어버린 시선이 허둥댔다. 이제 어떻게 해야 하지? 아무것도 보이지 않았다. 왜 내가 죽어야 하지? 머릿속이 하얘졌다. 생각의 주머니가 남김없이 도망가 버렸다.

그 담배 좀 피울 수 없을까요.

나는 온몸의 기력을 다해 겨우 한마디를 만들어 냈다. 의사는 피우던 담배를 말없이 내밀었다. 나는 담배를 받아들고 필

겨울의 끝　167

터를 입술 사이에 끼웠다. 반쯤 타들어간 담배는 내 손끝에서 붉은 대가리를 날름거리며 심장을 뚫고 달려들었다. 나는 혼신의 힘을 다해 연기를 빨아들였다. 온몸 구석구석이 담배 연기로 가득 찼다. 급작스러운 연기의 침입으로 목구멍은 기침을 쏟아부으며 결사적인 방어를 했다. 그래도 나는 멈추지 않았다. 쉬지 않고 연거푸 연기를 폐 깊숙이 디밀어 넣었다. 얼마의 시간이 흘렀을까. 내 입술은 연기와의 실랑이를 멈추고 아득한 꿈속에 들어온 것처럼 중얼거렸다.

얼마나… 남았나요….

…3개월… 입니다. 오래가면… 5개월….

필터가 녹아내리면서 손끝이 뜨거워져 왔다. 눈물이 뺨을 타고 흘러내렸다. 두 다리는 아득한 늪 속으로 대책 없이 가라앉기 시작했다. 한 줌 재밖에 안 될 것 같은 작은 몸피가 천 길 낭떠러지 아래로 떨어지고 있었다. 흔적도 없이 사라지고 있었다. 누구라도 건들기만 하면 그대로 무너져 숨이 멎을 것만 같았다.

왜 하필이면, 나에게, 내가, 무슨 죄가 있다고! 나는 의사의 멱살을 잡고 뒤흔들며 발악이라도 하고 싶어졌다. 나는 죄지은 것이 없단 말이야. 그런데 왜 이런 벌을 받아야 하지? 진료실 안에 있는 물건들을 남김없이 때려 부숴 버리고 싶은 마음을 간신히 억누르느라 호흡이 가빠져 왔다. 하지만 나는 결국 그 어느 것도 행동으로 옮기지 못하고 흐느적거리며 병원을 빠져나왔다.

 번잡한 시내를 헤쳐 나온 버스는 한적한 읍내 길을 달리기 시작한다. 시내의 큼직큼직한 건물들과는 달리 자그마한 간판들이 정겨운 얼굴로 지나치고 있다. 인쇄소, 미용재료, 음향, 차밍맞춤, 세림이동통신, 풍수지리학원, 낚시전문점, 간판, 쇼파…저 속에서 사람들은 모두 고만고만한 삶들을 살고 있을 것이다. 주어진 일에 최선을 다하며 가족을 부양하고 사랑하며 서로의 온기를 마시며.

 하얀 승용차에 오색 풍선을 단 자동차가 달려간다. 신혼여행을 떠나는 신랑 신부들을 싣고. 부럽다. 너무 부러워서 눈물이 난다. 그를 만나고 난 뒤로 나도 꿈이라는 것을 꾸었다. 눈이 시리도록 새하얀 웨딩드레스를 입고 5월의 신부가 되고 싶었다. 하얀 승용차는 행복에 겨워 어쩌지 못하겠다는 듯 함박웃음을 머금은 채 씽씽 잘도 달려 나간다.

 함께 춤을 추어요… 멀리 떠나간 날들은… 당신의 검은 머리엔 어느새 하얀 꽃 피네… 라디오에서 흘러나오는 노랫소리가 버스 안을 가득 채운다. 깜빡 눈을 감았다 뜨는 사이 차는 어느새 한적한 시골길을 달리고 있었다. 차 안이 텅 비었다. 아니 두 사람이 있다. 운전기사 아저씨와 여든쯤 되어 보이는 할아버지 한 분.

끝동네 갈려면 아직 멀었나요?

운전기사를 향해 조심스레 묻는 나의 말에 온화한 미소를 띤 할아버지가 대답을 한다.

처음 길인 모양이구먼. 끝동네 어디를 찾아가려고?

나는 작게 미소를 지으며 말한다.

파출소요.

파출소? 여기서 한 10분쯤 더 가면 정류장이 나올 것이야. 그 앞에 내리면 바로 파출소가 있고.

할아버지가 정겨운 목소리로 설명을 한다. 나는 그런 할아버지의 모습을 자세히 바라본다. 커다란 검은 비닐봉지를 세 개씩이나 들고 있는 얼굴이 더없이 편안해 보인다. 봉지 밖으로 삐죽하니 튀어나온 줄기가 싱싱한 대파가 자랑스럽게 웃는다. 시장을 봐 오는 모양이다. 아내를 사랑하는 마음들이 봉지 속에 가득 채워져 있다. 나이 들면서 더욱 정이 도타워지는 게 부부 사이라고 하던데… 그 할아버지의 삶이 자꾸만 부러워진다.

여기가 끝동네입니다.

누런 알몸뚱이를 끝없이 드러낸 채 누워 있는 겨울 논두렁 앞에 버스가 멈춘다. 종점이어서 그런지 주홍빛 대형버스가 5대씩이나 서 있다. 막차는 8시에 있다고 운전기사가 친절하게 가르쳐준다. 3시간의 여유가 있다. 차에서 내려 밭두렁 길을 따라 시선을 흘려보낸다. 저만치 앞에 파출소가 보인다. 그가 숨 쉬고 있는 곳으로 왔다는 사실 하나만으로 심장이 터질 것 같다.

멀리 산모퉁이에서 이른 저녁을 짓는지 연기가 모락모락 피어오르고 있다. 얼마 만에 보는 연기인가. 어린 시절 외가에 가면 아침저녁으로 굴뚝을 타고 하늘로 치솟아 오르던 연기가 매워서 눈물을 찔끔거리며 피해 다니곤 했는데. 아궁이에서 나오는 연기에 눈이 매워 뜰 수가 없어도, 생솔가지를 꺾어 넣으며 밥을 짓는 외할머니 옆을 떠나지 않았던 기억들이 가슴 저리게 그리워져 온다. 이제는 다시 돌아갈 수 없는 아름답고 향기로웠던 그날들. 나는 걷다 말고 우두커니 서서 연기가 피어오르는 산골짜기를 눈물겹도록 바라본다.

병원을 다녀오던 날, 그와 통화를 했다. 이대로 세상을 떠서는 안 된다는 생각이 들었다. 아빠가 있는데도 고아처럼 외롭게 살아갈 딸 소리가 불쌍했다. 자신의 딸이 세상에 존재한다는 사실조차도 모른 채 살아갈 그가 안타까웠다.

한민숩니다.

전화선을 타고 달려온 목소리에 숨이 막혔다. 얼마나 듣고 싶었던 말인가.

제가 누군지 아시겠어요?

…민지영 씨 아니십니까.

수화기 속 목소리가 떨고 있었다. 현기증이 몰려왔다.

어떻게 단번에 알아볼 수가….

나는 버석거리는 입술을 축이느라 말을 잇지 못했다.

그 이름을 어찌 잊을 수가 있겠습니까.

젖어 드는 목소리가 심장을 후려쳤다. 뜨거운 눈물이 좌르륵 쏟아졌다. 그가 날 잊지 않고 있었다! 그 사실 하나만으로도 외롭고 쓸쓸했던 지난날들이 눈 녹듯 사라져버렸다. 나는 벽에다 등을 기대고 앉아 가빠오는 숨결을 고르느라 애를 썼다. 그리고 간신히 말을 만들었다.

며칠쯤 뒤에 전화하고 갈게요.

그는 전자공학을 전공했는데 전공과는 다른 경찰관이 되어 있었다.

산자락에서 머물던 시선을 돌려 그가 근무하고 있을 파출소로 향한다. 연락도 없이 찾아간 나를 보고 그는 어떤 표정을 지을까.

파출소 앞에서 휴대폰을 꺼내 그에게 전화를 한다. 차마 불쑥 문을 열고 들어갈 용기가 없었다. 차르르르, 신호가 울린다. 그의 목소리가 전화선을 통해 달려온다. 나는 말한다.

배달왔어요. 민지영이라는 사람을 데려왔어요.

침착하고자 수없이 다짐하고 연습한 말인데도 결국 말끝을 떨고 만다.

지금 어딘데?

강물처럼 출렁이는 그 목소리에 내 가슴이 빠져 허우적대기 시작한다.

창문 밖으로 고개를 내밀어봐요.

정말 왔어?

용수철처럼 튀어 오르는 그의 말끝이 떨리고 있다. 나는 먼 산자락 아래로 시선을 던져버린다. 마주 볼 용기가 도저히 없다. 저벅저벅 다가오는 발자국 소리. 빠르게 뛰는 심장 박동 소리. 온몸이 경직된다. 이명이 들린다. 나는 몸을 휘청거린다. 그때 내 손을 감싸는 커다란 손의 감촉. 그의 향내. 흔적도 없이 몸피가 녹아내릴 것 같다. 숨소리가 멎는다. 나는 슬로우모션을 취하듯 천천히 돌아선다. 그가 서 있다. 내 눈앞

겨울의 끝

에. 17년 전 그 모습으로. 나를 보고 있다. 청색 경찰복을 입고. 그리 크지 않은 체구에 단아한 모습의 그는 경찰복이 무척 잘 어울린다.

그가 혼자서 쓰는 침실 겸 휴식 공간인 방 안에 들어서자 온몸의 힘이 다 빠져 달아난다. 긴장이 풀린 탓일까. 나는 조심스레 그를 바라본다. 그의 눈이 내 얼굴 앞에 있다. 눈동자가 흔들린다. 내 눈동자도 따라 흔들린다.

그런데 오늘 내가 일직인 것을 어떻게 알았어?

그가 먼저 침묵을 깬다.

전화해서 물어봤지.

우리는 흔들리던 눈동자를 바로 세우며 마주 보고 웃는다. 그 웃음들이 쓸쓸하다. 그가 다시 웃는다. 눈이 부시게. 봄햇살처럼, 더없이 환하게. 언제 또 이 미소를 다시 볼 수 있을까. 아니 내가 살아있는 동안 몇 번이나 더 볼 수 있을까. 그에게 안겨 울고 싶다. 하지만 나는 웃는다. 눈이 부시게, 환하게, 행복하게.

딸 소리를 낳고 빈방에 찾아들었을 때 통곡한 것 외에는 지금껏 한 번도 울지 않았다. 울고 싶을 때는 소리를 가슴에 안고 그를 생각했다. 품속에 안긴 소리의 체취를 맡으며 그와 함께 지냈던 나날들을 떠올렸다. 그러면 그가 곁에 있는 듯, 내 앞에서 잠들고 있는 듯 느껴졌다. 잠자는 소리의 얼굴을 들여다보며 그의 모습을 하나하나 떠올렸다. 까무잡잡한 나를 닮지 않고, 단아하고 하얀 아빠의 얼굴을 그대로 닮은 딸이기에 더욱 좋았다. 언젠가 그를 다시 만날 때면 아름답게 잘 자란 소리의 모습을 자랑스럽게 보여주고 싶다는 생각만으로도 설레었다.

정말 단 한 순간도 그를 잊지 않고 살아왔을까. 그를 본 순간 그것을 깨달았다. 그는 정말 좋은 남자라는 사실을. 말 한 마디, 얼굴에 나타난 온화함, 부드러움. 그것만으로도 그가 지금까지 어떻게 살아왔는지, 어떤 눈으로 세상을 바라보는지 알고도 남음이 있었다. 그런데 나는 어찌하여 순간적인 기분으로 그를 떠나버렸던가. 세상 모르고 치솟기만 하던 모난 내 성격이 저주스러웠다. 그와 함께 살았더라면 나는 정말 행복했을 것이고 시한부 삶을 살아야 하는 불치병에 걸리지도 않았을 것이다. 그에 대한 간절한 그리움이 심장을 녹게 만들고 암세포를 형성해서 뇌 속을 가득 채웠을 것이다.

커피 타 줄까?

그가 묻는다. 목소리가 너무 정겹다. 눈물이 솟구친다. 억지로 눈물을 밀어 넣으며 그를 향해 미소를 짓는다. 그런데도 눈물은 기어이 눈동자를 밀고 나와버린다. 뺨을 타고 주르륵 미끄러져 내린다. 그가 손수건을 꺼내 뺨을 닦아준다.

나 무서워. 민수 씨 두고 가고 싶지 않아. 이제 겨우 만났는데 다시 헤어지고 싶지 않아. 살고 싶어. 나 좀 살려줘. 소리치고 싶었다. 하지만 나는 그냥 웃는다. 눈물을 그렁그렁 매단 채 그를 향해 미소 짓는다.

그가 일어서서 주방으로 간다. 커피포트에 물을 붓는다. 나는 뒤따라가서 그의 등 뒤에 선다. 허리에 두 팔을 넣어 살며시 껴안는다. 등에 얼굴을 댄다. 따스하다. 늘 입는 제복이지만 어쩐지 상큼하게 다가오는 상큼한 그의 냄새. 담배를 피우지 않는 그의 몸에서 해초 내음이 난다. 푸른 바다가 밀려온다. 그 옛날 처음으로 그에게 안겼을 때 맡았던 그 싱그러운 향내.

참, 딸 이름이 뭐야?

커피를 타다 말고 생각났다는 듯 그가 묻는다.

나는 자랑스럽게 대답한다.

응, 소리야. 한소리.

갑자기 그의 눈이 휘둥그레진다.

한소리? 남편의 성이 한씨야?

순간 움찔했지만 태연을 가장한다.

응, 우연히 그렇게 되었어. 그래서 이름도 소리라고 지었어. 옛날에 우리가 한 약속 생각하면서. 민수 씨는 아이가 몇 이야?

나는 지나가는 말처럼 묻는다.

아이? 없어. 낳지 못했지.

그의 표정이 갑자기 허탈해진다. 그가 나를 뚫어지게 바라본다. 그 얼굴에 갑자기 쓸쓸한 느낌이 달려와 걸린다. 그는 잠시 창밖으로 시선을 던졌다가 거두어 내 얼굴 위로 보낸다.

소리, 보고 싶다.

나는 그의 눈을 바라보며 말한다.

우리 소리 좋아해 줄 거야?

그럼 누구 딸인데 안 좋아해? 지영이 딸은 내 딸이나 마찬가지야.

소린 당신 딸이야. 나는 아무하고도 결혼 안 했어, 나는 목구멍에 걸린 말을 뱉어내고 싶었다.

봄이 오기 전에 소리와 다시 올게.

그가 기쁜 얼굴로 대답한다.

응, 꼭 데리고 와. 소리는 너를 닮았으면 사랑스럽고 예쁠 거야. 정말 보고 싶다. 소리.

밖으로 나오자 어느새 습자지 같은 엷은 어둠이 꽁꽁 언 땅을 삼키고 있다. 나는 그가 시킨 대로 그의 차를 찾아가 문

겨울의 끝   177

을 연다. 보기에도 중압감을 느끼게 하는 지프차. 파출소 소장이라는 신분에 어울린다. 나는 운전석 옆자리에 앉아 그를 기다린다. 어둠에 먹혀버린 겨울 들판이 차창 밖으로 고즈녁이 흐른다.

나는 시선을 거두어 차 안에다 둔다. 운전석 앞에 스프링을 타고 앉은 조그마한 오뚝이 하나가 서 있다. 가운데에 사진이 들어있다. 남자와 여자가 함께 얼굴을 맞대고 활짝 웃고 있는 손톱만 한 사진이다. 가까이 가서 자세히 들여다본다. 그러다 깜짝 놀란다. 사진 속의 여자는 내 얼굴이다. 눈을 비비고 다시 들여다본다. 하지만 아무리 들여다봐도 그것 분명 내 얼굴이다. 목선을 도려낸 곳에 카키색 옷깃이 조금 보인다. 4학년이 되던 봄에 그의 친구가 찍어준 것이다. 이 사진을 왜 여기다 붙이고 다닐까. 아내가 화내지 않을까. 아내가 차를 안 타는 것도 아닐 테고. 나는 고개를 갸우뚱거리며 눈을 감는다. 그것을 깊이 생각하고 따질 만큼 힘이 남아 있지 않다. 의자에 기대고 눈을 감는다. 아득한 현기증이 정신을 혼미하게 덮는다.

많이 기다렸지?

그가 차 문을 연다. 얼른 고개를 들고 그를 바라본다. 양복으로 바꿔 입은 모습이 산뜻하다. 하얀 와이셔츠에 벽돌색 줄

무늬가 그려진 파란 색 넥타이가 흰 얼굴에 잘 어울린다.

한적한 시골길을 빠져나온 차는 내가 왔던 길을 되돌아가기 시작한다. 꿈만 같다. 내 옆에 그가 있다니. 이 길이 영원으로 향하는 길이라면 얼마나 좋을까. 코끝이 시큰거린다.

그런데 민수 씨, 내 사진 이렇게 꽂고 다녀도 부인이 아무 말도 안 해?

나는 기어이 물어보고 만다.

부인? 아, 괜찮아. 우리 집사람은 이것이 자기 사진인 줄 알고 있거든.

그는 당황스럽게 말끝을 올렸다가 씨익 웃는다. 순간, 혹시? 하는 생각으로 그를 올려다보았다. 민수 씨 혹시 결혼 안 한 거 아니야? 그 말을 참느라 숨이 가빠왔다.

설사 그렇더라도 어쩌자는 말인가. 나는 곧 떠나야 하는데. 그가 정말 혼자라면 나를 그냥 두지 않을 것이다. 자신의 모든 것을 내던지고 내 간호에만 매달릴지도 모른다. 그것은 그의 인생을 망가지게 하는 것이나 다름없다. 결코 그래서는 안 된다. 나는 잠시 만난 희망을 재빨리 털어 버린다.

저녁을 먹는데 자꾸만 목이 메인다. 어쩌면 두 번 다시 그를 볼 수 없을지도 모른다는 생각이 불쑥 뛰어든다. 그는 자꾸 내 숟가락 위에다 반찬을 올려 준다.

겨울의 끝

식당을 나와 걷는데 정답게 어깨동무를 하고 걸어가는 연인들이 보인다. 그 모습이 더없이 아름답다. 막차까지는 아직 30분의 시간이 남아 있다. 그는 차에 시동을 걸고 사람이 다니지 않는 한적한 곳으로 달려간다. 그가 차를 세운 곳은 커다란 너럭바위가 있는 곳이다. 그는 내 손을 잡고 너럭바위 위로 데려간다. 우리는 나란히 앉아 어둠 속에 묻혀 있는 겨울 들판을 바라본다. 나는 그의 어깨에 머리를 댄다. 가만히 눈을 감는다. 그의 몸에서 솔향내가 흘러나온다. 나는 조심스레 향내를 음미한다. 그가 내 이마에 흘러내린 머리카락을 조심스럽게 걷어 올린다. 나는 눈을 뜨고 그의 손을 가져와 뺨에 댄다.

민수 씨, 옛날에 잘못한 것 용서해줄 수 있어?

그가 내 뺨에 얼굴을 댄다. 따뜻하다.

사랑하는 사람들 사이에는 용서라는 말이 필요 없어.

그가 나를 안은 팔에 힘을 준다.

가끔씩 그 사랑을 질투한 신의 방해에 헤어지는 일도 생기지만 본질적으로 사랑하는 마음은 변하지 않아. 처음에는 내 마음을 몰라준 니가 미웠지만 시간이 흐르면서 안타깝고 속이 상했어. 사랑하면서 헤어져야 한다는 사실이 견딜 수가 없었기 때문이야. 하지만 지금은 아니야. 나는 니가 행복하면 바랄 것이 없어.

나는 아무 말도 하지 못한다. 그저 바라보기만 한다. 가로등 불빛에 드러난 그의 단아한 얼굴을 하나하나 새기면서.

막차라서 그런지 손님은 나밖에 없다. 그는 나를 가볍게 안고 등을 토닥거린다. 잘 가.

아쉬움을 가득 실은 그의 목소리가 나무등걸처럼 쩍쩍 갈라진다. 나는 그의 얼굴 위에 내 얼굴을 꽂으면서 차에 오른다. 목구멍이 막혀 그 어떤 말도 만들어 낼 수가 없다.

창가에 자리를 잡고 앉자 그가 차창 곁으로 와서 손을 번쩍 치켜든다. 나도 그를 향해 손을 흔든다. 버스 꽁무니가 보이지 않을 때까지 공중에서 나부끼고 있던 그 손을 조금이라도 더 보고 싶어 나는 고개가 아프도록 꺾는다.

버스가 모퉁이를 돌아서자 그의 모습은 순식간에 어둠 속으로 녹아들고 만다. 참았던 눈물이 한꺼번에 와르르 쏟아진다. 나는 의자 등받이에 몸을 기대고 눈을 감는다. 머리가 온통 비어버린 느낌이다. 몸속에 남아 있던 기운도 남김없이 빠져버린다. 먹물처럼 까맣게 덮쳐오는 어둠이 버스가 빠져나온 길을 남김없이 빨아들이고 있다. 그 순간 나는 꼭 그에게 마지막으로 남기고 싶었던 말을 떠올리고는 숨이 멎는 아픔을 만나고 만다.

민수 씨, 당신은 내년 봄에 데리고 다시 온다던 그 내 딸을 만나게 될 거야. 그런데 내년 봄은 너무 멀어, 어쩜 금방이 될지도 몰라. 혹시 내가 같이 오지 못하더라도 꼭 그 애만은 세상 누구보다 더 소중히 사랑하고 보듬어 주길 바래. 당신은 이 세상에서 그럴 권리와 의무를 다 가진 유일한 사람이니까.

기어이 나는 목이 메어 까무러친다.

굼벵이의 춤

개미였다. 12월의 찬바람을 등에 지고 잽싸게 발밑을 빠져나가고 있는 것은 새까맣고 작은 개미였다. 무심히 지나치면 보이지도 않을 작디작은 짱구개미 한 마리가 그렇게 육교의 난간을 향해 기어가고 있었다. 왜 왔을까. 둘러봐도 풀씨는커녕 흙이라곤 냄새조차 배여있지 않은 이 도시 한복판에. 모든 미물들이 냉혹한 기온을 피해 몸을 간수하는 계절에. 그것도 사람들의 발걸음들이 잠시도 끊어지지 않는 육교 위에, 뭘 찾으려고 나타났을까.

쭈그리고 앉은 채로 내 눈은 개미를 따라간다. 개미는 막 육교의 난간을 타고 있는 중이다. 뭐가 그리 급한지 잽싸게 달음박질친다. 녀석은 쉬지도 않는다. 나는 날카로운 손톱을 내밀어 놈의 몸통을 짓이기고 싶다는 충동을 간신히 억누른다. 가슴 속에 웅크리고 있던 까닭 모를 증오심이 어느새 내장을 가득 채우고는 얼굴 위로까지 넘쳐 올라온다. 목젖을 타고 오르는 살기를 감추느라 애를 쓰다 보니 호흡이 가빠지고 급기야는 기침이 터져 나온다. 나는 자지러질 듯 기침을 토해 내다 개미를 놓칠까 봐 얼른 눈동자를 움직인다. 금방이라도 똑, 부러질 것 같은 허리를 저으며 개미는 열심히 더듬이를 내딛고 있다. 그 앞에 뭐가 있기에 놈은 그처럼 줄기차게 달려가는 것일까. 나는 고개를 들고 난간 끝을 올려다본다. 하지만 그곳엔 아무것도 보이지 않는다. 텅 빈 하늘만이 무심한 표정으로 흐르고 있을 뿐이다.

너 지금 보니 참 웃기는 여자야. 유치하고, 치사스럽고.

비웃음이 잔뜩 담긴 그의 목소리가 어느새 달려와 개미허리를 타고 난간을 오른다. 순간 그대로 개미의 목을 비틀어 버리고 싶은 분노가 온몸을 휘어 감는다. 작은 몸통을 짓뭉개어 구두 굽에 문질러 붙이고는 아스팔트 위를 질주하고 싶다, 는 격한 감정이 가슴 밑바닥에서부터 뭉글뭉글 피어오른다.

나는 눈꼬리까지 떨게 하는 독기로 개미를 쏘아본다. 그런 내 시선에 눌렸는지 개미는 갑자기 또르르 난간 아래로 굴러 떨어진다. 아무런 해코지를 하지 않았는데도 혼자서 발광을 해대는 개미의 모양이 재미있어서 나는 손뼉을 치며 웃는다.

시멘트 바닥에 나둥그러져 버둥거리는 꼬락서니가 그렇게 고소할 수 없다. 나는 서늘해진 눈빛으로 개미를 노려본다. 한참을 허우적대던 놈은 머리를 곧추세우고 다시 난간에 몸을 싣는다. 언제 그랬냐는 듯 온몸에 힘이 잔뜩 들어가 있다. 너무도 당당한 모습에 다시 약이 바짝 오른다.

니가 돈 좀 빌려줬다고 해서 내게 이래라저래라 한다는 건 용서 못 해. 돈? 갚아 줄게. 안 떼먹어. 못 믿겠으면 고소해.

나는 왜 그의 면상에다 독침을 꽂지 못했을까. 그 능글맞은 입술에 재갈을 물리지 못했을까. 개미는 어느새 난간 가운데까지 올라가 있다.

니가 목표로 정한 곳까지 올라갈 것 같아? 어림없어.

빈정대는 소리를 들었는지 개미는 고개를 들어 몇 번이나 두리번거린다. 눈 끝에 독이 오를 대로 오른 나는 개미 목을 향해 날카로운 입김을 불어 던진다. 난간의 반쯤 올라가던 개미는 급작스러운 침입자의 폭력에 떠밀려 바닥으로 곤두박질친다. 나는 바르르 떨고 있는 몸뚱이 위로 있는 힘을 다 실은 비소를 내던진다. 그러나 개미는 나를 놀리기라도 하듯 몸을 추스르고는 가던 길을 향해 또다시 고개를 디밀고 있다.

처음에는 네가 도와준 것에 감동했지. 하지만 지금 보니 그게 아니었어. 넌 그걸 미끼로 날 어떻게 해보겠다는 목적이 있었던 거야. 그런 수법에 내가 넘어갈 거라 생각했어?

나를 능멸하는 그의 뺨을 나는 결국 후려치지 못했다. 그런 그에게 아무런 제재도 가할 수 없는 내 어리석은 몰골이 그지없이 혐오스러울 뿐이었다.

나는 난간 가운데까지 올라간 개미 몸뚱이 위에다 팩, 침을 뱉는다. 뜻밖의 물세례에 개미는 바닥에 나둥그러져 허우적거린다. 하지만 다시 물바다를 빠져나가 난간을 잡고 움직이기 시작한다.

나의 유년은 언제나 외톨이였다. 학교 공부가 끝나면 뒷산으로 올라가 벌레들을 찾아다니며 노는 것이 유일한 즐거움이었다. 그중에서도 나는 까만 짱구개미가 좋았다. 12월이면 집의 입구를 막아 버리는 다른 개미들과는 달리 겨울철에도 때때로 집에서 나와 풀씨를 찾아다니는 짱구개미의 그 집요한 탐닉이 나를 사로잡았다.

우리 집엔 유난히 개미가 많았다. 방과 마루, 심지어는 이불 속까지 개미가 기어들어와 살았다.

초등학교 5학년 때였을 것이다. 아침에 학교에 가려는데 책상 위에 불개미 한 마리가 기어가는 것이 보였다. 놈은 손때가 묻어 반질반질해진 책꽂이를 향해 고개를 치켜들고 있었다.

나는 개미와 장난이 치고 싶었다. 개미의 몸뚱이를 들어 고개를 반대쪽으로 향하게 만들었다. 그런데 개미는 가던 길을 찾아 다시 기어가기 시작했다. 나는 또다시 개미의 고개를 돌려놓았다. 하지만 개미는 여전히 가던 방향을 잊어버리지 않고 따라가고 있었다.

나는 갑자기 조급한 마음이 들었다. 개미야 가지 마. 나를 버리고 가면 안 돼. 나는 개미의 몸을 획 돌렸다. 그 순간 개미의 가는 허리가 부러져 버렸다. 실보다 가늘고 연약한 허리가 똑, 부러진 것이었다. 개미허리가 부러졌다는 사실은 공포에 사로잡히게 만들었다. 마치 내 허리가 사나운 거인의 손에 의해 똑, 부러진 느낌이 들었다. 무서웠다. 온몸이 콩벌레처럼 오그라들었다.

나는 나쁜 애야, 죄 없는 개미를 죽인 나쁜 아이… 오소소 소름이 전신을 덮었다. 어지럼증이 몰려오면서 눈앞이 하얗게 무너졌다. 그런 내 앞에서 개미는 아무 일도 없었다는 듯 일어났다. 가던 길을 향해 재빠르게 다리를 움직였다.

어, 개미가 살아있다? 나는 눈을 비비고 개미를 바라보았다. 정말 개미는 살아있었다. 허리 아래가 없는데도 기어가고 있었다. 나는 믿기지 않는 사실에 넋을 잃고 개미에게 준 시선을 거두지 못했다. 몸뚱이를 잘라 내어도 열 개의 다리를 꼿꼿하게 세워 도마 위를 걸어 다니던 오징어를 봤을 때의 섬뜩한 기운이 전신을 훑어 내렸다.

개미야. 고마워. 그렇게라도 살아 있어 줘서 정말 고마워.

나는 안타까운 마음으로 개미를 지켜보았다. 내 간절한 마음을 알았는지 개미는 씩씩하게 움직였다. 지치지도 않고 끈질기게 앞을 향해 남은 몸뚱이를 옮겨가고 있었다. 그런 개미가 대견했다. 하지만 학교 가라는 엄마의 성화에 계속해서 개미를 지켜볼 수가 없었다. 나는 엄마의 빈 반지 통 속에 개미를 넣어 두었다.

학교에 가서도 온통 개미 생각뿐이었다. 살려달라고 목덜미를 잡아채는 개미의 비명소리가 들려와 귀를 막았다. 가슴이 빠지직빠지직 타들어 갔다. 청소 당번이라고 아이들이 불렀지만 귓전으로 흘려 버렸다. 단걸음에 집으로 달려왔다. 신발도 벗지 않은 채 방 안으로 뛰어 들어갔다. 반지 통을 찾았다. 가슴이 콩닥콩닥 뛰었다. 개미야 내가 왔다, 개미야… 통 안은 비어 있었다. 개미가 없었다. 달아나 버렸다. 나를 조롱하듯 허리 아래가 없는 몸으로 도망가 버렸다. 허리가 잘린 몸으로 피할 수 있다니 신기하기보다는 약이 올랐다. 개미에게조차 버림받았다, 는 생각에 분을 삭일 수가 없었다. 반지 통을 바닥에 내동댕이쳤다. 산산조각이 나도록 밟아 버렸다.

나는 지금까지 살아오면서 어느 누구에게도 마음을 준 적 없어. 특히 여자에게는.

쇳조각처럼 냉기가 흐르는 그의 얼굴을 나는 진짜 쇳조각으로 긁어 버리고 싶었다. 따뜻한 바람 한줄기조차 들어갈 틈도 없이 굳어버린 가슴속에 송곳을 박고 싶었다.

개미는 쉬지 않고 발을 움직이고 있다. 나는 개미가 난간 꼭대기에 이르는 것이 싫다. 두 번 다시 놈에게 놀림 받고 싶지 않다. 도망가게 내버려 두어서는 안 된다. 나는 얼른 놈을 바닥으로 끌어내려 고개를 내 쪽으로 향하게 했다. 그런데도 녀석은 또다시 몸을 돌려 가던 길로 고개를 디밀고 있다. 나를 마음껏 야유하면서.

나에게도 친구가 많았던 적이 있었다. 창옥이가 모두 빼앗아 가버리기 전까지는. 담 밑에 혼자 쭈그리고 앉아 말문을 닫아버린 채 사는 아이가 아니었다. 시도 때도 없이 언니에게 시비를 걸어 싸우는 못된 동생이 아니었다. 엄마에게 악을 바락바락 쓰며 대드는 패륜아도 아니었다.

똑똑하고 예쁜 우리 서영이 크면 뭐가 될래? 내 얼굴을 쓰다듬는 할머니의 무릎을 베고 누워있을 때면 엄마는 부엌과 마당을 오가며 빙그레 웃음을 보냈고, 언니는 내 손톱을 깎아 주거나 할머니 머리에 돋은 새치를 뽑곤 했다. 어느새 눈치를 채고 달려온 남동생이 할머니 무릎을 빼앗으면 책을 읽고 계시는 아버지께로 얼른 달려가 혀를 날름대곤 했다. 정말 그때까지 우리 집엔 아무런 문제가 없었다. 지극히 평온했다. 열 살쯤이었다고 기억되는 어느 날이었다. 공부를 마치고 운동장에서 줄넘기를 하고 있을 때였다. 창옥이가 갑자기 아이들을 둘러보며 말했다.

서영이 하고 놀지 마. 앞으로 서영이 하고 노는 아이들은 같이 놀지 않을 거야.

또래보다 두 살이나 많고 눈이 이마 위까지 찢어진 창옥이를 모든 아이들은 두려워했다. 나는 눈이 휘둥그레져서 창옥이를 바라보았다.

넌 첩의 딸이잖아.

아이들의 눈이 모두 나에게로 몰려들었다. 기세 당당한 창옥이의 말에 나는 아무 말도 할 수 없었다. 피가 나도록 입술만 깨물었다. 감당하지 못할 아픔을 작은 가슴에 몰아넣은 채 숨을 헐떡였다. 그래, 나는 첩의 딸이야… 너무도 당연한 사실인데도 그 말은 어린 나를 송두리째 짓뭉개놓았다. 가슴 한복판에 커다란 대못을 쾅쾅 박아버렸다.

굼벵이의 춤

우리 엄마는 첩이 아니란 말이야. 언니 엄마가 돌아가시고 아빠와 결혼했단 말이야. 소리치고 싶었다. 그러나 한 마디도 내뱉지 못했다. 다섯 살이 되던 해 엄마 손을 잡고 아버지 집으로 쭈뼛쭈뼛 걸어 들어왔던 기억이 뇌성처럼 떠올랐기 때문이었다.

멀뚱하니 서서 우리를 바라보던 언니, 쯧쯧 혀를 차면서도 나를 보듬어 안고 방으로 들어가시던 할머니. 한동안 집안을 흘러 다니던 무거운 침묵. 결국은 안방 자리 차지하고 사는구먼, 죽은 년만 불쌍하지, 수군거리던 동네 사람들, 그 속에서 죄인처럼 늘 고개만 숙이고 다니던 엄마. 천근 같은 짐을 진 듯 말이 없으시던 아버지… 그렇게 모든 게 꽁꽁 얼어붙어 버렸다. 일 년 뒤 남동생이 태어나면서부터 비로소 웃음꽃이 조금씩 피어나게 되었다. 하지만 혹시라도 그 작은 행복이 사라질까 봐 두려워하며 웃음소리를 담장 밖으로 내보내지 않았다. 그러면서 조금씩 잊어갔다. 처음부터 그 자리에 내가 있었던 것처럼, 아버지도 할머니도 언니도 원래부터 내 몫이었던 것처럼 편안해졌다.

세 살 위인 언니가 그중에서도 나는 가장 좋았다. 서영아, 언니랑 소꿉놀이하자. 서영아, 우리 인형놀이할래? 서영아, 남자애들이 괴롭히면 언니한테 이야기해, 하며 언니는 한없이 너그러웠다. 그 속에서 나는 잊어버렸다. 내가 아빠의 외도로 태어났고, 때문에 외가를 발칵 뒤집어 놓았고, 엄마 아빠 그리고 언니의 운명까지 바꿔놓았다는 사실을 깡그리 머릿속에서 밀어내 버렸다. 내 존재로 인해 언니의 엄마가 화병으로 돌아가셨다는 사실도 나는 기억하지 않았다. 그런데 창옥이는 그것을 깨우쳐 주었다. 잠재의식 속으로 숨어버렸던 그것들을 기어이 찾아서 내 앞에 내팽개쳐 보여주었다. 나의 존재가 얼마나 많은 사람들에게 고통을 주었는지 가르쳐주었다. 첩의 딸-변명조차 할 수 없는 그 사실을 인정하게 해주었다.

나는 창옥이에게 그 어떤 반박도 하지 못했다. 나를 낳은 엄마가 원망스러울 뿐이었다. 약을 올리듯 와르르 몰려다니며 노는 아이들을 바라보며 눈 위에 독기를 채우는 것이 나의 유일한 저항이었다. 왜 날 낳았냐며 엄마에게 대들며 소리 질러도 분함은 풀리지 않았다. 죄 없는 언니에게 시비를 걸어 머리채를 잡고 흔들었지만 내게 돌아오는 것은 아무것도 없었다. 할머니의 치맛자락을 붙들고 하늘이 울리도록 서럽게 통곡하다 잠드는 날이 늘어만 갈 뿐이었다.

아무도 몰랐다. 그 누구도 눈치채지 못했다. 열 살이라는 나이에 나는 이미 소외된 자의 서러움, 그로 인해 빚어진 쓰디쓴 외로움을 온몸이 휘청거리도록 맛보아야 했다는 사실을.

그건 감당할 수 없는 무게였다. 아무런 방어 능력도 없는 어린아이에겐 치명적인 극약이었다. 공부를 잘한다는 것은 결코 무기가 되지 못했다. 그건 무력 앞에 힘없이 스러져 버리는 뿌리 없는 나무에 불과했다. 불복종과 비타협, 그로 인해 부릴 수 있는 오기, 그것만이 나를 지탱해 주는 유일한 힘이 됐을 뿐이었다. 하지만 그것은 온전한 사고를 가지고 살아갈 수 있도록 하는 데는 도움이 되지 못했다.

나의 모든 정신세계는 힘없이 무너져 버렸다. 산산조각이 났다. 꿈을 키우고, 아름다운 눈을 가꾸어야 할 시기에 나는 세상의 가장 추한 면을 보고 말았다. 술 취한 사람이 제멋대로 비틀거리는 것처럼 치졸한 세상사를 그 어린 시절부터 이미 배워 버렸던 것이다. 원망과 불신, 오기와 복수라는 가당치도 않은 생각만을 가슴 속에 종양처럼 키우기 시작했다.

가장 견디기 힘들었던 것은 내가 지나가는 길목에서 아이들이 무더기로 몰려다니는 것을 볼 때였다. 내게 보여주려는 듯 일부러 더 크게, 잇몸이 다 보이도록 큰 웃음소리를 내는 아이들 앞을 지날 때, 나는 온몸의 피가 거꾸로 다 쏟아져 나와 땅속으로 빨려 들어가는 것을 보아야 했다. 딛고 있는 땅이 자꾸만 푹푹 꺼져간다는 것을 느껴야만 했다. 사는 것이 정말 버겁다는 생각을 나는 그때 감지하고 있었다. 사막 한가운데

서 길을 잃어버린 당혹감, 아무도 내 곁에 없다는 몸서리치는 공포, 죽고 싶다는 절박한 생각들이 전신을 지배할 만치 황폐해져 버린 가슴과 늘 맞닥뜨려야 했다.

갑자기 돌변한 나를 보고 식구들은 당황했다. 사태의 발단을 짐작했다. 집안 분위기가 다시 어두워졌다. 긴장감이 숨통을 조였다. 모두들 숨이 차서 헐떡거렸다. 엄마의 고개는 더욱 수그러졌다. 반항을 견디다 못한 엄마가 나에게 매를 대기 시작했다. 한스러운 삶을 살아야 하는 분풀이라도 하듯 사정없이 내리쳤다. 설 곳을 잃어버린 언니는 늘 눈치만 봤다. 원래 말이 없으신 아버지는 숨이 막힐 정도로 조용해지셨다.

그래, 다 이 할미 탓이다. 할미가 전생에 죄가 많아 그렇다. 어린 니가 무슨 죄가 있노. 느그 에미도 언니도 죄가 없다. 서영아, 죄가 있다면 이 할미에게 있다.

내 작은 몸을 꼭 껴안으며 뱉어내는 할머니의 흐느낌도 위로가 되지 못했다.

그는 얼굴빛 하나 변하지 않고 냉혹하게 내뱉는다.

난 지금 무척 힘들어. 내 일만 해도 벅차. 너 때문에 내가 신경 안 쓰게 해줘. 제발 날 가만히 내버려 두란 말이야.

나는 그의 이기심을 송곳으로 찍어 버리고 싶었다. 당신만 힘든 게 아니어요. 나도 힘들단 말이에요. 숨이 막힌단 말이에요. 소리치며 그의 가슴을 쥐어흔들고 싶었다.

개미는 어느새 난간 꼭대기에까지 다다라 막 허리를 꺾고 있다. 나는 개미가 도망가도록 내버려 둘 수가 없다. 내가 갈 수 없는 곳으로 개미만 가게 해서는 안 된다.

안 돼! 나도 모르게 튀어나온 비명소리를 내 귀가 들은 것과 동시에 나는 개미를 사정없이 끌어내려 난간 아래로 내동댕이쳤다. 불가항력의 힘 앞에서 저항조차 해보지 못한 개미는 몸을 부르르 떨더니 기절해 버렸다. 나는 아무런 방어 능력도 없는 개미를 뾰족한 구둣발로 사정없이 짓이겼다. 지금껏 내 가슴속을 채우고 있던 분노를 남김없이 쏟아부었다. 놈은 결국 숨이 끊어졌다. 형체도 없이 육교 위의 먼지가 되어 버렸다. 그 누구도 개미가 왔다는 것을 모를 것이다. 어떤 여자가 그곳에서 개미를 죽였다는 사실을 상상조차 못할 것이다. 완전범죄였다.

난 구름이야. 제발 내버려 둬. 구름은 절대 한 곳에 머물지 않아. 울컥 가슴속으로 설움이 몰려들어 온다. 구름이라고? 그래, 차라리 구름이라면 좋겠어. 짓뭉개져 손가락 끝에 묻어 나지도 않는 개미의 살점들을 끌어안고 나는 울음을 토해내기 시작한다. 나는 그를 미워할 수가 없다. 그가 날 이용했다고 해도 증오하지 못한다. 내 안에서만 들리는 울음소리가 육교를 건너서 길고도 넓은 강물 위로 흩뿌려진다. 그는 나를 생각조차 하지 않는다. 연민조차도 느끼지 않고 있다.

내가 널 책임져야 할 이유가 있어? 모두 니가 먼저 원했던 거 아니었어?

비열하리만치 얇아진 그의 입술이 얼굴 위로 치켜 올라가는 모습을 보지 말았어야 했다. 그랬더라면 최소한 그가 날 이용했다고까지는 생각지 않았을 테니까. 껍질을 벗겨 땅바닥에 내동댕이쳐 버렸던 악머구리들처럼, 그렇게 죽이고 싶을 정도로 내 자신이 밉지도 않았을 것이다.

넌 사람을 질리게 해. 꿀을 따러 온 일벌을 잡고 놓아주지 않는 살받이게거미처럼.

온몸에 힘이 빠진다. 귀가 윙윙거린다. 눈앞이 빙글빙글 돈다. 그의 말을 더 이상은 듣고 싶지 않다. 조금만 더 들으면 숨이 끊어질 것 같다. 작은 몸피가 아무런 흔적도 없이 녹아내린다. 갈기갈기 찢겨 흩어진다. 내가 죽였던 수많은 곤충들처럼. 그의 눈빛은 야멸차다. 찬바람이 휘몰아친다. 입김조차 굳어버리는 얼음의 성안으로 나를 가둬 버린다.

제발 날 옭아매지 마. 자꾸 그러면 나는 없어질 거야. 니가 찾을 수 없는 곳으로.

그는 지금 자신이 나에게 무슨 짓을 하고 있는지 모른다. 자신의 말 한마디가 어떤 모양의 독침이 되어 내 심장에 내리꽂히고 있는지 생각조차 않는다.

비명을 지르고 싶다. 눈앞에 있는 것을 닥치는 대로 쥐고 그의 면상을 향해 날리고 싶다. 벌통 속에 머리를 처박아 버리고 싶다.

개미가 도망가 버린 이후로 나는 곤충들이 미웠다. 아니 사실 그 곤충들보다 창옥이를 더 미워했는지도 모른다. 나는 늘 곤충들의 옆모습 속에서 창옥이를 만났으니까. 창옥이는 내 몫의 기쁨들을 남김없이 빼앗아버렸으니까. 세상에 대한 원한을 품게 했고, 엄마를 미워하게 만들었고, 언니의 삶을 짓이기게 했고, 그리고 무엇보다 나를 벌레처럼 흉물스럽게 만든 장본인이었으니까.

땅따먹기나, 줄넘기, 또한 공기놀이, 자갈 깨기 놀이에서 나를 이길 수 있는 아이들은 아무도 없었다. 그래서 모두들 자기 편으로 날 데려가려고 했고, 나는 기쁨의 비명을 지르며 끌려다니곤 했다. 가슴께까지 쌓아놓은 자갈 무더기를 또 다른 두 개의 자갈로 깨어서 받아먹는 자갈 깨기 놀이는 나의 주특

기였다.

　내 주먹만 한두 개의 자갈을 오른쪽 손바닥에 쥐고 재빨리 손등에 올려놓는다. 한 개는 자갈 무더기를 향해 또 한 개는 손바닥을 향해 던지고 받는다. 내리꽂히는 자갈의 힘에 못 이겨 쌓여있던 돌멩이들이 와르르 무너지며 바닥으로 흩어진다. 그것들을 손안에 있는 씨앗 자갈을 이용해 받아먹는다. 다 받고 나면 다시 쌓여있는 자갈 더미를 깨고, 받아먹고, 또 깨고, 받아먹고… 다른 자갈과 부딪치지 않으면 언제까지나 탈락되지 않고 계속할 수 있는 신나는 놀이. 그것은 순발력과 적절한 힘 그리고 민첩한 운동 신경을 요구했다. 손등에서 자갈을 내리칠 때 얼마만큼이나 큰 힘으로 그리고 다른 한 개의 자갈을 놓치지 않고 손바닥 안으로 다시 받아 올릴 수 있나 하는 것이 승부를 판가름 지었다. 그것을 다 갖춘 나는 좀처럼 실수하는 일이 없었다. 무엇보다 나에겐 지기 싫어하는 강한 승부욕이 있었다. 그래서 내가 속한 편은 언제나 이겼다.

　자갈 무더기를 향해 손등에 있는 자갈을 내리꽂을 때마다 와르르 쏟아져 내리던 자갈들… 아이들의 환호성, 박수 소리…의기양양해져 더욱 신나게 자갈을 받고 올리던 내 어릴 적 모습, 해바라기보다 더 크게 활짝 피어나던 웃음… 수없이 많은 세월이 흘렀어도 그 기억은 내 가슴에 아린 그리움을 준다. 입이 터지도록 큰 알사탕을, 깨어 먹고 싶으면서도 오래오래 먹기 위해 빨고 또 빨면서 느꼈던 그 아련한 감미로움. 입안에 남아 달짝지근한 향내를 피워 올리던 바닷말의 아렴풋한 감칠맛… 나의 가장 강한 적은 창옥이었다.

창옥이는 나이와 힘으로 나를 억누르려 했고 나는 악착스러운 오기로 늘 창옥이를 쓰러뜨렸다. 창옥이는 자신의 패배를 인정하지 않았다. 불복하지 않았다. 작고 힘없는 나에게 졌다는 것을 억울해했다. 언제나 쌍심지를 켜고 나를 꺾어 버릴 무기를 찾아 두리번거렸다. 나는 그런 창옥이가 가소로웠다. 공부도 못하면서, 힘이 세고 나이만 많으면 최곤 줄 아는 모양이지?

하지만 그것은 나의 착오였다. 치기였다. 그 치기가 내 인생을 바꾸어 놓으리라는 것을 상상할 수 없었다. 살면서 때로는 바른길이 아니라도 타협하고 따라야 할 때가 있다는 것을 이해하지 못했다. 그것을 인정하는 사람들이 많다는 것을 모르고 있었다. 무력 앞에서는 어쩔 수 없이 굴복해 버리는 것이 인간이라는 동물임을, 어른보다 더 영악하고 이기적인 것이 어린아이들이란 사실을, 그때는 알지 못했다.

세상을 모르는 어린아이들에겐 타협이 필요 없다. 이해를 바라서도 안 된다. 아이들은 한 번 생각한 것을 그대로 믿어버린다. 자신의 이익을 위해서라면 누가 죽는다 해도 눈 하나 깜짝 안 한다. 정말 나는 그것을 깨닫지 못했다. 어린 탓도 있었지만 세상을 너무 몰랐다. 나는 비겁해지는 것이 싫었다. 죽는 한이 있어도 타협하기를 원치 않았다. 정의는 언제나 이긴다고 자신했다. 힘으로 몰아붙인 것은 끝내 또 다른 힘에 의해 쓰러진다고 믿었다. 그러나 창옥이의 한 마디로 아이들은 돌변했다. 눈길조차 주지 않았다. 더러는 나에게 안됐다는 시선을 던지는 아이도 있었지만 창옥이가 오면 언제 그랬냐는 듯 냉랭해져 버렸다. 창옥이가 무서운 게 아니었다. 내가 싫어서도 아니었다. 자신들도 나처럼 외톨이가 되는 게 두려웠던 것이다. 시쳇말로 왕따… 그랬다. 나는 왕따가 되었던 것이다. 창옥이에게 지지 않는다고 말이다. 굴복하지 않는다고 말이다.

처음에는 그런 창옥이를 비웃었다. 속으로 경멸했다. 꼴에 잘난 것도 없으면서…. 그러나 겉으로는 빌었다. 뭐든지 시키는 대로 다 할 테니 같이 놀자고. 창옥이는 그런 나에게 조소를 보냈다.

혼자서 집으로 오는 길은 너무 멀었다. 힘에 겨워 숨이 찼다. 무서웠다. 나 혼자 무리들 밖으로 버려진 듯한 절망감은 심장이 터질 것 같은 공포감을 몰고 왔다. 외로움과 슬픔으로 얼룩진 얼굴 위엔 늘 꼬질꼬질한 먼지 자국이 새겨지곤 했다.

친구가 없다는 것은 시골 아이들에겐 더없이 큰 형벌이다. 더욱이 오늘날처럼 전자오락은커녕 텔레비전이나 신나는 장난감, 그리고 놀이 공간조차 제대로 없었던 그 시절엔 혼자서 하루를 견딘다는 것은 죽음보다 더한 두려움이었다. 늘 아득한 서러움에 혼자 갇혀 있어야 하는 일상, 그 속에서 공부를 한다는 것은 아무런 의미를 주지 못했다. 허깨비처럼 학교를 오갈 뿐이었다. 창옥이가 날 불러주기를 간절히 기다리는 것이 유일한 희망이었다. 언제쯤 손을 내밀어 줄까 안타깝게 기웃거리는 시간은 피를 말리게 했다. 하지만 반장까지 창옥이에게 빼앗겨 버렸을 때 나는 단념하지 않을 수 없었다. 아이들의 비굴함이 역겨웠다. 일신상의 작은 편안함을 위해 죄 없는 나를 외면하는 것을 용서할 수 없었다.

왜, 무엇 때문에 내가 이런 대우를 받아야 하지? 나는 죄가 없단 말이야. 아무리 소리쳐도 내게 돌아오는 건 없었다. 짓이겨져 만신창이가 된 분노뿐이었다. 내가 결코 갈 수 없는 곳이 있음을 확인하는 길밖에 되지 않았다. 나는 그때부터 나만의 동굴을 만들었다. 견고하고 높은 벽을 쌓았다. 어느 누구도 들어오지 못하도록 출입구조차 만들지 않았다. 세상의 모든 것에 대한 희망을 걷어 버렸다. 아무도 믿지 않기로 했다.

숨 쉬는 것조차 힘겨울 만치 나를 죽여 갔다. 일 년 뒤 창옥이가 손을 내밀었을 때, 나는 거절했다. 줄넘기를 하려는데 짝이 하나 모자랐는지 집으로 가는 나를 힐끗 쳐다보며 선심 쓰듯 내뱉었다.

서영이도 끼워 주자.

그래, 그래.

아이들이 맞장구치며 우르르 달려와 나를 둘러싸며 웃음을 보냈다. 하지만 나는 웃지 않았다. 얼음처럼 차가운 얼굴로 아이들을 노려보았다. 눈동자 속으로 시퍼런 불꽃을 피워 올렸다.

이젠 내가 너희들하고 안 놀아. 이 비겁쟁이들아.

놀라 눈이 휘둥그레진 아이들이 나를 쳐다보았다. 얼굴 위로 달려 붙는 낭패감을 덮으려고 쓴웃음을 짓는 창옥이를 비웃으며 돌아서는데 컥, 목이 막혀 왔다. 눈물이 뺨을 타고 흐르는 것을 막지 못했다. 사실은 놀고 싶었다. 더 이상은 외롭고 쓸쓸하게 보내고 싶지 않았다. 아이들의 웃음소리가 들려오는 창가에 귀를 대고 하얗게 말라버린 입술을 다시는 깨물고 싶지 않았다. 신나게 줄넘기를 하면서 입이 찢어지도록 웃고 싶었다. 손가락 끝에 가시가 돋쳐 피가 날 때까지 자갈 깨기 놀이를 하고 싶었다. 푸른 하늘을 남김없이 껴안으며 땅따

먹기를 하고 싶었다. 와, 서영이 최고다! 아이들의 함성을 다시 듣고 싶었다. 그래, 창옥아 놀자, 다시는 날 혼자 내버려 두지 마. 뒤돌아서서 소리치고 싶었다. 그 간절함을 참고 돌아서는 두 눈 위로 하늘이 하얗게 부서져 내렸다. 그 하늘이 너무 멀게 느껴졌다.

하찮은 개미까지 나를 버렸다는 사실은 모든 곤충들에 대한 증오심을 낳게 만들었다. 그때부터 나는 곤충만 눈에 띄면 잡아 죽였다. 곤충뿐이 아니었다. 내 앞에서 알짱거리는 똥개들까지도 사정없이 걷어차 버렸다. 열 마리가 넘는 우리 집 개들은 그런 나와 눈 마주치는 것도 싫어했다. 내가 마당에 들어서기만 하면 꼬리를 아래로 감추고 슬그머니 집 안으로 들어가 버렸다.

나는 그런 똥개들의 비열한 대접에 화가 나서 뒤쫓아 간다. 집 안에 숨어 웅크리고 있는 놈을 기어이 끄집어낸다. 있는 힘을 다해 발로 짓이긴다. 깨갱깨갱깨갱깨갱깨갱깨갱… 온 하늘을 뒤덮고도 남을 만큼 서러운 똥개들의 비명 소리가 울려 퍼진다. 나는 귀를 틀어막는다. 그러면서도 멈추지 않는다. 힘이 빠져 지칠 때까지 발길질을 해댄다. 눈물을 철철 흘리며 온 마당을 들쑤셔 놓는다….

그 똥개들이 뱉어내는 소리가 나의 울부짖음이라는 것을 아는 사람은 아무도 없었다. 내 가슴 속의 절규라는 것을 눈치챈 사람도 없었다. 죄 없는 짐승을 학대하는 못된 계집아이밖에 나는 아무것도 아니었다. 나는 철저하게 혼자가 되었다. 언니는 그런 내가 안쓰러웠는지 늘 말이라도 붙이려고 했다. 하지만 나는 찬바람을 옷자락 가득 채운 채 가까이 오지 못하게 만들었다. 두 눈동자 속으로 퍼런 독기를 언제나 가득 흘리고 다녔다.

나는 엄마가 싫었다. 처녀의 몸으로 나를 낳았다는 사실이 소름 끼쳤다. 사랑이라는 이름을 붙여 아버지를 홀려내었다는 사실이 역겨웠다. 언니의 엄마가 병으로 죽자마자 후처로 들어앉은 엄마가 혐오스러웠다. 그래서 첩의 자식이라 손가락질받게 하는 것이 증오스러웠다. 쇠꼬챙이로 고막을 뚫어 아무 소리도 들려오지 않도록 하고 싶었다. 무덤 속에 잠자고 있는 언니의 엄마를 파내고 우리 엄마를 대신 묻어 버리고 싶다는 생각을 하루에도 수없이 했다.

중학교 때였던가. 학교에서 돌아와 옷을 갈아입는데 쥐며느리들이 옷장 옆에 웅크리고 있는 것이 보였다. 늘 담 밑에서 서성거리던 것들이 언제 방안까지 숨어들어 왔나 생각하니 괘

씁하기 그지없었다. 감히 여기가 어디라고. 나는 책상 서랍을 열고 곤충 채집 때 사용하던 기다란 침핀을 꺼냈다. 그리고 쥐며느리들의 등을 차례대로 찔렀다. 통닭구이 할 때처럼 핀에 대롱대롱 엮인 쥐며느리 네 마리는 몸을 부르르 떨더니 기절해 버렸다. 그래도 성이 차지 않아 연장통 속에서 인두와 퓨즈를 찾아내어 전기 코드를 꽂았다. 퓨즈가 녹으면서 만들어 낸 납덩어리들은 차례대로 쥐며느리의 갈라진 배속으로 빈틈없이 들어갔다. 기절해 있던 쥐며느리들은 뜨거운 납들의 침입에 놀라 다시 한번 몸을 부르르 떨고는 숨이 멎어 버렸다. 엄마에게 발견되어 쓰레기통 속으로 들어가는 날까지 그렇게 한 달 내내 책상 위에서 저주를 받아야 했다.

그악한 것. 내가 살다 살다 니 같이 독한 것은 처음 봤다. 벌레도 생명이 있는데, 어찌 그리도 모질 받게 죽일 수 있노. 어떤 남자가 너를 데려갈지 몰라도 한 번은 서늘한 변 볼 꺼다.

그런 엄마의 말이 적중했는지 남편은 언제나 나를 두려워했다.

나는 당신이라는 여자를 도저히 이해할 수 없어. 한없이 여린 것 같은데 때론 무서울 정도로 섬뜩해질 때가 있어. 하지만 내가 이혼하자고 미친 듯이 날뛸 때 남편은 매달렸다. 당신 하라는 대로 다 할게. 그림자처럼 당신 곁에서 지켜보기만 할게.

제발 헤어지자는 소리는 말아 줘.

하지만 나는 그런 남편과 끝을 봐 버렸다. 임신하면 힘든 법이라며 날마다 머리를 감겨 주던 정성. 조금만 엄살을 부려도 달려와 목욕까지 시켜 주던 다정했던 남자. 아침잠이 많아 일어나지 못하는 내가 혹시라도 깰까 봐 뒤꿈치를 들고 다니며 상을 차려 놓고 깨우던 그런 남편을, 나는 걷어차 버렸다. 따뜻한 눈빛 한 번 주지 않았다.

니 그러면 벌 받는다. 박서방이나 되니까 니 같은 것을 데리고 사는 줄이나 알아라. 복을 차도 유분수지… 남편과 이혼하기로 했다고 전화했을 때 한걸음에 달려온 엄마는 내 가슴을 잡아 흔들었다. 나는 엄마에게 대들었다.

엄마가 내 인생 살아 줄 거야? 엄마는 나한테 물어보고 결혼했어? 엄마 때문에 나는 늘 첩의 딸이란 소리를 들으며 살았단 말이야. 나도 이젠 나 하고 싶은 대로 살 거야.

나는 분에 치받쳐 내 머리를 쥐어뜯으며 방 안을 뒹굴었다. 그런 나를 보며 남편은 엄마를 잡고 울먹였다.

장모님, 다 제가 못난 탓입니다. 저 사람만 잘 되면 저는 괜찮습니다.

남편을 버린 이유는 단 하나뿐이었다. 나는 손톱만큼도 남편을 사랑하지 않았다. 단지 언니가 사랑하는 남자라는 이유만으로 빼앗아 버린 것이었다. 복수심에서 그 사랑을 가로챈 것뿐이었다. 그런데도 남편은 병신같이 나를 사랑했다. 그것이 나를 더더욱 견딜 수 없게 만들었다.

서영아, 니 형부 될 사람이다.
교사 발령을 받아 아이들과 함께 지낸 지 2년째 되던 겨울 방학 때였다.
학교에 나갈 때는 그나마 생기가 돌기도 했지만 퇴근한 순간부터 나는 또다시 혼자라는 상실감에서 몸서리쳤다. 시간이 흐를수록 내가 벌레같이 흉물스럽다는 사실에서 벗어날 수 없었다. 잘못 태어난 인간. 이 세상의 기생충 같은 인생. 어느 누구도 날 좋아하지 않을 거란 생각에서 웃음을 잃어버렸다. 사람을 만나는 것이 두려웠다. 동료 교사들은 그저 말 없는 사람이려니 여길 뿐이었다. 고향도 잊어버렸다. 어쩌다 엄마가 자취방으로 올라와 청소를 해주고 반찬을 만들어 놓고 갔지만, 그것이 떨어지면 그만일 정도로 먹는 것에도 관심을 끊어버렸다. 그해 겨울 방학 때, 엄마는 그런 날 끌어냈다. 뼈만 앙상하게 남은 모습을 보고 혀를 찼다.
방학 때라도 집에 와 있어라. 아무리 이 에미가 미워도 널 기다리는 아버지를 생각해라.

나는 아버지의 마음을 알고 있었다. 모든 것이 당신의 죄인 양, 고통을 껴안고 사시는 분. 나를 향하는 눈 속에 가득 찬 연민을, 애틋한 부정을. 하지만 나는 아버지와 눈인사를 한 번 건넸을 뿐 온종일 방 안에만 박혀 있었다.

아버지는 그랬을 것이다. 사랑하는 여자와의 사이에 난 자식, 그 누가 무어라 욕을 해도 세상 어느 것보다 귀하고 소중한 보석이었으리라. 가슴이 저리도록 껴안고 또 껴안아도 안타깝고 애틋했을 것이다. 그 자식이 고통을 겪는다는 것은 차라리 죽음과도 같은 절망이었으리라. 그 모든 것이 당신으로 인해 빚어진 결과였으니 오죽했으랴. 그것을 알았기에 나는 더욱더 아버지와 마주하기 싫었다. 온몸 구석구석 가득 차 버린 분노와 증오가 아버지의 눈빛 속에서 허물어지는 것을 원치 않았다. 그것이 무너진다는 것은 나를 포기하는 것이었다.

악에 받친 여자. 아무도 사랑할 줄 모르는 냉혈인. 세상과 사람들에게 독을 품고 살아가는 이해 못 할 여자. 나는 그렇게 내비치고 싶었다. 그것이 내 속에 쌓인 분노를 마음껏 터트리는 데 더없이 큰 도움을 주었기 때문이었다. 분노와 증오를 접어버리고 모든 것을 이해하고 받아들일 수 있을 만큼 나의 정신세계는 온전하지 못했다. 어릴 때 받은 상처로 황폐화되어 버린 마음 밭에는 그 어떤 아름다운 꽃도 뿌리를 내리지 못했다.

　나는 어느 누구와도 만나길 원치 않았다. 온종일 말 한마디 하지 않았다. 밖에 누가 찾아와도 관심 두지 않았다. 방학이란 시간은 나에겐 더 없는 형벌이었다. 밖에서 솟아 나오는 웃음소리를 들으며 빈방에 홀로 웅크리고 있다는 것은 나를 더욱더 망가지게 했다. 가족이란 존재는 감당할 수 없는 무게의 짐이 되어 짓눌렀다. 그런 와중에 언니가 남자를 데려왔다는 사실은 독약이 되었다. 내 앞에서 으스대며 자랑하려는 것 같았다. 가슴 속에서 불꽃이 일었다. 언니 곁에 섰다는 이유로 그 남자마저 미웠다.

　서글서글한 눈매, 다비드의 조각상같이 잘 빚어진 콧날 그리고 선이 뚜렷하고 이지적인 입술이 하얀 얼굴을 귀공자처럼 보이게 만들었다. 거기에다 푸른 군복을 입은 늠름한 어깨와 그 위에 빛나는 마름모꼴 세 개의 계급장이 믿음직스러웠다. 수선화처럼 곱고 아름다운 언니와는 너무나도 잘 어울리는 모습이었다. 어른들이 말하는 천생연분이라는 것이 저런 것이구나 생각이 들 정도였다. 언니의 얼굴엔 행복이 떠다니고 있었다. 뽀얀 얼굴에 연분홍 꽃물이 피어올랐다. 엄마는 뭐가 그리도 좋은지 얼굴에 웃음을 잔뜩 흘리고 다녔다.

　부숴버리고 싶다… 나는 터져 나오는 그 말을 애써 입속으로 삼켰다. 아름다운 것을 보면 흙탕물을 끼얹어 놓고 싶은 악마적 근성, 행복한 사람을 보면 깨뜨려 버리고 싶은 치졸한 질투심, 깨끗하게 비질 된 도로 위에 냄새나는 쓰레기를 흩뿌려 놓고 싶은 유치함이 심장 속에서 들끓었다. 온 집안이 떠들썩하게 웃을 때도 나는 관심이 없었다. 어떻게 하면 그를 언니에게서 빼앗아버릴까만 생각했다. 그가 나에게 무슨 말을 했지만 멀뚱하니 쳐다보았을 뿐이었다.

일주일 뒤 그가 근무하고 있는 부대로 찾아갔다. 마침 훈련 중이라서 오후 늦게야 돌아온다고 했다. 나는 오히려 잘 되었다고 쾌재를 불렀다. 늦게 오면 올수록 내 계획은 성공률이 높아지는 것이니까. 그 생각만으로도 온몸에 전율이 왔다.

나는 부대 앞 가게 모퉁이에서 그를 기다렸다. 뺨이 얼어붙을 만큼 바람이 매서웠다. 살을 베기라도 할 듯 달려드는 칼바람을 나는 고스란히 다 맞았다. 목적을 달성하기 위해 그까짓 것쯤은 얼마든지 참을 수 있었다. 안쓰럽게 보였던지 가게 주인이 몇 번이나 고개를 내밀며 걱정을 했지만 꿈쩍하지 않았다. 다섯 시간을 넘게 기다리는 동안 해도 지쳐서 서쪽 하늘 속으로 꼬리를 감춰 버렸다. 어둠에 먹히고 있는 겨울 강은 칼바람을 더욱 시퍼렇게 날이 서도록 갈고 있었다. 살을 저며 내는 그 바람이 나의 인내력을 시험하려고 몰려왔다. 그가 왔을 때 내 몸은 꽁꽁 얼어붙어 있었다. 얼이 빠진 사람처럼 그를 바라보기만 했다.

어쩐 일이에요, 서영 씨가?

나는 눈물만 흘렸다. 너무 추워도 눈물이 난다는 사실을 그때 처음 알았다. 말을 하려고 했지만 입술이 감각을 잃어버려 열리지 않았다. 나는 속으로 이를 갈았다. 이 고통을 당하면서까지 계획대로 못한다면 내가 죽어버릴 거야. 그러나 겉으로는 웃었다. 가여워 보일 만큼 힘없이 그를 올려다봤다. 그는 잠바를 벗어 어깨에 씌워주었다. 밥을 먹으면서도 계속 재채기를 하는 나를 걱정스러운 눈빛으로 감쌌다. 둥글고 환한 얼굴에 근심을 가득 피워 올렸다.

볼일이 있어서 왔다가 형부 부대가 이 근처라고 하기에….

그는 아직 처제라 부르는 것이 어색한 모양이었지만 나는 단번에 형부라 불렀다. 그것이 내 계획을 어긋나지 않도록 도와주는 장치가 될 것이라 믿었다.

잘 왔어요. 그런데 미리 연락을 하고 왔으면 이렇게 고생은 안 했을 텐데.

그 모습이 너무 정겨웠다. 오랜만에 들어보는 다정한 목소리와 따뜻한 눈빛에 심장 속 빗장이 흔들렸다. 하지만 그것에 넘어가서는 안 된다. 단지 사랑하는 여자의 동생이라는 이유만으로 친절한 것이니까. 그것에 휘말려서는 절대 안 될 일이었다. 나는 애써 도리질을 쳤다. 복수심을 향해 더욱더 거센 불꽃을 활활 피워 올렸다.

어떤 일이 있어도 목적을 잊어버리고 허둥대지 말자. 세상에 내 편이란 아무도 없는 것이니까. 어떻게 해야 계획이 성공할 수 있을까 그것만 생각하며 절대 방심하지 말아야지 다짐했다.

나는 길게 심호흡을 했다. 흐트러지는 마음을 다잡았다. 전장에 나선 병사처럼 말초신경을 있는 대로 세웠다. 온몸의 긴장을 늦추지 않았다. 복수의 칼날을 세워 그에게 던졌다. 하지만 겉으로는 지극히 연약한 여자처럼 변장을 했다. 그가 강한 보호본능을 일으키도록. 그래서 날 결코 버리고 갈 수 없도록.

너무 오래 찬 바람을 쐬었나 봐요. 좀 눕고 싶어요. 형부가 쉴 곳 좀 찾아 주세요.

그가 이마에 손을 얹어보고는 열이 심하다며 놀라 눈이 휘둥그레졌다. 그리고 벽에 기댈 수 있도록 도와주었다. 방석을 가져와 허리 받침대도 만들어 주었다. 안타까워 허둥대는 그의 눈빛이 가슴을 파고들었다. 저 사람을 괴롭히면 벌을 받을지도 몰라. 갑자기 자괴심이 몰려왔다. 모든 사람들에게 불행만 주는 존재. 차라리 죽어버릴까. 나만 죽어버리면… 마음이

굼벵이의 춤　213

복잡해져 왔다. 너무 긴 시간 동안 무방비 상태 속에 내동댕이쳐 놓았던 육체가 정신까지 지치게 만들었을까. 어울리지 않는 감상이 휘몰아쳐 와서 온몸을 휘어 감기 시작했다. 안 돼. 패배자가 될 수 없어. 나는 이를 앙다물었다.

아무래도 숙소를 찾아보는 게 좋을 것 같은데….

나는 승리의 쾌재를 불렀다. 정신이 끊어질 것 같은 상황 속에서도 원래의 목적을 잊지 않는 내가 혐오스러워 슬퍼졌다. 그의 부축을 받으며 식당을 나와 걷는데 갑자기 현기증이 몰려왔다. 아무것도 보이지 않을 만큼 눈앞이 아질아질해졌다. 다리가 푹푹 꺼져 땅속으로 자꾸만 곤두박질쳤다. 온몸이 어디론가 하염없이 빨려 들어가고 있었다. 하늘 위에서 때아닌 빗방울이 후두두 떨어지기 시작했다.

그는 약국에서 약을 사고 숙소를 찾아 들어갔다. 내 코트를 벗겨 옷걸이에 거는 손길에 정겨움이 묻어 있었다. 나는 그의 모습을 말없이 바라보았다.

냉장고 물이 차다고 주인에게 가서 따뜻한 물을 얻어오는 자상함. 입 안으로 약을 넣고 물을 먹여주는 손길에 가득 실려 있는 정성. 언니에게도 그렇게 다정했을까. 그 생각만으로도 또다시 화증이 솟아올랐다. 모든 사람들이 그렇게 따뜻한 사랑을 나누며 살아간다고 생각하니 참을 수가 없어졌다. 숨어 버렸던 악마의 꼬리가 어느새 달려 나와 얼굴 위로 재빨리 올라섰다.

그래, 다 깨부숴 버리는 거야.

목구멍까지 밀고 나온 그 말을 참느라 숨이 헐떡거렸다. 그는 증세가 악화된 줄 알고 놀라 나를 침대에 눕혔다. 그 손길이 너무나 조심스러웠다. 하지만 그런 행동들도 내 마음을 돌려놓지는 못했다.

내가 갈 수 없는 세상에서 사람들은 모두 살고 있다. 내가 가질 수 없는 행복들을 누리고 있다. 발밑에 뭉개져 널브러진 벌레들이 죽어 가는 것도 모르고, 장난삼아 꺾은 꽃이 비명 지르는 것도 알지 못한 채 자신들의 행복에만 취해 있다.

조심스레 떨어지던 빗방울이 창문을 후려치기 시작했다.

그대로 둘 수 없다. 내게 없는 것을 그들이 가져서는 안 된다. 내가 가질 수 없는 것은 다른 사람들에게도 없어야 한다. 가지게 해서는 안 된다. 그냥 두고 보는 것은 나를 더욱 비참하게 만드는 일이다. 남김없이 부숴 버려야 한다.

어떤 일이 있어도 그를 무너뜨릴 것이라고 나는 다시 한번 다짐했다. 허물어지려는 의식을 곧추세웠다.

아침에 오겠어요. 푹 쉬어요.

그가 목까지 이불을 당겨주며 말했을 때 나는 황급히 그를 잡았다. 무섭다고, 형부가 없으면 더 아플 것이라고, 애절한 눈빛으로 그를 옭아매었다. 그는 잠시 당혹스러움에 휩싸인 듯했으나 이내 태연해졌다. 그리고 내 이마를 만져보고는 물수건으로 열을 식혀 주었다. 그는 한숨도 자지 않고 나를 간호했고, 열이 내린 새벽녘에야 침대 아래에다 자리를 만들어 누웠다. 나는 그를 옭아맬 준비를 서둘렀다.

자, 이제 시작이다. 나는 다시 한번 계획을 머릿속으로 점검하고 출정 준비를 했다. 그를 내려다봤다. 잠이 오지 않는지 부스럭거렸다. 갑자기 천둥 번개가 몰려왔다.

우르릉 쿵쾅!

창문을 있는 대로 후려갈겼다. 나는 비명을 지르며 침대 아래로 달려갔다. 그도 놀라 벌떡 일어나며 엉겁결에 나를 안았다. 그의 입술이 내 입술에 부딪혔다. 당황한 그가 얼른 밀어내었다. 나는 더 세게 그를 껴안았다.

무서워요, 형부.

그의 가슴을 파고들며 파들거렸다. 그가 휘청거리기 시작했다. 나를 뿌리치지 못했다. 내 계략 속으로 무참히 무너져 버렸다. 나를 도와준 천둥 번개가 눈물 나도록 고마웠다.

아침에 눈을 떴을 때 나는 그의 품속에 있었다. 내 머리를 쓰다듬으며 그가 말했다. 여자는 내가 처음이라고. 그리고 자신의 행동에 대해 책임을 지고 싶다고.

언니에게는 미안한 일이지만 서영이와 결혼하겠어.

겨울바람을 맞은 문풍지처럼 목소리가 떨리고 있었다. 나는 승리의 미소를 지었다. 드디어 그를 무너뜨렸다. 언니를 이겼다. 그러나 이상스럽게도 그렇게 통쾌한 기분이 아니었다. 어쩌면 그를 무너뜨린 것이 아니라 나 자신이 무너진 것은 아닐까. 잠시 혼돈에서 헤매던 나는 그의 가슴 속에 얼굴을 묻었다. 말 잘 듣는 어린애처럼 그만 믿는다는 몸짓으로. 내 얼굴을 어루만지는 그의 손길이 더없이 조심스러웠다.

모든 것은 내가 알아서 해결할 테니 서영인 가만히 있으면 돼.

그리 듣기 싫은 소리는 아니었다. 조금 전의 묘하게 허탈하던 기분이 조금씩 엷어져 갔다. 이대로 살아갈 수 있다면. 아침에 눈을 뜰 때나 저녁에 잠이 들 때, 손만 뻗으면 따뜻한 체온을 느낄 수 있는 사람이 사는 집. 그 속에서 묻어나는 사랑. 그런 것을 느끼며 살 수 있다면. 생각만으로도 머리가 맑아지는 것 같았다. 계획대로 된 것이지만 그래도 이처럼 쉽게 이루어지리라고 믿진 않았다. 언니와 떼어놓으면 된다는 생각만 했다. 언니를 버릴 수 없다고 하면 협박은 하려고 했다. 나는 그의 등을 만지며 생각했다.

이 사람은 나를 위해 뭐든지 할 것이다. 지금 행동을 보면 충분히 알 수 있다. 결혼이라는 것은 암울하고 폐쇄된 내 삶에 새로운 돌파구가 되지 않을까. 지금까지의 나를 깡그리 잊게 해주고 또 다른 삶으로 가는 길을 안내해 주는 통로. 그래, 한 번 부딪쳐 보는 거야. 사랑하진 않더라도 함께 사는 것은 힘들지 않을 테니까.

나는 그의 얼굴을 바라보며 고개를 끄덕였다. 언니가 안됐다고 여겨질 만치 나는 언니에 대한 애정을 조금도 갖고 있지 않았다. 그렇게 믿었다. 나보다 언니를 끔찍하게 사랑하는 엄마로부터 그것은 쾌감을 얻는 복수가 되리라. 그건 너무나 당연한 결과다. 폐쇄된 채 남을 미워하고 증오하며 산 것도 다 엄마의 어긋난 삶 때문인 것에 비하면 그래도 약과다. 그렇게 생각했다.

놀라 넋이 나가 있는 식구들을 뒤로하고 나는 의기양양하게 결혼을 했다. 시퍼렇게 날이 선 엄마의 눈빛이 내 얼굴을 내리쳤지만 나는 웃었다. 언니의 흔들리는 눈동자 앞에서도 당당했다. 그러나 결혼을 하고 나서 알았다. 사랑 없는 결혼이 얼마나 사람을 힘들게 하는 것인지를. 사랑하지도 않은 남자와 마주하며 웃고 살아야 한다는 것이 얼마나 큰 고문인가를. 그것은 죽음보다 더한 고통이었다. 나를 옛날보다도 더 피폐하게 만드는 원인만 제공했다. 그래도 처음엔 사랑이라는 것을 해보려고 노력했다. 나만 바라보는 남편이 불쌍해서라도 사랑이라는 이름을 남편 곁에 붙여보고 싶었다. 하지만 그럴수록 마음은 더욱더 닫혀만 갔다. 열리지 않았다. 결코 열릴 것 같지 않았다. 그때 들려온 언니의 출가 소식은 그런 나의 마음에 부채질을 했다. 참고 견딜 수 있는 버팀목마저 뽑아 버렸다. 늘 허깨비처럼 흐느적거렸다. 아이가 태어나도 변하지 않았다. 천사 같은 딸아이의 모습을 들여다봐도 행복하지 않았다. 영혼은 거리를 방황하고 있었다.

나를 찾고 싶었다. 진정으로 내 영혼을 사로잡을 수 있는 사람을 만나고 싶었다. 지옥 속이라도 좋으니 단 한 순간만이라도 그런 사람과 함께 있고 싶었다. 그런 사람이 있다면 목숨과도 바꾸고 싶었다. 그 모든 것을 다 알면서도 변함없이 나를 바라보는 남편이 싫었다. 병신같이 생각되었다. 이미 마음이 떠나버린, 아니 애초부터 손톱만큼의 사랑도 없었던 여자를 붙들고 마음 열기를 기대하고 있다는 사실이 우스웠다. 나는 남편을 경멸했고 그런 나를 남편은 늘 서운하고 쓸쓸한 시선으로 바라보았다. 그러던 어느 날 남편은 나에 대한 치료 방법을 바꾸었다. 놀랍게도 우격다짐을 선택한 것이었다. 남편의 무쇠 같은 손바닥이 내 얼굴 위에 내리꽂히던 날, 나는 비로소 그를 벗어날 수 있는 자유를 얻었다는 쾌감에 전율했다.
 당신은 세상을 너무 힘들게 살아. 스스로 황폐한 늪을 만들고 있는 거야. 마음을 열고 세상을 봐. 세상은 아름다운 곳이야.
 나는 그런 충고가 견딜 수 없었다. 무조건 내 잘못으로 몰아붙이는 남편이 더욱 싫었다. 그런 내 마음을 그는 비웃고 있는 것이었다. 남편이 싫다고, 함께 있는 것이 어긋난 톱니바퀴처럼 덜컥거려 고통스럽다고 했을 때 그는 분명히 말했다. 이혼해 버려.

 너는 정말 집요한 데가 있어. 사람을 질리게 해. 하루에도 몇 번씩 전화하는 게 날 얼마나 짜증나게 하는 것인 줄 알아?
 나는 온몸이 진저리치고 있음을 느낀다. 내가 만들었던 쥐며느리의 박제처럼, 그의 말 한마디 한마디가 독침이 되어 온몸을 들쑤신다. 뜨거운 납덩이가 되어 내장을 덜어낸 내 뱃속을 꽉꽉 채운다.
 하루라도 목소리를 안 들으면 죽을 것 같아요. 그때 그는 웃었다. 목소리 들려주는 것이 뭐가 어려워, 내가 날마다 들려주지. 그래 놓고… 나는 잠자리를 잡아 날개를 양쪽으로 잡아당기고, 다리에서 몸통으로 옮겨가면서 하나하나 뜯어내어

돌 위에 올려놓고 돋보기로 태웠던 어린 날이 떠올랐다. 그를 잠자리처럼 찢어 버리고 싶었다. 하지만 그런 마음을 그에게 드러낼 수는 없었다. 지극히 행복한 여자처럼 웃었다. 나는 당신만 곁에 있으면 아무래도 좋아요, 하는 눈빛을 그에게 보냈다. 웃는 모습이 예쁘다고 말한 그를 향해 가장 아름다운 미소를 만들어 내었다. 입술 가장자리에 힘을 주고 서서히 양쪽으로 그 힘을 옮겨가면서 입꼬리를 살짝 치켜올렸다. 아침마다 거울을 보며 수없이 지어 보던 그 미소를, 나는 그의 앞에서 재현하고 있는 것이다.

내가 지금까지 죽였던 수없이 많은 곤충들. 그중에서도 가장 잔인한 방법으로 죽였던 놈처럼 그를 해부하고 싶다는 생각은 순간적일 뿐이었다. 나는 그가 나만 사랑한다고 말해 주길 기다리고 있었다. 언제라도 좋으니 함께 살자고 약속해 주리라 믿고 있었다. 그런 나의 슬픔을 용케도 눈치챈 심장이 기어이 눈물 줄기를 만들어 쏟아내기 시작한다. 뺨을 타고, 목덜미를 타고 쉬지 않고 흘러내린다.

다시 한번 말하겠는데 어떤 기대도 나에게 갖지 마. 나는 너한테 아무것도 해줄 수가 없어. 난 벌처럼 자유롭게 살고 싶어. 제발 날 옭아매지 마.

나는 결코 그에게 가까이 갈 수 없는 벽을 발견했다. 그는 아름답고 유혹적인, 정말로 탐이 나는 보석이지만 결코 내가 가질 수 있는 것은 아니었다. 그것을 깨닫지 못한 내가 어리석었다. 마음만 먹으면 무엇이든 내 것이 될 수 있다고 생각한 것이 착오였다. 그런데도 나는 그를 보내고 싶지 않다. 언젠가는 내게로 올 것이라는 어이없는 착각을 버리지 못한다. 나는 개미가 도망가 버린 뒤로 아무도 믿지 않았다. 갖고 싶은 것도 없었다. 그런데 그는 내가 세상에서 유일하게 가지고 싶은 단 하나의 욕심 나는 물건이었다.

나는 언제나 그가 부서뜨려 주길 원했다. 채찍으로 후려쳐서 심장에서 피가 솟구치도록 해주길 기다렸다. 돌진해 오는 그에게 잡혀 찢겨지고 싶었다. 아카시아 꽃그늘에 나란히 누워있다가도 사자처럼 포효하는 그에게 난도질당해 먹히길 빌었다. 심장을 짓누르고 있는 돌덩어리를 꺼내고 불을 지펴줄 유일한 사람이 그라고 믿었다. 그런 그를 떠나야 한다는 사실은 나를 숨 막히게 한다.

나는 세상이 싫어. 아무도 믿지 않아. 날마다 싸우는 부모가 싫어 고등학교 2학년 때 집을 뛰쳐나와 버렸지.

그의 옆얼굴에 산그늘이 달려와 앉았다.

나는 벌을 좋아해. 이 꽃 저 꽃 찾아다니며 꿀을 모으는 그

성실함이 좋아. 그래서 벌과 함께 이 산속에 처박혀 사는 것이야.

그는 아카시아 잎을 입에 물고 한 장씩 따서 바람에 날려 보내고 있었다. 바람을 타고 날아가던 아카시아 잎이 팽그르르 돌면서 언덕 아래로 숨어 버렸다.

그런데 세상은 내가 잘되는 게 싫은 모양이야. 작년 홍수에 벌집이 다 떠내려가고, 겨우 몇 개 준비해 놓았는데 농약을 먹었는지 벌이 다 죽어버렸어. 올해는 꿀 구경은커녕 밥도 굶게 생겼어.

그 말을 듣지 않았어야 했다. 귓등으로 그냥 흘려보냈어야 했다.

제가 도움이 되고 싶어요.

그러면 좀 도와줄래?

그렇게 시작한 것부터가 잘못이었다. 방 얻을 돈이 없어 월세방에 살면서 매달 월급을 꼬박꼬박 그에게 바치지 말았어야 했다. 그랬더라면 최소한 발가벗겨 도로 위에 내던져진 수치감은 들지 않았을 테니까.

당신이 내게 돌아오는 길은 가연이를 데리고 가는 길이라 생각해. 나는 언제까지라도 당신 기다리고 있을 테니 마음이 변하면 와.

굼벵이의 춤　223

내 목숨보다 소중하다고 생각했던 딸아이를 남편이 데리고 갈 때 나는 솔직히 해방감을 느꼈다. 적금을 깨서 그의 손에 쥐어주면서도 행복했다.

독한 년, 서방과 자식까지 버린 나쁜 년, 천벌 받을 년.

시어머니의 악담도 귀에 들어오지 않았다. 나에겐 오로지 그만 필요했다. 그는 내가 세상을 향해 숨을 쉴 수 있게 해주는 유일한 통로였다. 그가 내 몸을 휘갈길 때면 나는 비로소 웃을 수 있었으니까. 그건 소름 끼치는 쾌감이었다.

그는 언제나 나를 짓이겨 놓는다. 오르막길에서 이빨을 들이대고 물어뜯는다. 가쁜 숨을 뽑아 올리며 닥치는 대로 쥐어뜯는다. 산등성이에 오르면, 내 어깻죽지는 그의 억센 손아귀에서 빨간 속살을 드러낸다. 몸속의 세포들이 남김없이 몰려나와 반란을 일으킨다. 진저리치며 오그라든 영혼은 끝 모를 회오리바람 속으로 빨려 들어간다. 그리고… 산꼭대기에 닿은 그는 내 목을 조른다. 나는 덮쳐 오는 죽음의 냄새를 맡으며 영혼이 이탈되는 것을 느낀다… 폭풍이 밀려가면 그는 내 몸의 상처를 닦아주며 말한다.

당신은 나의 하나밖에 없는 여왕벌이야. 난 당신만을 위해 존재하는 수벌이고. 언제나 당신에게 잡아먹히길 원하지.

난 그 말이 미치듯 좋았다. 온몸을 타고 흘러들어오는 섬뜩한 쾌감. 그에게 목 졸려 죽고 싶다는 피학적인 갈증. 그런 그와 함께 있으면 나는 벌레를 죽이고 싶다는 생각이 나지 않는다. 저주받은 생명이라는 것도 잊어버린다. 그의 앞에선 내가 바로 한 마리 벌레였으니. 그의 몸뚱이 아래에서 짓뭉개지고 으스러져도 다시 일어나 기어가는 벌레의 화신이었으니. 그런 나를 그는 버리려고 한다.

언젠가 사마귀가 어깨 위에 떨어지면서 목을 파고들어 문 적이 있었다. 나는 화가 머리끝까지 치솟아서 사마귀의 두 눈을 후벼 파내고 성냥불을 댕겼다. 몸부림치며 온몸이 지글지글 끓는 사마귀를 째려보면서 서늘한 미소를 날렸다. 사마귀가 문 곳은 손톱으로 긁아 피를 내고 살점을 뜯어버렸다. 그것이 잘못되어 고름 주머니가 생겨 수술까지 할 정도가 되도록 뜯어내고 또 뜯어내었다.

마음이 변하면 함께 살 수는 있어. 하지만 지금은 아니야.

그 말이 얼마나 나를 흔들어 놓는지, 안타까운 갈증을 주는지 그도 모르지는 않을 것이다. 그는 야비할 만큼 고단수다. 나를 놀리고 있다. 맘대로 흔들어 댄다. 채밀기 꿀벌의 독침을 내 심장에 있는 대로 쑤셔 박아버린다. 그것을 알면서도 뿌리치고 떠나지 못하는 내가 더 혐오스럽다. 증오스럽다.

한 번 쏟아지기 시작한 눈물은 걷잡을 수 없이 흐르고 있다. 콧물까지 범벅이 되어 숨이 막힐 정도다. 나는 부끄러움도 잊은 채 손수건을 꺼내어 킹, 소리가 나도록 코를 풀었다. 그는 얼굴 위로 짜증을 있는 대로 실으며 그런 나를 외면했다.

지금까지 살아오면서 나는 눈물을 흘려 본 적이 거의 없다. 학교 다닐 때 예방주사를 맞을 때면 대부분의 여자아이들은 비명을 지르며 도망을 가곤 했지만 나는 남자애들보다 더 용감하게 제일 먼저 나섰다. 병신 같은… 나는 겁에 질려있는 아이들이 괜히 미웠다.

너 참 용기 있다.

간호사 언니가 머리를 쓰다듬어 줄 때는 어깨를 으쓱하며 좌우를 돌아보곤 했다. 하지만 돌아서면 언제나 그 아이들이 부러웠다. 나도 엄살을 피우고 싶었다. 주삿바늘이 살갗을 파고들어 올 때는 무섭다며 비명을 지르고 싶었다. 보호받고 싶었다. 그러지 못하는 나 자신이 미웠다. 용기 있는 척 무장하는 것에 화가 났다. 뒷산으로 달려가 벌레를 있는 대로 죽였다. 개미, 메뚜기, 사마귀, 방아깨비, 여치, 무당벌레… 풀숲을 미친 듯이 내달리며 눈에 보이는 대로 짓밟았다. 소리를 있는 대로 질렀다. 그래도 속이 시원해지지 않았다. 떫은 감을 삼켰을 때처럼 컥컥 가슴이 막혀 올 뿐이었다.

그날도 나는 양지바른 골목에 멍하니 주저앉아 있었다. 와르르, 내 앞으로 몰려와 한바탕 신나게 줄넘기를 하던 아이들이 썰물처럼 빠져나간 뒤였다. 텅 비어버린 골목 안에는 그들이 남기고 간 웃음 가루만 햇살 속으로 잘게 부서지고 있었다. 내 얼굴은 먼지와 뒤범벅이 된 눈물과 콧물로 까맣게 얼룩이져 있었다. 어지럼증이 몰려오며 온몸을 꼼짝 못 하게 옭아매었다. 점심때 불 주사를 맞은 왼쪽 어깨가 욱신거렸다. 그런 내 앞으로 개미 떼가 몰려가고 있었다. 무엇인가를 열심히 끌면서 가고 있었다.

나는 눈을 가까이 대고 찬찬히 들여다보았다. 굼벵이였다. 내 새끼손가락만 한 굼벵이는 자기 덩치보다 작은 개미떼들에게 끌려가면서도 아무런 반항도 못하고 있었다. 가슴이 서늘해져 왔다. 나는 얼른 개미들에게서 굼벵이를 빼앗아 손바닥에 올려놓았다. 꿈틀꿈틀… 살아있다고 신호를 보냈다. 오다가 구덩이에라도 빠졌는지 몸이 온통 흙 범벅이 되어 있다. 개미들의 등살에 찢겨진 몸뚱이에서 더러운 진물이 흘러내렸다. 신음조차도 내지 못하는 그 모습이 애처로웠다. 눈물이 났다. 개미와는 비교도 안 될 만큼 크면서도, 그것들에게 시달리고 있는 것이 불쌍했다. 그런 굼벵이 위로 흉물스러운 영상이 하나 겹쳐졌다. 그것의 정체는 바로 나였다.

  소름이 돋았다. 처절하도록 비참해진 굼벵이의 그 모습은 다름 아닌 바로 나였던 것이다. 분노가 치밀어 올랐다. 굼벵이가 저주스러웠다. 나는 벌떡 일어서며 있는 힘을 다해 굼벵이를 땅바닥에 내동댕이쳤다. 꿈틀꿈틀… 그래도 살아있다고 몸부림쳤다. 나는 발을 들어 녀석의 몸뚱이 위에 얹었다. 놈은 기꺼이 내 발에 밟혀 주었다. 툭, 툭, 내장들을 있는 대로 토하면서 내 발아래에서 숨이 끊어지고 있었다.

  그래, 살지 마. 살아있지 마. 숨이 붙어 있다고 해서 다 살아있는 것은 아니야.

  이렇게 흉물스런 몰골로 사는 것은 결코 사는 것이 아니야.

  결국 나는 굼벵이를 자살시켰다. 세상에서 영원히 보내주었다. 자살당한 굼벵이의 시체는 낱낱이 해부되어 흙가루와 함께 뒤섞여 버렸다.

  새까맣고 못생긴 내 얼굴에 비해, 박꽃처럼 뽀얀 얼굴에 청초한 눈망울을 가진 언니는 누구에게나 사랑을 받았다. 공부도 잘하고 모범생이어서 학교에서도 인기가 좋았다. 엄마는 그런 언니를 더없이 위해 주었다. 내가 보기엔 쩔쩔맨다 싶을 정도로 지나친 사랑을 쏟았다. 남자아이처럼 항상 상고머리를 했던 나와는 대조적으로 언니의 머리는 늘 허리까지 길러져 있었다. 엄마는 아침마다 정성스레 그 머리를 땋아 주었다. 맛있는 것이 있으면 몰래 숨겨 놓았다가 언니에게만 주는 것을 나는 심심찮게 보았다. 그것을 언니는 또 나와 남동생에게 나눠주었다. 모든 것이 나보다 월등히 낫고, 착한 척하는 언니가 나는 미웠다. 숨소리마저 싫었다.

어느 날 일부러 싸움을 걸어 연필로 언니의 얼굴을 찔러 버린 적이 있었다. 뾰족하게 깎인 연필심은 언니의 여린 살 속에서 부러져 나오지 않았다. 언니의 비명 소리를 듣고 달려온 엄마에게 머리채가 잡혀 마당으로 끌려간 나는 대빗자루로 온몸에 피멍이 들도록 맞았다.

독한 것. 어린것이 어찌 그리도 모질 받냐?

엄마, 제가 잘못했어요. 서영이는 잘못이 없어요.

달려와 울며 매달리는 언니가 나는 더욱 미웠다.

야, 날 위하는 척하지 마. 양의 탈을 쓴 여우라는 걸 다 알아. 니가 아무리 그래 봤자 나는 죽는 그날까지 널 미워할 거야. 언니라고 부르지도 않을 거야.

입에 게거품을 물고 달려드는 나를 바라보는 언니의 눈빛이 서러움으로 가득 젖어 드는 것을 나는 그때 깨닫지 못했다.

굼벵이의 춤

그렇게 언니에게 못되게 한 벌로 나는 엄마에게 하루에도 수없이 매를 맞아야 했다. 생겨나지 않아야 할 것이 태어나서… 엄마의 화를 잠재우려면 매를 피해 도망을 가야 했지만 나는 절대 도망가지 않았다. 엄마가 지쳐 빗자루를 내동댕이칠 때까지 입을 앙다문 채 고스란히 그 매를 다 맞았다. 두 눈에 독기를 뚝뚝 흘리며 악을 바락바락 썼을 뿐이었다.

난 엄마가 언니를 좋아하지 않는다는 걸 다 알아. 지은 죄를 숨기기 위해 날 미워하고 언니에게 잘해준다는 걸 말이야. 그 위선이 언제까지 갈 것 같아? 그런다고 지은 죄가 없어질 줄 알아? 내가 살아있는 한은 엄마의 죄는 결코 용서받을 수 없어. 언니를 우롱하지 마. 가증스러워.

엄마는 이성을 잃고 내 몸뚱이를 짓이겼다. 그래도 나는 눈물 한 방울 흘리지 않았다.

6학년 겨울 방학이 가까워 올 무렵이었다. 교무실 청소를 하러 갔는데 도서실에서 보지 못했던 책들이 한쪽 벽면을 가득 채우고 있었다. 가슴이 뛰었다. 친구가 없었던 내게 책은 유일한 말벗이었다. 책 속에 빠져 있으면 나는 모든 것에서 벗어날 수 있었다. 현실의 버거움도 생각나지 않았다. 나 자신의 존재조차도 잊어버렸다. 책만 보이면 닥치는 대로 읽어치웠다. 학교 도서실에 있던 책은 다 읽어서 볼 것이 없을 정도였다.

새로운 책의 발견은 나를 들뜨게 했다. 그때 마침 도서 담당 선생님께서 오셨다. 나는 선생님을 보자 너무 반가워 목소리가 높아졌다.

선생님, 왜 책을 숨겨 놓으셨어요?

그 말에 곁에 있던 친구가 까르르 웃음을 쏟아부었다. 그때 걸레를 빨아 교무실 안으로 들어서던 친구도 영문을 모른 채 따라 웃었다. 그것이 발단이었다. 선생님께서는 갑자기 화를 버럭 내며 몽둥이를 들고 오시더니 손바닥을 내라고 하셨다. 그리고는 사정없이 내리쳤다. 선생님을 놀렸다는 것이었다. 그 선생님은 어릴 때 소아마비를 앓아 다리를 약간 절고 있었다. 두 친구는 잘못했다고 울며 빌어서 다섯 대씩만 맞고 집으로 갔다. 하지만 나는 빌지 않았다. 울지도 않았다. 잘못한 것도 없는데 빌 이유가 없다고 생각했다.

손바닥이 터져 피가 났지만 신음 소리 하나 내지 않았다. 잘못했다는 말만 하면 돌려보내 준다고 했지만 끝끝내 입술을 열지 않았다. 결국 나는 빈 교실로 보내져 의자를 든 채 꿇어앉아 있어야 했다.

해를 삼켜버린 서쪽 하늘이 땅거미를 운동장 가득 채우고 있었다. 유리창에 까맣게 먹물이 차오르자 교실 안은 습자지처럼 그 먹물을 빨아들이기 시작했다. 삐꺽거리는 책상 사이로 검은 그림자들이 유령처럼 흔들렸다. 온몸에 식은땀이 흘렀다. 머리끝이 곤두섰다. 하지만 나는 잘못했다는 말은 하기 싫었다. 팔이 아파 이를 뿌드득 갈면서도 의자를 내리지도 않았다. 소식을 듣고 달려온 엄마가 나를 끌고 갈 때 선생님을 향해 섬뜩한 눈길을 쏘아 보냈을 뿐이었다.

이것아, 다른 애들처럼 잘못했다고 말했으면 이렇게까지는 안 되었을 게 아니냐. 아이구 아망 센 것.

그날 나는 열이 펄펄 끓어 헛소리까지 할 정도로 심하게 앓았다. 그랬던 내가 울고 있다. 엄마, 안녕. 별빛에 젖은 눈으로 손을 흔들던 가연이를 남편이 데리고 떠나던 날도 표정 하나 변하지 않았던 내가, 그토록 나를 예뻐해 주시던 할머니가 돌아가셨을 때도 어깨 한 번 들썩이지 않았던 내가, 그의 앞에서 울고 있는 것이다. 결코 눈물을 보여서는 안 될 그의 앞에서 말이다.

야, 이서영. 왜 울어, 나는 우는 여자 딱 질색이야.

그는 양쪽 어깨를 잡고 흔들었다.

할 말 있으면 해 봐.

내 눈을 들여다보는 그를 바라보자 눈물은 더욱 걷잡을 수

없이 쏟아졌다. 당신과 살고 싶어요. 일 년만, 아니 한 달만이라도 함께 있고 싶어요. 하지만 그 말을 나는 끝내 소리로 만들 수 없었다. 그 간절한 말을 눈물 쏟아지는 샘속에 담아 올리는 것 외에 나는 다른 방법을 알지 못했다. 알사탕보다 작은 그 두레박 속에 담긴 말을 볼 수 있는 혜안을 안타깝게도 그는 가지고 있지 않았다. 그의 눈엔 나도 한 마리 벌에 불과했다. 수십만 마리 벌 중의 하나일 뿐이었다.

열어 놓은 창문을 통해 아카시아 향내가 달려들었다. 그 향내를 따라 달려온 그의 체취가 전신을 덮었다. 도저히 교실에 있을 수 없었다. 두 시간 남은 수업을 다른 선생님과 바꾸었다. 차에서 내려 산등성이를 올려다보았다. 그가 있는 산막이 보였다. 숨이 막혔다. 마음이 다급해졌다. 일 초라도 더 빨리 그의 곁에 가고 싶었다.

나는 달리기 시작했다. 하이힐을 신은 발끝이 휘청거렸다. 발목까지 내려오는 플레어 치마가 자꾸 걸음을 휘감았다. 몇 번씩이나 나무뿌리에 걸려 넘어졌다. 무릎이 찢어졌다. 스타킹 사이로 피가 번져 나왔다. 나는 달리는 것을 멈추지 않았다. 그가 보고 싶다는 갈증만이 온몸을 활활 태웠다.

그의 천막이 저만큼 앞에 보였다. 눈처럼 흩날리는 아카시아 꽃잎이 천막을 하얗게 뒤덮고 있었다. 달콤한 꿀 향내가 오감을 흔들며 달려왔다. 나란히 놓인 수십 개의 벌통 위에서 5월의 숲이 속살거렸다. 윙윙거리는 벌들 속에 그의 목소리가 실려 왔다.

그가 저기에 있다. 심장이 팽창했다. 어지럼증이 몰려와 온몸을 휘어 감기 시작했다. 그래, 그가 저기에 있다. 코끝이 시큰거려 왔다. 나는 더 빨리 달렸다. 쉬지 않고 달리고 또 달렸다. 목구멍이 따갑도록 숨이 차올랐다. 손으로 가슴을 쓸어내렸다. 그가 이 안에 있다. 심장이 멈출 것 같았다. 천막을 밀고 들어섰다. …그리고… 나는 돌아섰다. 하늘이 하얗게 무너지며 산산조각으로 부서졌다. 발목이 자꾸만 땅속으로 푹, 푹 가라앉았다. 벌떼들이 윙윙거리며 따라와 어깨를 잡았다. 머릿속이 텅 비어버렸다. 한참 만에야 내가 누웠던 자리에 다른 여자의 알몸뚱이가 그와 함께 뒤엉켜 있었다는 사실이 떠올랐다. 혹시 착각을 일으킨 것인지도 모른다는 생각에 나는 다시 천막을 열었다. 그러나 그 광경은 확연한 사실이었다. 나를 보고도 그는 눈빛 하나 변하지 않았다. 그의 몸과 포개져 있던 여자는 나를 보고 웃었다.

하이힐을 벗어들고 걷는데 개미의 행렬이 보였다. 어디로 가는지 끝도 없이 이어져 있었다. 나는 행여 개미가 밟힐까 봐 조심스레 걸음을 옮겼다. 다른 때 같았으면 남김없이 짓뭉개 버렸을 텐데 그러고 싶은 마음이 없어졌다.

나는 쪼그리고 앉은 채 개미들의 행렬을 바라보았다. 앞서 거니 뒤서거니 서로 의지하며 어디로든 자유롭게 갈 수 있는 개미들이 부러웠다. 나는 넋을 놓고 앉아 개미들에게 던진 시선을 거둘 줄 몰랐다. 개미들이 끌고 가는 벌의 시체를 보면서, 내가 그 벌이 되고 싶다는 생각을 했다.

전화벨이 울린다. 그는 잡고 있던 내 어깨를 거칠게 놓고 전화를 받는다.

…응, 잘 있지… 지금? 여기는 안 되고 내가 나갈게… 친구가 와 있거든… 그래, 지금 갈게.

그는 수화기를 놓고 잠시 나를 바라본다. 그 눈빛이 허둥대고 있는 것을 나는 놓치지 않는다.

잠깐만 나갔다 올 테니 기다려. 친구가 뭘 가지고 왔대. 10분이면 돼.

서둘러 밖으로 나가는 그의 뒷모습 속에서 나는 와르르 무너지는 내 꿈을 본다. 수화기 속으로 가늘게 들려오던 여자의 목소리가 날카로운 손톱을 치켜세운 채 그 꿈을 짓이기며 달려든다. 이번에는 또 어떤 여자일까. 낙엽이 깔린 숲속에서 벌처럼 뒤엉킬 그들을 생각하니 숨이 막혀온다. 나는 한시바삐 그의 천막을 나가야 한다고 생각한다. 하지만 석상이 되어버린 몸은 그런 내 마음을 거부한다.

 서영아, 니는 대학 가지 마라. 니가 졸업하기 전에 효준이가 또 입학해야 하는데 우리 형편에 힘들 것 같다. 니는 공부에 취미도 없는 것 같으니 얌전히 있다가 시집이나 가거라.
 공부도 못하고 성질까지 모가 난 나는 중학생이 되면서부터는 선생님들의 무관심 밖으로 밀려나 버렸다. 여고 때는 그것이 극으로까지 치달았다. 공부와는 담을 쌓아버렸다. 수업 시간에도 선생님 말씀은 듣지 않았다. 책가방 속에는 교과서 대신 소설이나 시집이 가득 들어 있었다. 선생님들도 그런 나에게 관심 두지 않았다.
 태양 때문에 자신과는 상관도 없는 사람을 권총으로 쏘아 죽인 이방인의 뫼루소. 하숙비를 얻기 위해 전당포 노파 자매를 도끼로 찍어 죽인 죄와 벌의 라스코리니코프. 그들은 내 폐쇄된 삶에 조금은 숨 쉴 구멍을 만들어 주었다. 그들을 보면서 세상을 향해 등을 보일 수밖에 없는 내 삶을 합리적으로 보상받을 수 있었기 때문이었다. 그중에서도 특히 뫼루소는 내 영혼을 흔들어 놓았다.

태양 때문에 사람을 죽였다고 법정에서 당당하게 말을 할 수 있을 만큼, 그는 자신의 행위에 죄의식을 느끼지 않았다. 자신의 죄가 무엇인지 모른다고, 자신이 범인이라는 사실도 사람들이 가르쳐 주었을 뿐이라고 천연스럽게 이야기하는 뫼루소를 두고 검사와 판사 모든 배심원들은 죽어 마땅한 인간이라고 사형을 언도한다. 하지만 그 판결은 또 하나의 살인 행위가 아니었을까. 애당초 신의 덕목에는 선과 악의 구분이 없었는지도 모른다. 무엇보다 나는 인간이 인간을 심판할 수 있다는 사실을 인정할 수가 없었다. 모든 것을 신이 준 것이라고 믿을 때, 모든 행위 또한 신의 뜻이 아닐까. 그리고 인간의 모든 행위는 원인 없는 결과가 있을 수 없지 않은가.

  내 주위의 모든 사람들이 그랬다. 겉으로 드러나는 나만 보고 평가를 하려 했다. 내가 그렇게 될 수밖에 없었던 원인은 결코 찾으려 들지 않았다. 나 또한 그들로부터 이해를 구하고 싶은 마음이 없었다. 당위성을 찾아 그들 앞에 내던져 보이고 싶지 않았다. 철저하게 세상과 나를 격리시키고 단절시켜 버리는 것이 낫다는 생각을 했다. 이해받지 못할 바엔 변명 같은 것은 하고 싶지 않았다. 뫼루소가 사형언도에 대해 그 어떤 항변도 하지 않고 사형집행을 기다렸던 것처럼. 하지만 이 세상 어느 누구도 날 이해해 주는 사람이 없다는 것은 견딜 수가 없었다. 살고 싶은 의욕마저 잃어버리게 만들었다. 사는 것이 치욕이라는 생각에서 벗어날 수 없게 했다.

죽고 싶다는 극단적인 생각을 나는 늘 하고 있었다. 어떤 방법으로 죽을 것인지 날마다 연구를 했다. 그런 내 자신이 싫었다. 머리카락을 쥐어뜯으며 미친 듯이 울부짖기도 했다. 공부 시간에도 멍하니 밖을 보다가 그대로 창문을 타고 뒷산 언덕으로 내달리기도 했다. 성적은 하위권에서 벗어나지 못했다. 그러는 사이에 나는 사람들이 흔히 말하는 문제아가 되어 있었다. 그래도 악의 꽃을 쓴 보들레르처럼 멋진 시인이 되어야지 하는 꿈은 야무지게 키워갔다.

이 세상에서 가장 더럽고 추악하고 비 시적인 소재들로 얼마나 완벽한 시를 만들 수 있나 하는 것을 보여 주었던 위대한 시인. 자신의 모든 고통을, 모든 애정을, 모든 종교를 그리고 모든 증오를 시에 집어넣었다고 스스로 악의 꽃을 평한 저주받은 시인 보들레르. 죽음이란 결말, 공포, 불안을 나타내는 것이 아니고 항상 인식에의 출발로 표현했던 그의 사상이 나를 매료시켰다. 모든 사람들이 천시하고 경멸하고 두려워하는 악의 존재들에게 심각한 상상력, 예민한 탐미적 감각, 퇴폐의 고뇌를 집중시켜 시로 빚어낸 그의 천재성이 부러웠다. 존경스러웠다. 나 또한 내 속에서 들끓고 있는 절망과 분노, 그리고 끊임없이 타오르고 있는 갈망을 시를 통해 모두 쏟아내고 싶었다. 그 간절한 갈증이 있었기에 대학에 가지 않는다고는 한 번도 생각지 않았다.

엄마의 한마디는 가슴에 독을 품게 했다. 학력고사를 여섯 달 남겨 둔 그날부터 나는 모든 것을 접어두고 공부에 매달렸다. 대학을 가기 위해서가 아니라 시험을 치기 위해서였다. 나를 비웃고 무시하는 사람들에게 당당하게 나의 존재를 보여주기 위해서였다. 결국 나는 340점 만점의 학력고사에서 325점이라는 점수를 얻어 학교를 깜짝 놀라게 만들었다. 합격 통지서가 날아오던 날 담임선생은 흥분했다.

우리 학교에서는 지금까지 우리나라 최고 학교인 서울대에 한 명도 들어간 적이 없는데 서영이 니가 그 한을 풀어 주게 생겼다.

하지만 나는 원서를 내지 않았다. 흥분으로 들떠 있는 선생님들의 기대를 냉정하게 외면해 버렸다. 점수가 적힌 합격 통지서를 엄마 앞에 말없이 내던졌을 뿐이었다. 다른 때처럼 악도 쓰지 않고 돌아서는 내 등 뒤에서 허둥대던 엄마의 눈동자와, 가슴을 차고 오르던 이유 없는 슬픔을, 목젖이 따끔거려 온종일 컥컥 잔기침을 내뱉었던 그 날을 나는, 아프게 기억한다.

여고를 졸업한 나는 온종일 방구석에 쭈그리고 앉아 시간만 갉아먹고 있었다. 말없이 하루가 열렸다가 닫히곤 했다. 죽음의 그림자가 겹겹이 방안을 에워쌌다. 가슴 속에선 끊임없이 악마가 들끓었다. 습기 찬 그늘로 나를 몰아넣은 세상에 대한 분노가 눈동자를 뚫고 튀어나왔다. 그리고 무엇보다 나는 나를 존재케 한 그 모든 것들에 대해 저주를 보냈다. 하지만 사실 나는 그런 어두운 생각과 각종의 악마적 유혹에서 벗어나고 싶었다. 이 세상에선 정말 티 없이 맑은 마음으로 살 수가 없는 것일까. 맑고 고운 아이들을 바라보면 그런 마음들이 정화될 수 있을지도 몰라. 나는 불현듯 선생님이 되고 싶었다. 아이들과 동화되어 꿈을 꾸고 싶었다. 결국 나는 독학으로 학위를 따고, 교사 자격시험을 본 뒤 중학교 국어 교사가 되었다. 그런데 학력 제일주의인 우리나라 사람들의 의식을 나는 깨지 못했다. 이 선생님은 고등학교밖에 안 나왔대. 뒤에서 수군대는 소리를 듣는 순간 오기가 발동했다. 나는 야간 대학에 입학을 했다.

오십이 넘은 나이에 수석 졸업한 감격을 이야기하라며 잡지사 여기자가 찾아왔을 때 그가 문을 밀고 들어왔다. 텁수룩한 수염을 깎지도 않은 채 꿀 한 병을 들고 나타난 그를 본 여기자의 눈동자가 한동안 수상한 고뇌로 이글거렸다. 그날 그녀는 우리를 쫓아 그의 천막 속까지 들어왔다. 밤새 술을 마시며 그와 너무도 쉽게 경계를 헐어버렸다. 그의 손이 그녀의 옷가슴 속으로 들어가는 것을 보면서도 나는 아무 말도 할 수 없었다. 술에 취해 비틀거리는 그녀의 육중한 몸이 그의 머리 위로 쏟아지는 것도 모른 척해야만 했다. 나무 침대 곁에 있던 꿀통이 넘어지는 소리를 들으며 나는 천막을 빠져나왔다. 휘청거리는 다리 사이로 하얀 달빛이 부서져 떨어졌다. 언젠가 그의 몸뚱이 밑에서 뒹굴던 여자의 얼굴이 그녀의 얼굴 위로 겹쳐왔다. 달빛 가루가 묻은 발등에 밤바람이 꽂혀 쓰러렸다.

그가 돌아오기 전에 벌떼가 우글거리는 그의 천막을 박차고 나가야 한다고 나는 또 한 번 생각한다. 내가 없어진 것을 보고 그는 가슴이 아파야 한다. 자신이 내게 얼마나 잔인한 짓을 했는지 깨달아야 한다. 나를 내팽개쳐 두고, 다른 여자를 만나러 나간 그의 뻔뻔한 양심에 영원히 빠지지 않을 철침 하나를 박아 두어야 한다.

확인하지 말았어야 했다. 그날 밤의 행동으로 그냥 짐작만 하고 넘어갔어야 했다. 그것이 차라리 나를 편하게 하는 길임을 깨달아야 했다. 최소한 그를 향하는 마음에 혐오감은 들지 않도록 해야 했다. 세상 사람들에 대한 불신을 가슴속에 심지 말았어야 했다. 진실한 사랑이란 이 세상 어디에도 없고, 한낱 몸뚱이를 비비며 즐기는 육체적 쾌락만이 있을 뿐이라는 잘못된 요즘의 가치관에 맞장구를 쳐서는 안 되는 것이었다.

 아무래도 미심쩍어 그에게 전화를 하면서 직감적으로 느꼈다. 친구와 점심을 먹는다고 말하는 그의 목소리가 지나칠 만큼 들떠 있었고, 그녀는 자리에 없었다. 나이도 나와 비슷하고 일을 하며 혼자서 살아가는 여 기자가 호감이 가서 친해지고 싶었다. 술을 먹으면 누구나 실수를 할 수 있다는 생각에 그날 밤 일은 웃으며 넘겨버렸다. 전화를 해 올 때는 가끔씩 만나 차도 마시고 이야기도 나누며 즐거웠다. 나와는 다른 개방적인 성격의 그녀가 부럽기도 했다. 또 다른 속셈은 둘이 어떻게 발전해 가는지 지켜보고 싶었다. 내 몫의 맛있는 음식을 남이 탐내는 것을 바라보는 악마적인 쾌감, 그 음식을 집어삼키며 희열을 느끼고 있을 상대를 바라보는 여유로움. 하지만 그건 아슬아슬한 곡예였다. 언제 바닥으로 떨어질지 모르는 불안감을 또 다른 짐으로 받아야 하는 승산 없는 도박이었다. 다음 날 저녁에 그를 만났을 때 나는 정확한 직관력과 확신으로 그를 꼼짝 못 하게 옭아매었다.

 김 기자가 자랑하던데요, 당신과 이 천막 속에서 밤을 보냈다고. 그날 이후로 내내….

　순간 그의 얼굴 위로 스쳐 지나가는 당혹감을 놓치지 않았다. 그는 병에다 꿀을 담다 말고 나를 힐끔 쳐다보았다.

　그래, 밤을 보냈지… 하도 밀고 들어오길래, 어디까지 가나 보려고….

　입술에 벌침이 꽂혀 따끔거렸다. 그래도 아니길 빌었는데. 입술에 꽂혀 있던 벌침이 어느새 심장 속으로 파고들었다. 그의 얼굴 위로 흐르는 음흉스러운 미소를 나는 놓치지 않았다. 그의 심장을 인두로 지지고 싶었다. 두 번 다시 거짓말을 하지 못하게 재갈을 물리고 싶었다. 김 기자가 좋다고, 육감적인 몸매에 빠져버렸다고 바른말을 하는 것이 훨씬 그 다운 일이다.

　야, 이서영. 나를 어떻게 보는 거야. 그런 여자 나 안 좋아해. 나도 양심이 있는 놈이야.

　잘도 둘러대는 그의 혓바닥에 바늘을 꽂아버리고 싶었다. 어떻게 하나 보려고? 여자인 내 앞에서 같은 여자를 능멸하는 그의 입술을 강력 본드로 붙여 버리고 싶었다. 곁에 있는 벌통을 그의 머리통에 던져버리지 못한 것이 두고두고 후회스러웠다.

　…가시는 걸음걸음 놓인 그 꽃을 사뿐히 즈려밟고 가시옵

소서…

  분위기를 잡고 아이들에게 시를 낭송하고 있는데 창문밖에 똥파리 한 마리가 붙어 있었다. 시퍼런 얼굴을 번들거리며 금방이라도 알을 싸서 창문을 더럽힐 것만 같았다. 보기에도 역겨운 파리를 보는 순간 짓이겨 버리고 싶은 충동이 치밀었다. 그러나 아이들이 보는 앞에서 그런 마음을 드러낼 수 없었다. 손가락으로 톡톡, 창문을 쳤다. 파리는 꼼짝도 하지 않았다. 나는 다시 주먹으로 유리창을 때렸다. 그제야 파리는 약간 움찔하는 것 같았다. 하지만 이내 시치미를 떼고 여전히 유리창에서 떨어지지 않았다. 몸을 비비면서 교실 안을 들여다보았다. 아이들의 시선이 나와 파리를 따라다녔다. 나는 좀 더 센 주먹을 창문에 들이댔다. 그래도 파리는 도망가지 않았다. 그 순간 내 눈 위로 숨겨 두었던 독기가 피어올랐다. 교탁 위에 놓인 꽃병 위로 내 손이 날아간다 싶더니 와장창 창문 깨어지는 소리가 뜨거운 여름을 얼어붙게 만들었다. 교실 안으로 들어오던 뙤약볕이 꽁지를 감추고 도망가 버렸다. 짧은 비명과 함께 아이들이 가벼운 한숨을 쏟아내었다. 파리는 죽었는지 도망갔는지 보이지 않았다. 체한 음식이 내려간 것처럼 속이 시원하였다.

  득의만면한 미소로 고개를 돌리는 순간 아이들의 멍해진

얼굴이 나를 향하고 있음을 발견했다. 정신이 아득해져 왔다. 여긴 교실이야… 비로소 현실로 돌아온 나는 얼굴이 달아올랐다. 변명이 튀어나왔다. 놀랐지, 저 파리 녀석이 아름다운 시 감상 시간을 망쳐 놓았기 때문에… 나는 항상 그랬던 것처럼 상냥하게 웃었다. 몇몇 아이들은 내 말이 옳다는 듯 맞장구를 쳤다. 맞아요, 선생님. 그런 몰상식한 똥파리는 죽어도 싸요. 아이들의 재빠른 변신에 나는 또 속이 비틀렸지만 잘 참아 냈다.

그가 오기 전에 음예한 공기가 가득 찬 그의 천막 속을 빠져나가야 한다는 생각이 끈덕지게 달라붙는다. 그가 천막을 열고 들어오는 순간, 나는 그의 면상을 향해 꿀병을 던져버릴지도 모른다. 그런 일이 벌어지기 전에 나를 막아야 한다. 하지만 나갈 수가 없다. 온몸이 꼼짝도 하지 않는다. 아니, 더 정확하게 말하자면 그의 모습을 조금이라도 더 곁에서 지켜보고 싶다. 그의 그림자만이라도 곁에 있다면 나는 숨이 막힐 것처럼 행복하니까. 그런 마음에 소금이라도 뿌리고 싶다.

왜 나는 꿈같은 것을 믿었던가. 그를 처음 만나던 날 하필이면 그런 꿈을 꾸게 되었을까. 어떤 남자와 나는 쌀이 가득한 가마니를 마주 든 채 걸어가고 있었다. 쌀 위에는 계란이 다섯 개 얌전하게 놓여 있었다. 그것을 들고 간 곳에는 그의 부모님이 웃고 있었다. 그건 결혼 날짜를 받아 놓고 꾸는 꿈이지. 아들 딸 낳고 잘 살 꿈. 그 남자와는 천생연분이네. 점쟁이의 말이 가슴을 흔들었다.

그날 아카시아 향내를 따라 걷다가 꿈속의 남자를 만났다. 눈처럼 하얀 아카시아 꽃잎에 파묻혀 누워있는 그를 본 순간, 숨이 막혀왔다. 어딘가 나를 닮은 듯한, 전혀 닮지 않았으면서도 꼭 닮은 음습한 분위기. 어둠이 가득히 내린 습기 찬 동굴. 칼날 같은 차가움. 온몸을 끈적이게 만드는 칙칙함. 그 동굴 속에 나는 둥지를 틀고 싶었다. 그의 옆에 나란히 누웠다. 파란 하늘 한 조각이 그의 얼굴에 걸려 있었다. 나는 그 하늘을 손으로 어루만졌다. 미동도 하지 않고 누워있던 그가 산등성이를 막 내려가려는 내 발목을 거머잡았다.

이봐요, 나하고 잡시다.

나는 그날 그의 천막에서 밤을 보냈다. 나무 침대가 하나 놓여 있는 천막 안에는 빈 박스와 쓰다 만 벌통들이 나뒹굴고 있었다. 그는 발끝으로 그것들을 한구석에 몰아붙였다. 천막 자락을 흔들며 달려든 달콤한 아카시아 향내가 코를 찔렀다. 오랫동안 잠겨 있던 나의 문이 열리고, 윙윙거리는 벌떼들 속에 섞인 암코양이 울음소리가 오월의 숲을 뒤흔들었다. 그는 한 마리 거대한 벌레였다. 지금까지 내가 죽인 벌레들이 모여 이루어진 복수의 화신이었다.

거울 속의 눈이 조금 부어 있다. 그에게 잘 보이고 싶다는 생각이, 얼른 핸드백 속에서 파운데이션을 꺼내게 만든다. 눈물 자국을 감추고 지워진 입술 선도 다시 그린다. 일부러 햇볕에 태우지 않아도 가무잡잡한 내 얼굴은 야성적인 매력이 있다고 사람들은 말했다. 거기에다 주먹만 한 얼굴에 시원하게 쌍꺼풀진 눈과 도톰한 입술은, 오뚝하게 선 콧날과 어우러져 이국적인 이미지를 풍기고 있다. 그런 내 얼굴을 보고 그가 다시 잡아주었으면 좋겠다는 생각을 해 본다. 소름이 돋는다. 아직도 현실을 바로 보지 못하는 내가 치욕스럽다. 줄기 없는 그 마음을 매미 몸뚱이 해부하듯 갈가리 찢어 쓰레기통 속에 쑤셔 박고 싶다.

나는 흑진주같이 맑고 투명한 언니의 눈동자가 싫었다. 그속에 나를 향한 연민의 정을 가득 싣고 있는 것이 견딜 수 없었다. 언니의 여고 졸업 앨범을 내 앨범과 비교해 보던 순간 그 마음은 증오심으로 바뀌었다. 그 눈은 못생긴 나를 비웃는 것만 같았다. 나는 면도날로 언니의 두 눈을 파 버렸다. 그다음 날 언니는 내 방으로 찾아왔다.

서영아, 언니가 그렇게 미워? 나는 서영이가 좋은데.

야, 거짓말 마. 니가 나를 비웃고 있다는 것 다 알아. 그래, 나는 못생긴 첩의 딸이다. 그런데 왜 그게 내 잘못이어야 해? 왜? 왜?

나는 언니를 벽에다 밀어붙이고 머리채를 휘어잡았다. 언니는 반항도 하지 않았다. 악에 받친 내가 지쳐 놓을 때까지 내버려두었다.

나는 니가 싫어, 정말 싫단 말이야. 니가 없었다면 내가 이렇게까지 비참해지지는 않았을 거야. 제발 좀 내 눈앞에서 없어져, 당장!

나는 눈에 불꽃을 튀기면서 악을 썼다. 언니는 아무 말도 하지 않고 나를 바라보았다. 눈에 구멍이 난 것처럼 끊임없이 눈물을 쏟아내기만 했다. 그 눈물이 방바닥에 떨어져 치마가 흥건히 젖을 때까지, 노을 자락이 창문을 타고 들어와 검은 그림자를 드리울 때까지, 하얀 얼굴이 눈물에 절어 파리하게 얼어붙을 때까지 그렇게 나를 바라만 보았다.

다음날 언니는 뒷산 소나무에 빨래처럼 걸려 흩날리고 있었다. 뒷집 아저씨가 어슴새벽을 타고 논에 나가다가 그런 언니를 발견하고 혼비백산해서 업고 뛰어왔을 때 온 동네가 발칵 뒤집혔다. 다행히 언니는 목숨을 건졌지만 나는 엄마의 저주에서 영영 벗어나지 못했다. 내 머리채를 잡고 마당에다 짓이기며 엄마는 소리쳤다. 이 몹쓸 것이… 니 때문에 그 착한 것이, 그 불쌍한 것이….

　엄마의 눈 속에서 나는 딸이 아니었다. 악마의 화신일 뿐이었다. 내가 니를 낳지 말아야 했는데… 니 할미가 목 졸라 죽이라고 했을 때 차마 그럴 수가 없어서… 배꼽도 안 떨어진 것을 얼음 위에 내던졌는데도 살아남더니만, 기어이 앙갚음을 하려고… 동네 사람들도 내 뒤에서 노골적으로 수군거렸다. 지 에미는 조강지처를 잡아 묵더니만 딸년은 언니까지 잡아묵으려고… 그럴 때마다 나는 귀를 막고 비명을 있는 대로 질렀다.

　왜 모든 것이 내 잘못이어야 해? 그래, 나는 저주받은 생명이야. 하지만 내가 원해서 생겨난 것은 아니잖아? 내가 잘못한 게 뭐가 있어?

　텔레비전에서 탯줄도 자르지 않은 딸을 목 졸라 죽인 여자의 이야기가 나올 때 나는 숨을 헐떡였다. 자다가도 엄마가 목을 조르는 것만 같아 식은땀이 흐르곤 했다.

　10분이면 된다던 그는 한 시간이 지나도 오지 않는다. 그의 말을 믿은 것은 아니었지만 그래도 속이 끓어오른다. 지금쯤 그 둘은 한여름 벌떼들이 우글거리던 밀원 속에 뒤엉켜 있을 것이다. 꿀 뜨는 것을 도와주러 오던 여자이거나, 거래처의 여직원일 수도 있다. 아니면 김 기자이거나. 그것을 알면서도 나는 왜 그에게서 벗어나지 못하는가. 그가 휘두르는 대로 이끌려 가고 있는가. 왜, 무엇 때문에. 소리를 있는 대로 지르고 싶다. 눈에 보이는 것을 닥치는 대로 던지고, 깨부수고 싶다.

언니가 집을 나갔다는 소식을 들은 것은 결혼식을 올리고 한 달이 지났을 때였다. 그때는 아마도 내가 살아오면서 가장 행복했던 시절이었을 것이다. 복수심에서 한 결혼이지만 남편의 사랑은 불안정한 마음을 바로잡아 주었고, 나 또한 가정이라는 울타리 속에서 새로운 나를 찾아보려고 최선을 다해 노력하던 시기였으니까. 그런 마음이 계속해서 이어졌더라면 나는 어쩌면 방황을 멈추었을지도 모른다. 나를 끔찍이도 아껴주는 남편의 그늘 속에서 모든 것을 잊어버린 채 살았을 것이다. 세상을 향해 닫아버렸던 마음을 열고 활짝 웃을 수도 있었을 것이다. 하지만 언니의 출가 소식은 그런 나를 단숨에 무너뜨렸다. 감당할 수 없는 회오리바람 속으로 던져버렸다. 안정돼 가던 내 삶을 송두리째 뿌리 뽑고 말았다.

남편과 함께 허겁지겁 달려간 고향에서 나는 질기고도 무서운 업의 끈과 또다시 맞닥뜨려야 했다. 머리를 싸매고 누워 있는 엄마, 허공을 떠도는 아버지의 눈동자. 온 집안을 꽉 채우고 있는 피폐한 냉기. 그 속에서 또 한 번 죄인이 되어버린 나의 절망. 모든 불행의 씨앗은 나로부터 시작된다는 버릴 수 없는 자학증이 또다시 치밀어 올랐다. 우리가 갔을 때 엄마는 언니가 남긴 편지를 말없이 던져주고 돌아 누워버렸다.

―서영아, 너와 나 전생에 무슨 업이 있었기에 자매로 태어나 원수처럼 살아야 하는지 모르겠구나. 나는 그것이 견딜 수 없다. 그 업을 풀기 위해 떠난다. 그 업이 다 풀리면 니 마음도 편안해지겠지. 서로 손 마주 잡고 웃을 수도 있겠지. 서영아, 잘 살아야 해. 언니는 어떤 경우에라도 널 사랑한다는 것을 잊지 말기 바래―

곁에서 편지를 들여다보던 남편의 눈동자가 허둥거렸다. 모든 것이 자신 때문이라는 절망을 숨기지 못했다. 그 눈동자에 시비를 걸어 따질 만큼 남아있는 기력이 내겐 없었다. 나는 벌떡 일어나 언니 방으로 달려갔다.

책꽂이 위에 가득 꽂혀 있는 불교 서적들이 눈을 끌었다. 나는 그중 한 권을 성급하게 집어 들었다. 『불교성전』이라고 적혀 있다. 책장을 넘겼다. 「인연」이란 장에 책갈피가 꽂혀 있었다. 눈물 자국으로 얼룩이 져 있었다.

*'이 인간 세계는 고뇌에 가득 차 있다. 낳는 것도 고품이며, 늙고 병들어 죽는 것도 다 고다. 원한이 있는 자가 서로 만나야 하는 것도, 구하여 얻지 못하는 것도 다 고다. 그야말로 집착을 떠나지 못하는 인생은 모두 다 고다. 이것을 고의 진리라 한다.

*이 인생의 괴로움이 어째서 생기는가. 그것은 인간의 마음에 붙어 다니는 번뇌로부터 생긴다는 것을 의심할 필요조차 없다. 그 번뇌를 들추어 찾아보면, 태어날 때부터 있는 욕망에 뿌리 박혀 있음을 알 수 있다. 이와 같은 욕망은 생生에 대한 집착을 바탕으로 하고 있어서, 보는 것, 듣는 것을 욕심내는 욕망이 된다. 이것을 고의 원인이라 말한다. 이 번뇌의 근본을 남김없이 멸해버리고, 모든 집착을 여의면 인간의 고도 없어진다. 이것이 고를 멸하는 진리라고 말한다.'

얼마나 읽었던지 책장이 하늘하늘했다.

생각난다. 죽음의 문턱에서 살아남은 언니가 말문을 닫아버린 채 살아가던 모습이. 내가 무슨 시비를 걸어도 그냥 하얗게 웃기만 하던 얼굴이. 그 하얀 미소가 섬뜩할 만치 내 가슴을 파고들었던 것도, 다 기억난다. 온종일 문밖에도 나가지 않고 언니는 책만 보았다. 그 책 속에 무슨 내용이 들어 있는지 그때 나는 몰랐다. 알려고조차 하지 않았다.

박사라도 될 모양이지?

빈정대는 나의 말에도 힘없이 미소만 짓던 언니. 그 표정에 더욱 화가 치밀어 날뛰던 내 모습. 나를 비웃는 듯, 경멸하는 듯한 미소가 나는 싫었다. 언니가 보는 책을 빼앗아 방바닥에 내팽개치며 달려들기도 했다.

그래, 니 잘 났다. 나는 말할 가치조차 없다는 말이지?

그래도 언니의 눈동자는 조금의 동요도 없었다.

남편과 집으로 돌아오면서 나는 한마디도 하지 않았다. 남편의 입도 닫혀버렸다.

그랬을 것이다. 언니는 그랬을 것이다. 내가 면도날로 사진의 눈을 파 버렸을 때 언니는 자신의 노력으로 안 되는 것이 있다는 것을 깨달았을 것이다. 이 세상에 살 가치가 없어졌다고 생각했을 것이고, 목을 매었을 것이다. 하지만 죽는 것도 마음대로 안 되어 살아났다. 사람의 힘으로 안 되는 것이라면 신에게 맡겨보자, 며 종교에 의탁했을 것이다. 그러나 불교라는 것은 소원을 들어주는 종교가 아니다. 신을 의지하는 것도 아니다. 누가 도와주는 것도 아니다. 스스로 노력하고 노력한 만큼 깨닫는 것이다. 끊임없이 자신을 닦는 연습을 해야 한다. 마음을 비워야 한다. 욕심도 버려야 한다. 모든 것을 다 던져버려야 한다.

그것이 언니는 또한 힘들었지 않았을까. 마음대로 안 된다는 것을 깨닫지 않았을까. 자학만이 몸뚱이를 에워쌀 뿐이라는 것을 느꼈지 않았을까. 그런 혼란스러움이 전신을 뒤흔들었을 그때 언니는 사랑에 눈을 떴을 것이다. 언제나 허공에 뜬 것처럼 뿌리도 없이 흔들리는 자신을 바로 세워줄 사랑을 발견했을 것이다. 그 사랑이라는 이름 위에 다시 한번 새로운 세계를 건설할 꿈을 꾸었으리라. 태어나서 처음으로 가져보는 온전한 자신만의 사랑. 그건 언니에게 또 다른 새로운 종교였지 않았을까.

그런데 그 사랑을 잃어버렸다. 빼앗겨 버렸다. 그것도 동생에게. 자신을 끊임없이 미워하고 저주하는 동생이라는 이름을 달고 있는 애물단지에게. 언니는 견딜 수 없었을 것이다. 훌훌 떠나버리고 싶었을 것이다. 자신에게 끊임없이 달려드는 업의 굴레에서 벗어나고 싶었을 것이다.

하지만 나는 그때 생각했다. 언니가 떠난 것은 나를 괴롭히기 위함이라고. 자신의 사랑을 빼앗아 가버린 나에게 가하는 복수의 방법이라고. 업을 풀기 위해서라지만 그것은 어디까지나 진심을 감추기 위한 연극에 불과하다고. 그런 언니를 나는 용서할 수 없었다. 이제 겨우 마음을 바로잡고 행복이라는 것을 만들어 보려고 하는 나에게 언니는 찬물을 끼얹었다. 그 언니를 영원히 저주하리라 마음먹었다.

남편도 싫었다. 사랑이라는 연막탄으로 나를 옭아매 놓았다는 것이 분했다. 언니의 출가로 허둥대는 모양이 역겨웠다. 사랑하는 여자를 두고 그 동생을 취하고, 책임감에 결혼을 하고, 허둥대는 남자의 꼬락서니가 혐오스러웠다.

사랑하는 여자를 위해서라면 어떠한 경우에라도 실수를 하지 않아야 한다. 내 연극에 말려버린 남편이 바보만 같았다. 그 멍청함 때문에 언니를 향한 마음이 남아 있다는 것을 눈치채게 한 것에 화가 났다.

나는 남편을 외면했다. 남편에게 주기 시작한 마음을 남김없이 거둬들였다. 그런 내 마음을 알고 용서를 비는 남편을 향해 냉정하게 문을 걸었다. 두 번 다시 열리지 않도록 쐐기를 박아버렸다.

정확히 1시간 30분 후에 그는 돌아왔다. 내 생각대로 빈손이다. 차마 그 친구가 무엇을 주었냐고 물을 수가 없다. 그건 나를 더 비참하게 만드는 일이기에. 그는 나를 곁눈질로 힐끗 쳐다보더니 너스레를 떨었다.

그 친구 놈 말이야, 바쁘다는데 자꾸 붙잡고 안 놓아주잖아.

헝클어진 그의 머리카락 사이에 숨어있던 아카시아 잎 한

장이 날려 떨어지며 가슴을 짓이긴다. 앉지도 못하고 엉거주춤 서서 나를 바라보는 그의 얼굴에 어색한 미소가 흐른다. 비굴함이 가득 차 있다. 당장이라도 뛰쳐나가고 싶다. 그가 가지 말라고 달려와도 뿌리치고 가버리고 싶다. 뒤쫓아 오는 그를 향해 두 번 다시 보고 싶지 않다고 당당하게 말하고 싶다. 그러나 나는 그렇게 하지 못한다. 치솟아 오르는 분노를 티끌만큼도 내보일 수 없다. 내가 뛰쳐나간다고 해도 그는 결코 잡을 사람이 아니기에. 오히려 잘 되었다고 웃으며 돌아설 것이기에. 그러면 두 번 다시 그를 볼 수 없다는 것을 알고 있기에. 어떠한 굴욕적인 말을 해도 그의 곁에 있어야 한다. 그의 곁을 떠난다는 사실은 나를 죽이는 길밖에 되지 않는다.

그의 눈빛과 마주치자 참았던 눈물이 또다시 왈칵 쏟아져 내린다. 그는 잠시 당황하다가 내 곁으로 다가온다. 끊임없이 쏟아지는 눈물을 닦지도 않고 나는 그를 올려다본다. 그는 부드럽게 껴안으며 등을 토닥거린다.

울지 마. 니 마음 다 알아. 하지만 안 되는 것은 결코 안 된다는 것을 인정해야 해. 커다란 그의 손이 눈물을 닦아준다. 오늘따라 그는 어울리지 않게 다정스럽다. 코끝이 시큰거려 온다. 한 가지 틀림없는 사실은 내가 세상에서 가장 사랑하는 사람은 이서영, 너라는 것만 알아 둬.

갑자기 참았던 울음이 터진다. 아무리 참아도 울음소리는 기어이 입술을 밀고 달려 나온다. 그는 알았다는 듯이 또다시 등을 토닥인다. 나는 왜 이 사람을 떠나지 못하는가. 버리지 못하는가. 끊임없이 아니라고 외치면서도 왜 벗어나지 못하는가. 마음은 차갑게 그를 밀어내지만 몸은 결국 그에게 안기고 만다. 달짝지근한 아카시아 향내가 전신을 쓰다듬는다. 그것만으로도 나는 지금까지 내게 한 그의 행동을 모두 잊어버릴 만큼 다시 빨려 들어가고 만다. 그런 내가 비참해진다. 흉물스럽다.

세상에서 가장 사랑하는 사람이 같은 하늘 아래에 있다는 것만으로 행복이라 여기며 살아 봐. 내가 도망가는 것은 아니니까. 니가 보고 싶어 하면 언제나 볼 수 있는 곳에 나는 서 있을 테니.

하지만 그 말은 나에게 황홀함을 주지 못한다. 채밀기 암벌의 독침이 되어 전신을 들쑤신다. 그것도 모자라 몸뚱이가 낱낱이 다져져 사금파리 위에 올려진, 어린 날 내가 죽인 사마귀의 모습처럼 처참해질 뿐이다.

학교에 갔다 오는데 집 앞에 동네 조무래기들이 가득 둘러서 있었다. 눈들이 반짝반짝하는 게 심상치 않았다. 달려가 보니 우리 집 수캐가 뒷집 영훈이네 암컷과 흘레를 붙고 있었다. 뒤꽁무니를 붙인 채 혓바닥을 길게 내빼고 침을 흘리며 헉헉거리고 있었다. 끙끙대는 암컷은 생각도 하지 않는 수캐가 너무나 흉물스러워 내 눈을 빼 버리고 싶은 심정이었다. 온몸이 진저리쳐지고 소름이 돋았다. 나는 소리를 지르며 조무래기들을 쫓아 보냈다. 빗자루를 가지고 나와 수캐를 있는 대로 후려쳤다. 비명을 지르면서도 수캐는 암컷에서 떨어지지 않았다. 약이 올랐다. 우물가로 달려갔다. 세숫대야에 물을 가득 담아 수캐의 꽁무니에다 들이부었다. 비명을 지르며 도망가는 수캐의 사타구니에 나는 돌멩이를 던졌다.

 나는 갑자기 그가 흘레를 붙던 우리 집 수캐처럼 보였다. 딴 여자를 만나고 와서 능청스레 나를 껴안는 그도 이 개 저 개와 흘레를 붙는 수캐와 다를 것이 없다. 벌통을 옮길 때마다 그가 다른 여자를 안는다는 것을 나는 알고 있다. 그날 나에게 현장을 들킨 이후로 그는 아예 노골적으로 여자 이야기를 하곤 했다. 이번에 안은 여자는 너무 뚱뚱해서 싫어. 가겟집 여자는 너무 나무토막 같아. 김 기자는 너무 달라붙어서 매력이 없고… 그럴 때마다 나는 욕지끼가 올라오는 것을 참느라 숨이 헐떡거렸다. 두 번 다시 여자를 안을 수 없도록 쇠사슬을 채워 버리고 싶었다. 하지만 나는 그를 향해 아무 짓도 할 수 없다.

니가 말 잘 듣고 있으면 내가 사랑을 많이 주지. 천사같이 예쁜 모습으로 앉아 날 기다리기만 하면 돼. 그가 나의 등을 토닥거린다. 나는 내가 보고 싶어야 해. 내가 그리워서 달려갈 수 있도록 해봐. 힘들고 고통스러울 때마다 달려가 쉴 수 있는 천국이 되어 줘. 여섯 살이라는 나이 차이밖에 안 나면서도 어린애처럼 대해 주던 그가 좋았지만 이제는 아니다. 그 모든 것이 나를 너무나 얕본 혹은 무시하는 마음에서 비롯된 것이라 비로소 깨달았다. 하지만 나는 그런 내색을 결코 하지 않았다. 그런 마음을 내비치는 순간 날 떠나버릴 것이라는 두려움이 들었다.

내게서 떨어진 그는 서둘러 옷을 갈아입더니 나를 재촉했다. 꿀을 한 박스 갖다 줄 곳이 있다고 했다. 한 시간 반 정도 남았는데 그 장소까지 가는 데는 아무래도 무리라며 목소리에 짜증을 실었다. 나는 옷매무새를 고치며 그를 바라보았다. 몸뚱이를 탁자 위로 구부렸다 일어서는 그의 왼손에 차 키가 달려왔다. 허둥대는 그의 눈빛은 어느새 내 곁을 떠나고 없었다. 그에게 조금이라도 사랑을 기대했던 내 마음을 인두로 문질러 납땜하고 싶었다.

시동을 거는 그의 옆얼굴은 이방인처럼 낯설어 보인다. 길에서 어깨를 부딪쳐도 모르고 지나가 버릴 것 같은 아득한 얼굴이었다. 자꾸만 서러워지는 마음은 눈물이 솟구치게 만들고 있다. 나는 그가 볼세라 얼른 손끝으로 눈물을 훔쳐냈다.

꼬불꼬불한 산길을 빠져나와 시내로 접어들 때까지 그는 말이 없었다. 애벌레가 빠져나간 빈 허물 같은 그의 모습은 내 목소리까지도 빼앗아 가 버렸다. 육교 앞까지 오자 그는 겨우 입을 열었다. 집까지 바래다주었으면 좋겠는데 시간이 없어서… 나는 표정 없는 얼굴로 그의 눈을 바라보았다. 말과는 달리 찬바람이 가득 찬 눈빛엔 칼날 같은 매서움이 묻어나고 있었다.

참 이것 받아. 차돌멩이처럼 단단하게 살라고 주는 거야. 숲에서 보고 서영이 생각나서 주웠어. 그가 내민 것은 보기에도 예쁜 달걀모양의 옥돌이었다. 울컥 목이 메어 왔다. 나는 손안에 쏙 들어온 옥돌을 꼭 쥐고 그를 바라보았다. 그의 얼굴은 이미 나를 떠나고 없었다. 그 무심함이 예리한 칼날이 되어 가슴을 송두리째 도려내었다. 입술 위에까지 가득 차오른 말을 단 한 마디도 소리로 만들지 못한 채 나는 쫓겨나듯 차에서 내려야 했다.

그는 기다렸다는 듯이 재빠르게 내 시야에서 도망가 버렸다. 내가 목을 길게 빼고 차 꽁무니가 보이지 않을 때까지 바라보는 것도 잊은 듯, 고개도 한 번 돌리지 않고 차와 함께 순식간에 몸을 감춰 버렸다. 나는 그가 사라진 6차선 도로를 오래오래 지켜보았다. 질주하는 차들 속으로 뛰어들어 머리가 산산조각이 나면 좋겠다는 생각이 들었다.

개미가 짓이겨져 붙은 구두 굽을 또각거리며 나는 육교를 내려왔다. 어느새 땅거미가 발목을 휘어 감는다. 어디로 가야 할까. 막막해진다. 누구라도 좋으니 붙들고 말이 하고 싶다. 마침 포장마차가 눈앞에 나타난다. 나는 얼른 휘장을 걷으며 안으로 들어간다. 30대 후반쯤으로 보이는 주인 부부가 정답게 인사를 건넨다. 아직 시간이 일러서 그런지 손님은 없다. 나는 불빛을 들이키며 소주 한 병을 시킨다.

내가 할 테니까 당신은 좀 앉아 있어. 아니 제가 할 테니 당신이 좀 쉬어요.

힘든 장사를 하면서도 서로를 아끼고 위해 주는 따뜻한 사랑이 부럽다. 술을 사듯 돈을 주고 살 수 있다면 사고 싶다. 우리는 서로 사랑합니다. 행복합니다. 얼굴 가득 자랑스럽게 걸려 있는 그 말들을 바라보는데 자조적인 웃음이 나온다. 그래, 사고 싶다. 소주를 사서 마시듯 사랑도 살 수만 있다면 남김없이 사버리고 싶다.

나는 소주잔을 연거푸 입속으로 털어 넣었다. 그들의 사랑도 몰래 조금 훔쳐서 함께 마신다. 전신을 훑어 내리는 독한 소주 기운에 온몸이 진저리를 친다. 울대를 타고, 가슴을 지나, 다리를 넘어서 발끝까지 들어와 박히는 독한 절망에 소름이 돋는다. 온몸 구석구석에 남김없이 소주가 채워지면 이 허탈감이 사라질까. 그를 잊어버릴 수 있을까. 취하고 싶다는 생각이 참을 수 없을 만큼 몰려와 목구멍을 틀어막는다. 취해서 그에게 전화하고 싶다는 갈망이 소맷자락을 붙들고 끈질기게 늘어진다. 나는 목구멍 속으로 쉬지 않고 소주잔을 쏟아붓는다.

다시는 내가 먼저 전화를 하지 않겠다고, 그에게 한 약속을 나는 깨뜨리고 싶지가 않다. 나도 자존심이 있다. 누구보다도 자존심이 센 여자다. 그것을 그는 모른다. 지금껏 그 어떤 사람에게도 내 마음을 내보인 적이 없고 무너져 본 적도 없다는 사실을, 그가 알 턱이 없다. 그는 내가 마음이 헤프고 감정에 휘말려 주체를 못하는 여자인 줄 안다.

김 기자가 그러던데 너 만나는 남자 많다면서? 그래 놓고 감히 어디 나에게… 얼굴이 벌겋게 달아오른 그가 방문을 걷어차며 들어와 멱살을 잡았다. 그에게 주기 위해 방석의 수를 놓고 있던 나는 너무 놀라 멍해진 얼굴로 그를 올려다보았다. 설사 내가 그런 여자라고 하더라도 한밤중에 달려와 그것을 따질 수 있을 만큼 자신은 떳떳한가.

뻔뻔스러웠다. 내 진실을 의심하다니. 뺨이라도 한 대 후려치고 싶었다. 하지만 나는 아무 말도 하지 않았다. 내 눈을 그의 눈에 똑바로 맞추었다. 그가 진실을 보는 눈을 찾아 주길 빌었다. 자신의 잘못을 깨닫길 기다렸다. 그는 한참을 뚫어지게 내 눈을 바라보았다. 그의 얼굴에 계면쩍은 미소가 피어올랐다.

믿지. 서영일 믿지. 그런데 너무 심한 이야기를 해서….

그에게 나를 변명하고 싶지는 않았다. 변명하면 할수록 그에게 더 초라하게 보일 수 있다는 생각에. 고상하고 분위기 있는 여자보다는 거칠고 제멋대로인 여자를 그는 더 좋아할지도 모른다는 이율배반적인 마음에서.

취재하러 왔을 때 남자 친구가 있냐는 물음에 웃으면서 말한 것은 생각난다. 남자 친구는 없는데 나를 쫓아다니는 남자들은 가끔씩 있어요. 기자들은 원래 남의 사생활 들춰내기를 좋아한다더니만, 없는 것도 만들어 내어 사실화시킨다는 것에 기운이 빠졌다. 사람들은 모든 것을 자신의 잣대에 놓고 남을 평가한다는 것에 화가 났다. 마음 가는 대로 여자와 뒤엉키는 그나, 취재차 만나는 남자마다 따라다니는 김 기자나 다 한통속이라는 것이 슬펐다.

세상의 갖은 추악한 것들에 오염된 몸뚱이를 씻어내듯 나는 연거푸 목구멍 속으로 소주를 들어부었다.
 두 번 다시 전화하지 마. 니 전화 받는 동안 나는 할 일도 못한단 말이야.
 그의 말을 밀어내듯 나는 내장 속으로 또다시 소주를 털어 넣었다. 그런 수모를 받고도 또 전화한다는 것은 나를 스스로 욕되게 만드는 일이다. 차라리 그 마음을 절구통에 짓이겨서 피투성이로 만들어 놓을지언정, 전화는 하지 말아야 한다. 하지만 전화를 하고 싶다는 간절한 욕망을 떨쳐 버린다는 것은 정말 힘이 든다. 그 마음을 숨기고 산다는 것은 너무 고통스럽다.

 그가 한 번은 이런 말을 했다. 아버지가 술 먹고 집안을 다 때려 부수고 엄마를 때리는 것이 나는 싫었어. 아버지를 증오했지. 고등학교 때, 도저히 참을 수 없어서 그런 아버지를 우물 속에다 처넣어 버렸어. 나는 술 먹고 주정하는 사람이 제일 싫어. 그래서 나도 술을 먹지 않아, 하고 말이다.
 하지만 나는 그 사실을 잊어버리고 언젠가 술을 먹고 그의 앞에서 토하며 운 적이 있다.
 날 이대로 내버려 두지 말아요. 난 정말 죽을 것 같단 말이에요. 당신이 송두리째 삼켜버렸기 때문에 숨 쉬는 것조차 힘든단 말이에요.

그 마음 다 안다고, 조금만 참으라고 할 줄 알았다. 기대는 산산조각이 났다.

다시 한 번 술 먹고 주정하는 모습 보이면 도망가 버릴 테니 그리 알아.

그는 사정없이 내 뺨을 후려갈겼다. 오물 묻은 바지와 함께 비틀거리는 나를 냇물 속에다 떠밀어 넣었다. 나는 바지를 빨며 이를 갈았다. 그의 뿌리가 내려져 있는 내 가슴을 도려내어 던지고 싶었다. 바지를 빨아 나오자 그는 내 멱살을 잡고 천막 안으로 들어가 그것을 다리라고 했다. 술기운이 밀려와 눈앞이 빙글빙글 돌았지만 말없이 시키는 대로 했다. 그는 씩씩거리며 허리에 손을 가로지르고 서서 나를 노려보았다. 나는 다리미를 들고 벌떡 일어나 그의 얼굴을 먼저 다리고 싶었다.

그런데 나는 지금 또 술을 마신다. 술기운을 빌려 그에게 내 마음을 전하려 한다. 당신이라는 동굴 안에 갇혀 버렸다고 말하고 싶다. 그 동굴이 너무나 깊고 어두워 숨이 막힌다고 이야기하고 싶다. 온몸이 손가락 하나 움직일 수 없을 정도로 이완되어 영혼마저 묶여버렸다고 솔직하게 고백하고 싶다. 거짓말이라도 좋으니 나중에 함께 살 것이라고 말해 달라 하고 싶다. 아무런 희망 없이 사는 것은 죽는 것보다 못하다고 소리치고 싶다. 차라리 나를 인두로 지져 내장을 발라내고, 납덩이를 가득 채워서라도 곁에 있게 해 달라고 빌고 싶다.

안주도 먹지 않고 소주 세 병을 내장 속으로 쏟아붓고 밖으로 나오니 다리가 휘청거린다. 가로등 불빛이 어느새 하늘 위에까지 걸려 있다. 마침 공중전화 부스가 달려와 앞에 선다. 줄지어 선 사람들이 세 명이나 있다. 꽁무니에 서서 차례를 기다린다. 나도 오늘은 공중전화를 사용하고 싶다. 낯선 번호가 뜨면 그는 관심을 가질 것이다.

그가 전화를 받으면 무슨 말을 할까. 우선 나 술 먹었어요, 해야지. 그러면 화를 낼 거야. 보고 싶어서 했다고 할까. 그런 말도 하지 말라고 했으니 꿀 잘 가져다 줬느냐고 물어봐야겠다. 그 말에도 짜증을 낼지 몰라. 그러면 집에 잘 왔다고 해야지. 걱정할까 봐 보고하는 것이라고 하면 그는 웃을 거야, 분명.

할 말을 준비하고 나니 가슴이 뛰었다. 나는 밤하늘의 별을 올려다보며 앞 사람들의 용무가 끝나기를 기다렸다. 내 차례가 되었다. 몇 번의 신호음이 들리고 딸카닥, 수화기 드는 소리가 들렸다. 뒤이어 달려오는 그의 목소리. 가슴이 확 막혀오고 세포 하나하나에까지 밀려들어 오는 애잔한 그리움에 전신이 녹아내린다. 보고 싶다는 간절함이 핏줄을 타고 온몸을 흔들어 놓는다.

그는 지금 딱딱한 나무 침대에 드러누워, 다리를 문턱에 걸치고 내 전화를 받고 있을 것이다. 수화기를 타고 소소소, 숲소리가 달려온다. 겨울잠을 자는 벌떼들의 숨소리도 날아온다. 그런데 나는 아무 말도 할 수가 없다. 목구멍 속에 톱밥을 가득 채운 것처럼 한 마디도 쏟을 수가 없다.

왜 그래, 서영이지? 순간 움찔해졌다. 어떻게 알았을까. 왜 전화했어? 하고 싶은 말 있으면 해 봐. 울컥 눈물이 솟구친다. 보고 싶어서… 하지만 나는 그 말을 소리로 만들지 못하고 삼켜버린다. 할 말 없으면 끊어. 딸칵. 수화기 놓는 소리.

전신이 아려 온다. 새침하게 서 있던 초승달이 갈퀴가 되어 가슴을 후비며 달려든다. 입술을 타고 흐르던 절망들이 와르르 발등으로 떨어진다. 하늘은 온통 먹빛이다. 깜깜한 죽음의 휘장이 세상을 온통 덮어 버린다. 수화기를 놓고 돌아서는데 바지랑대로 한 대 맞은 것처럼 등줄기에 통증이 밀려온다. 주말 저녁이라고 쌍쌍이 어깨를 껴안고 걸어가는 연인들의 모습이 더없이 다정스럽다. 혼자 걷는 나에게 관심을 갖는 사람은 아무도 없다. 무인도에 홀로 버려진 듯 막막함이 밀려온다.

불 꺼진 방으로 들어서는데 울컥 곰팡내가 몰려온다. 가진 것 남김없이 그에게 줘 버리고, 반지하 달셋방에 이사를 하던 날도, 서럽지 않았다. 언젠가는 그와 함께 살 수 있을 거라는 희망이 있었다. 월급을 타서 겨우 생활비만 남겨 놓고 그에게 주면서도 행복했다. 내가 돈을 주는 순간순간 그는 활짝 웃었으니까. 한 학기 남은 대학원 과정도 미련 없이 버릴 수가 있었다. 그 외엔 나에게 아무것도 필요가 없었다.

핸드백을 놓고 전기 스위치를 올린다. 눈부신 형광등 불빛 속으로 나타나는 방 안 풍경이 심장을 찌른다. 사방 석 자도 안 되는 작은 공간을 가득 채우고 있는 비키니 옷장과 앉은뱅이책상 하나, 그 곁에 쌓아놓은 백 권 남짓한 책 그리고 구석에 놓인 진달래꽃 빛깔의 이불과 살구꽃이 활짝 핀 베개 한 개가 살림의 전부이다.

책상 서랍을 열고 액자를 끄집어낸다. 엄마 목을 껴안은 채 눈이 부시게 웃고 있는 나의 딸 가연이. 나는 그를 사랑하는 데 있어서 가연이를 그리워하는 것도 죄가 될까 봐 꼭꼭 숨겼다. 액자마저 책상 서랍 깊숙이 넣어 놓고 꺼내지 않았다. 그런 마음을 그는 모른 척했다. 관심조차 가지지 않았다. 나의 가슴에 조금의 숨 쉴 공간조차도 남기지 않고 인두로 지지고 납으로 덧발라 버렸다. 마지막 남은 희망마저 앗아가 버렸다. 그를 도저히 용서할 수 없다는 감정이 가슴 저 밑바닥에서부터 끊임없이 차고 올라온다.

어린 날 구슬처럼 엮어 박제를 만들어 버린 쥐며느리처럼, 그의 몸을 토막 내어 쇠꼬챙이에 꿰어 말려버리고 싶다. 나를 비웃고 조롱한 그를 결코 가만둘 수 없다. 내 구둣발에 차여 벽 위에 처박히던 똥개처럼 나는 그를 짓이기고 싶다. 등에 뾰족한 핀이 수없이 꽂혀 고슴도치가 되어버렸던 무당벌레처럼 만들어 버리고 싶다. 하지만 그 증오는 내가 살아가는 데 아무런 도움이 되지 않는다는 것을 이제야 깨닫는다.

남편과 법원에 다녀오던 날 나는 언니를 찾았다. 언니를 한 번은 만나야 한다는 생각이 끊임없이 가슴을 짓누르고 있었기 때문이었다. 집을 나간 지 3년 만에 언니가 다녀갔다는 소리를 하면서 엄마는 울먹였다. 그 불쌍한 것이 머리를 깎았더라.

언니가 있는 곳은 남쪽에 있는 유명한 절로 비구니들만 사는 곳이었다. 버스를 타고 다섯 시간을 달려 도착한 그곳에서는 봄이 한창이었다. 산사로 올라가는 길에는 대나무가 가득 들어차 있었다. 대숲 사이로 바람이 훑고 지나갔다. 꽃바람, 마파람, 남실바람. 내 유년의 향기로운 바람도 그곳에는 있었다.

서영아, 언니랑 소꿉놀이하자, 서영아, 우리 인형놀이할래?

서영아 남자애들이 괴롭히면… 언니의 목소리가 바람에 실려 오고 있었다. 그 바람에 이끌려 나는 흐르듯 걸음을 옮겼다.

서영아….

언니는 말을 잇지 못하고 합장을 한 채 나를 바라보기만 했다. 세상의 모든 티끌을 비워낸 투명한 얼굴이었다. 내 마음까지 비춰질 정도로 깨끗한 눈동자에 별이 빛나고 있었다. 지붕 끝에서 피어오르는 풍경 소리가 달려와 어깨를 움켜쥐었다. 언니의 손이 말없이 내 손을 잡았다. 봄 햇살이 달려와 언니의 얼굴 위에서 잘게 부서졌다. 나는 말문을 잃어버린 채 언니를 바라보았다.

언니를 따라간 승방에는 한 벽면을 가득 채운 책과 오래되어 홈투성이가 된 책상 한 개가 놓여 있었다. 그 위에는 『불교성전』이 놓여 있었다. 예전에 언니 방에서 본 책이었다. 방 가운데는 이른 봄의 추위를 몰아내 주는 질화로가 반겨 주었다. 언니는 벽장문을 열고 찻물 끓이는 도구들을 꺼냈다. 질화로 속에서 타오르던 빨간 숯불이 심장을 향해 달려왔.

*사람들의 괴로움에는 원인이 있고, 깨침에는 길이 있듯이, 모든 것은 그 연緣에 따라 낳고 연에 따라 멸하는 것이야. 비가 오는 것도, 바람이 부는 것도, 꽃이 피는 것도, 잎이 떨어지는 것도, 모두 연에 의해 멸하는 것이지. 우리의 몸은 부모

를 연으로 하여 낳아져서, 식물에 의하여 유지되고, 또 그 마음도 경험과 지식에 의해서 키워진 것이야. 그러므로 우리의 몸도, 마음도 연에 의해 성립되어, 연에 의하여 변한다고 말하지 않으면 안 돼.

질그릇에 물을 붓고 질화로 위에 조심스레 올려놓는 언니의 손길이 정갈했다.

*그물의 눈이 서로 이어져서 그물을 이루듯이 모든 것은 서로 이어짐으로써 이루어지는 것이야. 하나의 그물눈이 그것만으로 그물의 눈이라고 생각한다면 큰 잘못이지. 그물눈은 다른 그물눈과 서로 이어져 비로소 하나의 그물이라고 말할 수 있지. 그물눈은 각자 다른 그물을 성립하기 위하여 필요한 것이고.

질그릇 속에 담긴 찻물이 보글보글 끓기 시작했다. 언니는 조심스레 질그릇의 손잡이를 잡고 찻잎이 들어 있는 찻잔 속으로 물을 부었다. 가지런한 언니의 손이 깃을 치는 푸른 새를 닮아 있었다. 소리 없는 강물이 언니의 입술을 타고 흘러나왔다.

*어떠한 것도 모두 변하지. 홀로 존재하는 것도, 항상 머물러 있는 것도 아니야. 모든 것이 연에 의하여 생기고 연에 의하여 멸하는 것은 영원불변의 도리란다. 변하고 항상 머물러

있지 않는다는 것은 천지간에 움직일 수 없는 진실한 도리이지. 이것만은 영원히 변치 않아.

나는 숨이 막혀옴을 느꼈다. 뭔가 언니를 향해 소리치고 싶었지만 아무 말도 할 수가 없었다. 자리에서 일어서고 싶었지만 꼼짝을 할 수 없었다. 잎을 빠져나온 차 향내가 가슴속으로 흘러들어왔지만 나는 찻잔을 들 수 없었다. 언니의 얼굴에서 눈을 뗄 수가 없었다.

언니는 조용히 눈을 들어 나를 바라보았다. 파랗게 드러난 머리가 슬프도록 아름다웠다. 고운 이마를 타고 내려와 오뚝하게 서 있는 콧날이 당당했다. 콧날 아래 피어 있는 연분홍 입술이 방 안에 꽃향내를 가득 채웠다. 까만 눈동자 속에 푸른 하늘이 열려 있었다. 나는 꼼짝도 못한 채 언니의 눈에 잡혀 있어야만 했다.

*사람들에게 생기는 걱정, 슬픔, 괴로움, 번뇌도 결국 집착이 있기 때문이야. 부에 집착하고 열락에 집착하고, 자아에 집착하지. 이 집착으로부터 고뇌가 생기는 것이고.

언니는 찻잔을 들어 입술을 댔다. 내게도 마시라고 눈짓을 보냈다. 겨우 찻잔을 잡은 내 손이 가늘게 떨렸다. 나는 심호흡을 한 번 하고 찻잔을 입술 위에 대었다. 입속을 타고 흘러들어온 따뜻한 찻물에 마음이 조금씩 안정을 찾기 시작했다.

그런 나를 바라보는 언니의 입가에 엷은 미소가 피어올랐다.

*태초부터 이 세계에는 재앙이 있었으며, 그 위에는 또 늙음과 병과 사가 있지. 그것을 피할 수가 없기 때문에 슬프고 괴로워지는 거란다. 그러나 그것들도 따지고 보면 모두 집착이 있기 때문에 생기는 것이지. 집착만 떠나게 되면 모든 고뇌는 흔적도 없이 사라져 버리게 된단다. 또 이 집착을 파고 들어가 보면 사람들의 마음속에 무명과 탐애가 있음을 알 수 있어. 무명은 변하는 것들의 모습에 눈이 뜨이지 않고, 사물의 소리에 어두운 것이야. 탐애는 얻을 수 없는 것을 탐내서 집착하고 애착하는 것이고. 모든 사물에는 차별은 없는 것인데 차별을 인정하는 것은 무명과 탐욕의 작용이야. 본시 사물에 선악이 없는 것인데 선악을 보는 것도 바로 이 무명과 탐욕의 작용이지.

한 방울도 남기지 않고 비워버린 내 찻잔 속으로 언니는 다시 찻물을 채웠다. 나는 갈증 난 사람처럼 단숨에 마셔버렸다. 언니는 말없이 찻물을 채웠다. 나는 허겁지겁 또다시 단숨에 털어 넣어 버렸다.

*모든 사람들은 항상 비뚤어진 생각을 하여 어리석음을 일으키곤 한단다. 그것 때문에 바르게 볼 수가 없게 되고. 자아에 얽매여 잘못된 행동을 하고 그 결과 미혹의 몸을 낳게도 하지. 걱정과 슬픔과 고뇌가 있는 미혹의 세계를 낳는 것은 결

국 마음인 것이야. 미혹의 세상은 오직 이 마음으로부터 나타난 마음의 그림자에 지나지 않고 깨침의 세계 또한 이 마음에서 나타난단다.

언니는 오래오래 내 손을 잡고 놓아주지 않았다. 크고 검은 눈에 안타까움이 그렁그렁 매달려 있었다.

서영아, 이젠 놓아 버려라. 너를 잡고 있는 고통의 끈을 던져 버려라. 가슴속에 맺혀 있는 웅어리는 깨어 버려라. 아무도 니를 미워하지 않아. 모두들 니를 사랑하고 있어. 엄마도, 아버지도, 효준이도… 모든 것은 니 생각일 뿐이야. 니 스스로 고통을 만들어 학대하고 있는 거야. 그것을 깨달아야 해. 나는 단 한 순간도 너를 미워해 본 적이 없단다. 니가 행복하길 누구보다도 소망한단다.

언니의 눈에서 결국 눈물이 굴러떨어졌다. 나는 그런 언니에게 한마디도 하지 못한 채 산사를 내려왔다. 다른 때처럼 소리를 치지도 못했다. 언니의 뜨거운 눈빛이 내 등 뒤에 꽂혀 있다는 것을 알면서도 뒤도 돌아볼 수가 없었다. 뾰족한 송곳 하나가 달려와 가슴을 찔렀지만 비명조차 지르지 못했다.

아, 나는 정말 언니 앞에서 왜 그렇게 부끄러웠을까. 나를 하염없이 부끄럽게 만든 언니. 그런데도 나는 왜 그런 언니가 미워지지 않았을까. 나는 외려 증오를 잃어버린 내가 미워 견딜 수가 없었다.

 휘청거리는 다리를 간신히 지탱하며 내려오는데 뺨을 아리게 하는 꽃샘바람이 가슴을 후려치며 달려들었다. 바위 틈새로 피어난 진달래가 피빛 그리움을 토하고 있었다. 곧고 푸른 대나무 사이로 서릿발 같은 매서움이 묻어나고 있었다. 봄 햇살 속에서 피어나는 꽃들. 물감을 끼얹어 놓은 것 같은 노란 개나리, 고개를 숙인 채 말이 없던 산수유 가지. 막 피어나기 시작한 벚꽃 송이, 선연하도록 하얀 백목련… 꽃샘바람 속에서도 그들은 당당했다. 모든 욕심을 비워내고 말간 얼굴을 한 언니처럼….

 언니는 언제나 나를 이겼다. 내가 끌어내리면 내릴수록 더 커지는 언니. 나는 영원히 언니를 이길 수 없음을 깨달았다. 그리고 참사랑이 무엇인지도 비로소 알게 되었다.

 언니는 집에서만이 아니고 집 밖에서도 그렇게 나를 이겼다. 나는 처음으로 패배를 인정했다. 그 순간 마음에 한없는 평화가 왔다. 처음이었다. 내가 패배하면서 행복해졌던 순간은. 두고두고 후회되는 것은 언니에게 단 한마디도 하지 못했다는 것이었다. 나도 무엇인가 말하고 싶었는데 그것을 내뱉지 못했다.

코트를 벗는데 낮에 그가 쥐여주었던 옥돌이 호주머니 속에서 튀어나온다. 울컥 그리움이 가슴을 차고 올라온다. 그런 내가 가증스럽다. 바퀴벌레처럼 흉물스럽다. 그렇게 당하고도 그를 잊지 못하는 나의 면상을 향해 힘껏 옥돌을 내던졌다. 거울 속에 들어 있던 내 얼굴이 수십 개로 조각나고 있다.

바늘로 찔러도 피 한 방울 안 나올 독한 년. 시어머니의 악담이 깨어진 구들장을 뚫고 달려온다. 나는 움푹 꺼진 구들장을 있는 힘을 다해 발로 짓이겼다. 내 기세에 놀란 구들장은 발목이 빠질 정도로 힘없이 내려앉는다. 지난번 홍수 때 물이 차올라서 꺼져버린 구들장을 주인은 세 든 사람이 고쳐야 한다며 외면해 버렸다. 그것을 고칠 돈이 내게 없었다.

차돌처럼 사는 것이 얼마나 힘 드는데, 당신이 한 번 그렇게 살아봐요. 그를 향해 소리라도 바락바락 지르고 싶다. 울고 싶어도 웃어야 하고, 무서워도 아닌 척해야 하고 사랑하면서도 사랑한다는 말도 못하고… 그것이 얼마나 슬프고 피를 말리게 하는지 당신이 그렇게 한 번 살아봐요. 이마 위로 핏줄이 불거져 오른다. 눈알이 튀어나와 천장에 박힐 것 같다.

어릴 때부터 모든 사람들에게 손가락질을 받을 만치 감정이 무딘 사람으로 살아온 것은 내가 결코 차돌처럼 단단해서가 아니었다. 한 번 무너지면 걷잡을 수 없는 내 감정이 두려웠기 때문이다. 그것을 아무도 모른다.

와르르 방 안 가득 흩어지는 거울의 파편들마다 내 얼굴이 들어 있다. 이사하던 날 그가 들고 온 거울이다. 나는 거울 조각들을 허둥거리며 끌어모은다. 손가락 끝으로 모아지던 유리 조각들이 살 속을 파고들며 핏방울들을 불러내고 있다. 아프다는 느낌은 없다. 가슴 속에서 밀려오는 고통이 너무 크기에 그 미세한 통증은 아예 소리조차 내지 못한다.

서영이 웃는 얼굴 보고 있으면 마음이 편안해져.

순간 머릿속으로 번쩍 생각이 하나 스쳐 간다. 그에게 평생토록 상처가 될 수 있는 복수 방법. 그를 망가지게 하는 것이 아니라 날 철저하게 망가지게 할 것, 혹은 학대할 것. 그건 나를 버린 세상에 대한 복수도 된다. 최소한 기본 양심이 있는 사람이라면 자신으로 인해 망가진 여자를 보면 죄책감을 느끼리라. 어둡고 습기 찬 동굴 안에서 홀로 몸부림치다 사라져 간 여자를 떠올리며 세상 사람들은 가슴 아파 하리라. 그런 생각을 하는 내 마음이 너무도 쓰라려 나는 그것을 주체할 수가 없다.

나는 가장 뾰족한 유리 조각 하나를 들고 입술 위에 대고 지그시 누른다. 도톰하던 입술에 금이 가면서 붉은 피가 흐르기 시작한다. 한 번 피를 보자 숨어있던 흥분들이 날뛰며 방 안을 가득 채운다. 나는 다시 유리 조각의 위치를 옮겨 입꼬리를 그린다. 수염처럼 길게 붉은 핏방울이 솟구치기 시작한다. 다시 눈 가장자리로 옮긴다.

서영이는 눈빛이 참으로 맑아. 반짝반짝하는 것이 사람을 꼼짝 못 하게 옭아매는 마력이 있어.

이제 두 번 다시 그 눈빛을 그는 보지 못할 것이다. 눈 둘레를 타고 흐르는 피가 얼굴을 금세 붉게 적신다. 나는 유리 조각들을 두 손에 가득 담아 세수하듯 얼굴을 문지른다. 피가 흐르는 서늘한 감촉만이 느껴질 뿐 아무런 통증도 없다. 그가 날 좋아하지 않는다는 서러움, 세상 그 어느 누구도 내 마음을 알아주지 않았다는 절망감 때문에 얼굴이 찢겨 지고 있다는 안타까움도 없다.

원피스를 벗는다. 허리선을 아름답게 보여주고 있는 속옷도 벗는다. 가무잡잡한 얼굴과는 달리 우윳빛 뽀얀 살결은 내 몸 중에서 내가 가장 좋아한다. 유리 조각을 든 손이 아랫배로 향한다. 서늘하도록 아름다운 장미꽃 한 송이가 살아난다. 영원히 그 장미를 내 몸에 새겨 두고 싶다는 갈증을 느낀다. 꽃잎은 피처럼 붉지만 두 겹으로 붙은 살갗을 벗기면 눈처럼 하얀 속살을 가진 빨간 장미. 그 장미의 속살처럼 깨끗한 마음을 나는 가지고 싶었다. 그런데 아무도 그것을 눈치채지 못했다.

그런 마음을 가지도록 도와주지도 않았다. 나는 그에게서 붉은 장미 한 송이를 받고 싶었다. 바닥에 떨어진 얇은 유리 조각들을 하나하나 주워 들고 장미꽃이 그려진 선을 따라 꽂아 본다. 유리 조각으로 스며드는 붉은 핏방울이 서럽도록 아름다운 한 송이 장미꽃을 피워 내고 있다.

너를 낳고 목 졸라 죽이려고 했는데… 엄마의 저주가 숨통을 짓누른다. 사랑받지 못하는 여자의 끝은 죽음이다. 그 죽음과 나는 오늘 맞서리라.

유리 조각이 모아진 바닥에 등을 대고 누워 본다. 빠지직, 유리 조각들이 부딪치는 소리가 방 안에 흩어진다. 손을 올려 얼굴을 만져본다. 그의 목소리가 들린다. 내가 보고 싶으면 눈을 감아. 그러면 내가 달려가 곁에 누울게. 나는 그를 애써 밀쳐 버린다.

부에 집착하고 명예 이욕에 집착하고, 열락에 집착하고 자아에 집착하지 마라. 집착으로부터 고뇌가 생긴단다.

언니의 목소리가 달려와 가슴을 뒤흔든다. 그를 그리워하고 떨쳐 버리지 못하는 것은 사랑이 아니고 집착이란 말인가. 가슴이 찢어지는 이 간절함이 사랑이 아니란 말인가. 그렇다면 한시바삐 이 집착에서 벗어나리라. 영원히 나를 죽여주리라. 죽어야만 그 집착에서 벗어날 수 있다면 그렇게 하리라.

나는 심장 가장 가까운 곳에 유리 조각을 대고 깊숙이 박는다. 순식간에 피가 쏟아져 나오면서 등줄기에까지 배어 든다. 언니가 왜 떠날 수밖에 없었는지 이제야 이해가 될 것 같다. 언니는 집착에서 벗어나고자 했던 것이다. 모든 것을 잊어버리고 싶었던 것이다.

서영아, 이젠 놓아 버려라. 너를 잡고 있는 고통의 끈을 던져 버려라. 가슴 속에 맺혀 있는 응어리는 모두 깨어 버려라. 아무도 너를 미워하지 않아. 모두들 너를 사랑하고 있어. 엄마도, 아버지도 효준이도….

언니의 목소리가 달려와 소맷자락을 움켜잡는다. 하지만 너무 늦었다. 나는 살아갈 기력을 남김없이 빼앗겨 버렸다. 언니가 너무너무 보고 싶다. 지금 언니를 만난다면 모든 것을 용서 빌 수 있을 것 같다. 그리고 나는 이제야 나도 용서한다. 나를 용서함으로 내 주위의 모두를 용서한다.

눈물이 난다. 과연 내 눈도 참회의 눈물을 흘릴 수 있었던가. 내 눈도 살아있는 눈이었던가. 나도 사랑받고 싶었다. 한없는 사랑과 축복 속에서 웃으며 살고 싶었다. 따뜻한 피가 전신을 감싼다. 나도 따뜻한 피를 가진 사람이라는 것을 아는 사람이 있을까.

바닥에 흩어진 유리 조각들을 한 움큼 움켜쥐고 몸뚱이 구석구석을 문질러 본다. 이렇게 해서 그를 향한 갈증이 소멸될 수 있다면, 세상을 향한 원망이 녹아들 수 있다면 몸속의 피가 남김없이 빠져나갈 때까지, 나는 내 몸에 유리 조각을 박으리라.

순간 아득한 기억 속에 꿈틀거리며 다가오는 굼벵이 한 마리. 그래, 넌 내가 자살 시켰지. 결국 나도 날지 못했어. 개미 떼를 피하지 못한 거야. 나 역시 꿈틀대는 것밖에는 아무 것도 할 수가 없었어. 바보같이 말이야.

순식간에 피투성이가 되는 몸을 바라보면서 나는 비로소 발끝을 타고 올라오는 쾌감을 느낀다. 죽을 힘도 없는 굼벵이의 모습에서 나의 모습을 봐야만 했던 그날의 역겨움. 평생 동안 날 따라다니던 썩은 내 나는 그 역겨움이 이제야 조금씩 가시기 시작한다. 어디서 피 냄새를 맡고 몰려왔는지 개미 떼들이 온몸으로 스멀스멀 기어오른다.

*『불교성전』참조

해설

인간관계가 주는 상처를 어떻게 치유할 것인가

이승하(문학평론가, 중앙대 교수)

나의 대학 학부 시절 스승인 시인 구상 선생님께서 어느 날 수업시간에 이런 말씀을 하셨다.

"인간은 누구나 자신의 십자가를 지고 골고다 언덕을 넘어간다. 예수의 생애 중 전교 활동을 한 3년은 핍박받은 3년이기도 했다. 그런데 대다수의 인간은 그보다 훨씬 더 긴 고난의 세월을 보내야 한다. 우리가 문학을 하는 이유도 여기에 있을 것이다."

뒤통수를 한 대 맞은 기분이었다. 독실한 천주교인으로 알고 있는 스승께서 어찌 보면 신성을 깎아내리는 발언을 하고 계신 것이 아닌가. 그런데 이어서 이렇게 말씀하셨다.

"예수님은 예루살렘에 입성할 때 종려나무 가지를 흔들며 환영했던 시민들도, 내 말을 경청했던 그 많던 군중도, 제자들도 다 나를 배신한 데 대해 절망했다. 십자가에 매달려서는 처절한 외로움 속에서 '엘리 엘리 래마 사박타니!'라고 부르짖었다. '하느님 하느님 어찌하여 나를 버리시나이까!'라는 뜻이다. 글을 쓴다는 것은 그분만큼 처절한 외로움을 견뎌내야 한다는 것이다. 독자도 평론가도 자네들 글을 외면할 텐데, 그 고독을 견뎌내야 하네."

예수도 자신과 싸웠던 사람이고 글쟁이도 자신과 싸우는 사람이라는 스승의 말씀 또한 수십 년 세월이 흐른 지금까지 잊은 적이 없다.

유미경 작가의 제2 소설집 『삼각 릴레이』를 읽으면서 갑자기 대학 시절의 추억이 한 토막 떠오른 것은 등장인물 중 주인공 격인 인물들이 하나같이 절대고독에 던져져 있기 때문이었다. 그런데 현대인은 가족 사이에서, 학우들 사이에서, 동료들 사이에서 더욱더 외롭다. 혼자 있으면 기계 앞에 앉아서 덜 외롭기에 1인 가정이 늘고 있는 것인지도 모른다. 결혼하는 사람은 줄고 있고 이혼하는 사람은 늘고 있다.

미국의 사회학자 데이비드 리스먼이 1950년에 『군중 속의 고독』이란 책을 낸 이후 이 말은 현대인을 가리키는 하나의 용어가 되었다. 현대인들은 대다수 닭장 같은 아파트에서 사는데 가족 간에 아옹다옹 다투면서, 혹은 알콩달콩 사랑하면서 지내는 경우란 흔치 않다. 각자 자기 방에서 컴퓨터 앞에 앉아 있거나 스마트폰을 들여다보고 있다. 가족 간에도 서로 무관심한 것이다. 집 밖에서도 유대감을 느끼거나 동료의식이나 공동체의식을 느끼며 살아가는 경우가 별로 없다. '인간관계'라는 것이 상처를 주는 경우가 많은데, 유미경 작가의 작품은 이것을 집중적으로 다루고 있다.

소설집의 제목이 된 작품부터 보자. 나(현서)는 '그'와 양수리에 가서 데이트를 하고 있는 중이다. 나는 그와 어떤 관계인가?

> 처음 만나서 지금까지 4년 정도 지났는데 만난 것은 오늘까지 다섯 번밖에 되지 않잖아요. 그런데도 우리는 오래된 연인처럼 팔짱까지 끼고 있어요.

친절한 시청 직원인 현서에게 그는 호감을 갖게 되었고, 1년에 한 번 정도 만났으니 연인 사이는 아니다. 그런데 나는 그에게 나의 사적인 애기를 시시콜콜 다 말한다. 나는 '설렘이 없다'는 이유를 들어 이혼을 요구하는 남편(승원)의 말을 들어준다. 남편이 교통사고가 나 입원해 있던 병원의 간호사와 바람이 나서 내게 이혼을 요구한 것이다. 피투성이가 된 남편을 보고 나는 충격을 받아 유산까지 하고 말았는데.

나는 동갑내기 서정요의 청을 들어주어 평생교육원 한국화반에 가서 누드모델이 되어 준다. 동성이지만 서로에게 끌려 밤새 이야기를 나눈다. 새벽 별이 머리 위로 쏟아지는 거리에서 정요는 나를 안으며 "내 생애 마지막 친구인 것 같아요"라는 말을 해준다. 하지만 일 년을 하루도 빠짐없이 전화하던 그녀가 "인간은 어차피 필요에 의해 서로 만나는 것이고 우리 또한 그런 연분이 아닌가요?"라는 말을 하고는 관계를 매몰차게 정리한다. 이유는 알 수 없다.

서정요는 밤늦게 아들이 있는 수련장에 갔다 돌아오는 길에 교통사고로 죽는다. 정요는 나와의 관계를 끊었지만 나는 병원 장례식장에도 가고 발인 날 성당에서의 장례미사에도 참석하고 천주교 공원묘지까지 간다. 돌아오는 버스 안에서도 눈물을 계속 흘린다. 가까웠던 관계는 결별이 아니면 사별이지만 뜨악한 관계였던 그와는 계속 만날 것 같다.

이 소설을 통해 작가는 인간관계의 미묘함을 탐구하고 있다. 이 소설에서 인간관계는 예측불허에 가깝다. 나와 그, 나와 남편, 나와 정요의 관계가 다 상식선을 벗어난다. 서로 열렬히 사랑하여 결혼한 사람이 하루아침에 등을 돌릴 수 있다. 세상에 둘도 없는 친구처럼 굴었던 이가 전화 한 통화로 관계를 끊어버린다. 1년에 한 번밖에 안 만난 사이인데 죽마고우처럼 친하다. 작가는 결론적으로 이렇게 말한다. 우리들의 인간관계는 운동회 때 두 사람이 발을 한쪽씩 묶고서 경주하는 삼각 릴레이가 아닌가 하고.

> 우리의 인생이라는 것이 어쩌면 삼각 릴레이인지도 모른다고. 한 사람이 지쳐 쓰러지면 남은 한 사람이 이끌어 주고, 또 한 사람이 지쳐 쓰러지면 다른 한 사람이 힘을 내어 골인 지점을 향해 달리는 삼각 릴레이. 그것은 혼자서는 결코 할 수 없는 게임이다. 함께 발 끈을 맬 수 있는 누군가가 있어야 한다.

작가는 불완전한 현대인의 삶과 내일을 예측할 수 없는 위태로운 시간들에 대하여, 그런 불완전하고 위태로운 삶 속에서도 만나게 되는 인간관계의 중요성에 대해 말하고 있다. 부모·자식 간에도, 부부지간에도, 친구지간에도, 사제지간에도, 판매자와 고객 사이에도 신뢰가 필요하다는 말을 하고 싶어서 쓴 소설이라고 해설자는 이해하였다. 제일 앞머리에 놓인 소설도 주제가 크게 다르지 않다.

사랑이 무르익어 결혼했지만 내가 아이를 여섯 번이나 유산하자 아이에 대한 집착이 강했던 남편은 술을 마시고 와 나를 학대하기 시작한다. 어느 날은 재떨이를 던져 왼쪽 눈이 실명하게 된다. 나는 오른쪽 눈까지 멀어지기 시작하는 절망감 속에서 서울로 가출, 고시원에서 살아가게 된다. 내 생에 있어서 가장 고결했던 관계는 열 살 위의 오빠와의 형제애였다. 아침 출근길에 교통사고로 세상을 떠난 아빠로 인해 충격을 받은 엄마가 10년 동안 시름시름 앓다가 세상을 떠난 뒤로 오빠는 나의 유일한 피붙이였다. 건축현장 공사 감독을 하던 오빠가 난간에서 떨어져 죽자 외로움에 시달리던 나는 고아인 샛별이를 입양해 키우기도 하지만 남편은 나와 입양한 아이를 다 내치고는 다른 여자와 산다. 나는 샛별이를 다시 보육원에 데려다주고 둥지였던 가정을 떠난다. 그즈음에 오빠와 같이 근무했던 부하직원인 남자가 나타나 벗이 되어 준다. 고시원에 살면서 연락을 했더니 흔쾌히 만나주는 것이다.

> 1년 혹은 2년에 한 번씩 남자에게 전화를 하면 그는 늘 기분 좋은 목소리를 보내주었다. 한 번도 귀찮은 내색을 한 적이 없었다.

나를 꼭 '반디'라고 부르는 오빠의 지인을 통해 절망에 빠졌던 나는 이 세상에서의 삶을 이어갈 결심을 굳게 하게 된다. 형님한테서 하모니카를 배웠다고 하면서 '오빠 생각'과 '메기의 추억'을 불러주는 남자가 나에게는 구원의 끈을 내려

준 신이다.

현대인은 어차피 군중 속에서 고독할 수밖에 없다. 벗이 여러 명일 필요도 없다. 딱 한 명만 있어도 우리는 살아갈 수 있다. 대한민국의 자살률이 심각한 상황인데 자살한 사람 곁에는 '딱 한 명'이 없었기 때문이다. 우리는 누구의 옆에 있는 그 딱 한 명이 될 수는 없는 것일까? 그 누구의 오빠가, 누나가 될 수 없는 것일까?

자료를 찾아보니 올해 들어 5월까지 자살한 사람이 6,375명으로 지난해 같은 기간 5,791명에 비해 584명이나 증가했다고 한다. 한국생명존중희망재단 '데이터 ZOOM'의 10년간(2013~2022년) 자살 현황을 보면 1일 평균 자살자 수는 35.4명이다. 작년 한 해 자살한 사람은 1만 3,770명으로 전년도 1만 2,906명보다 864명이 늘었고, 올해 1~5월 하루 평균 자살 사망자는 41.9명으로 지난해 37.7명보다 4.2명이나 늘어났다는 것이다. 서울 2호선 지하철 전체 열 칸 합해서 가장 극심한 출퇴근 시간에 가득 찬 사람의 숫자가 3,500명인데 지하철에 가득 찬 사람 수의 네 배가 매년 자살해서 사망한다고 보면 된다고 자료에 나와 있다. 중편소설인 「굼벵이의 춤」은 이야기가 엄청 자극적이어서 독자의 인내심을 요구하는데 주인공 나(서영)의 자살 행위로 끝난다. 유리 조각을 들고 온몸을 난자

하면서 자신을 심판하는데, 왜 이런 극단적인 방법으로 자신의 목숨을 거둬들이게 된 것일까.

　사람들 중에는 태생 자체가 아주 기구하거나 불행한 경우가 있다. 나는 소위 '첩의 딸'이다. "언니 엄마가 돌아가시고 (내 엄마가) 아빠와 결혼했단 말이야" 하고 소리치고 싶었지만 더 놀림이 될 것 같아서 입을 봉하고 만다. 다섯 살 때 엄마 손을 잡고 아빠와 살기 위해 이 집에 들어왔는데 세 살 위의 언니가 배다른 동생에게 잘해준다. 하지만 나는 누구에게도 마음을 열지 않는다. 초등학교에 갔을 때 창옥이란 아이가 주동이 되어 내 친구들에게 '첩의 딸'이니 같이 놀지 말라고 하면서 왕따를 시키자 자신의 태생을 저주하고 있던 나는 개미 등 벌레를 잔인하게 죽이면서 마음을 다스린다. 살해의 쾌감은 증폭이 된다. 그리하여 나는 이 세상 모든 생명체를 저주하는 아주 가학적인 인물로 자라게 된다. 순자(荀子)는 성악설을 주장했는데 '꼬리에 꼬리를 무는 그날 이야기'라는 다큐멘터리 프로를 보면 이 세상에는 끔찍한 범죄행위를 아무런 양심의 가책 없이 저지르는 사람들이 있다. 그들처럼 나는 마음속에 악마를 키우면서 벌레들을 잔인하게 죽인다. 작가는 곤충 학살의 과정을 묘사하는 데 필력을 총동원하여 너무나도 그로테스크하게 묘사, 한마디로 말해 '압권'을 보여준다. 1년 뒤에 창옥이가 화해를 청해도 이미 마음에 벽을 쌓은 나는 완강히 거부하고 혼자만의 성채에서 타인을 증오하면서 살아간다.

나는 엄마가 싫었다. 처녀의 몸으로 나를 낳았다는 사실이 소름 끼쳤다. 사랑이라는 이름을 붙여 아버지를 홀려내었다는 사실이 역겨웠다. 언니의 엄마가 병으로 죽자마자 후처로 들어앉은 엄마가 혐오스러웠다. 그래서 첩의 자식이라 손가락질받게 하는 것이 증오스러웠다. 쇠꼬챙이로 고막을 뚫어 아무 소리도 들려오지 않도록 하고 싶었다. 무덤 속에 잠자고 있는 언니의 엄마를 파내고 우리 엄마를 대신 묻어 버리고 싶는 생각을 하루에도 수없이 했다.

모든 타인에 대한 증오심은 행동거지로도 나타난다. 언니의 "흑진주같이 맑고 투명한 눈동자"를 미워하더니 언니의 고등학교 졸업 앨범에서 언니의 두 눈을 칼로 파 버린다. 언니가 연애해 형부가 될 사람이 나타나자 나는 아주 교묘한 방법을 써 그와 육체관계를 맺는다. 언니와는 그런 관계를 갖기 전이어서 형부 될 사람이 순식간에, 전격적으로 나의 남편이 된다. 언니는 남편 될 사람을 동생에게 빼앗기고는 자살 기도를 하고, 그것이 실패로 돌아가자 비구니가 된다. 애정 없이 복수심으로 한 결혼이니 두 사람 사이가 좋아질 리 없었다. 사랑 없이 한 결혼임을 안 남편이 폭력을 행사하자 나는 홀가분하게 이혼한다. 딸도 사랑을 쏟을 대상이 아니었다. 상처 입고 황폐해진 가슴 속엔 그 어떤 사랑도 들어올 자리가 없었다. 이 소설은 인간이 피학으로 괴로워하다가 가학으로 바뀌는 과정을 집요하게 물고 늘어진 심리소설이다. 왜 제목을 '굼벵이의 춤'으로 했는지 알아보자.

　　나는 눈을 가까이 대고 찬찬히 들여다보았다. 굼벵이였다. 내 새끼손가락만 한 굼벵이는 자기 덩치보다 작은 개미 떼들에게 끌려가면서도 아무런 반항도 못하고 있었다. 가슴이 서늘해져 왔다. 나는 얼른 개미들에게서 굼벵이를 빼앗아 손바닥에 올려놓았다. 꿈틀꿈틀… 살아있다고 신호를 보냈다. 오다가 구덩이에라도 빠졌는지 몸이 온통 흙범벅이 되어 있다. 개미들의 등쌀에 찢겨진 몸뚱이에서 더러운 진물이 흘러내렸다. 신음조차도 내지 못하는 그 모습이 애처로웠다. 눈물이 났다. 개미와는 비교도 안 될 만큼 크면서도, 그것들에게 시달리고 있는 것이 불쌍했다. 그런 굼벵이 위로 흉물스러운 영상이 하나 겹쳐졌다. 그것의 정체는 바로 나였다.

　모든 타자는 나를 괴롭히는 개미들이고 나는 굼벵이다. 굼벵이에 대한 동정심이 내 마음을 바꿔야 하는데 나는 이미 악마가 되어 있어서 굼벵이를 저주하며 발로 밟아 죽인다. '이렇게 흉물스런 몰골로 사는 것은 결코 사는 것이 아니야'라는 생각은 자학과 가학을 동시에 행하게 한다. 어느 날은 일부러 싸움을 걸어 언니 얼굴에 뾰족하게 깎은 연필을 찔러 연필심이 언니 얼굴에서 나오지 않게 한다.

이 소설은 종반부에 이르러 거의 열 쪽에 걸쳐 불교의 주요 교리가 나온다. 비구니가 된 언니의 편지, 설득, 감화로 마침내 나의 마음이 바뀐다. 자기가 남편과 딸을 버렸지만 마음 깊숙한 곳에서는 얼마나 사랑하고 있었는지 다시금 확인하고, "나는 그를 사랑하는 데 있어서 가연이를 그리워하는 것도 죄가 될까 봐 꼭꼭 숨겼던" 것임을 비로소 인지한다. 언니를 향한 그간의 악감정에 대해서도 이렇게 정리한다.

> 언니는 언제나 나를 이겼다. 내가 끌어내리면 내릴수록 더 커지는 언니. 나는 영원히 언니를 이길 수 없음을 깨달았다. 그리고 참사랑이 무엇인지도 비로소 알게 되었다.
> 언니는 집에서만이 아니고 집 밖에서도 그렇게 나를 이겼다. 나는 처음으로 패배를 인정했다. 그 순간 마음에 한없는 평화가 왔다. 처음이었다. 내가 패배하면서 행복해졌던 순간은. 두고두고 후회되는 것은 언니에게 단 한마디도 하지 못했다는 것이었다. 나도 무엇인가 말하고 싶었는데 그것을 내뱉지 못했다.

굼벵이에게 그렇게 했듯이 이제는 자신을 단죄할 일만 남았다. 목을 매달아 죽는 정도로는 자신에 대한 단죄가 될 것 같지 않아서인지 작가는 네 페이지에 걸쳐 자해하는 장면을 그린다. 이 장면은 너무나 그로테스크하여 영화로도 촬영할 수 없을 것이다. 하지만 소설의 결말로서는 비극미의 절정을 보여주고 있고, 한국문학사 전체를 통틀어 이런 무시무시한 장면 묘사는 없었다. 너무나 참혹하고 끔찍해서 온몸에 소름이 돋는다.

인간 사이의 관계와 인간의 마성에 대한 연구는 「칼을 가는 시간」과 「겨울의 끝」에서도 행해진다. 「칼을 가는 시간」은 동거인으로 어느 집에 들어간 중년여성의 심리를 파고든 소설이다. 결혼한 지 한 달 만에 남편을 교통사고로 잃고 미용사를 하면서 20여 년을 혼자 산 나는 평소의 소망했던 가족의 일원, 가정의 일원이 되었지만 그것을 유지하는 것은 쉽지 않은 일이었다. 고3 딸과 중3 딸을 잘 키우고 싶었지만 동거하는 남자가 호색한인 데다 비도덕적인 인물이었다. 상처한 뒤 1년 동안 네 여자와 놀았는데 동거인이 생겼음에도 가족이 된 여자는 생각하지 않고 모든 것을 자신의 편리 위주로 살아가는 뻔뻔한 인물이다. 두 딸도 그것을 잘 안다. 큰딸이 가슴을 내놓고 다녀도 아버지가 제지하지 않고 "우리 수인이 가슴 보니까 시집가도 되겠네"라고 말한다. 집을 뛰쳐나간 나는 마음속에 복수의 칼을 갈지 않고 수면제를 먹는 것으로 소설은 끝난다. 여자는 자신이 죽는 것이 그 남자에게 하는 복수라고 생각한 것이다. 그리고 그 순간 걸려오는 엄마의 전화로 마음이 흔들리지만 이미 수면제를 먹은 상황이다.

「겨울의 끝」은 미혼모 문제를 다루고 있다. 나(민지영)는 급성 뇌종양이 와서 목숨의 카운트다운이 시작된 중년여성이다. 나는 대학 4학년 때 딸이 생겨 그 딸이 고등학생이 되도록 혼자 키운 미혼모다. 예전에도 그랬지만 지금도 미혼모가 이 사회에서 존중받기란 불가능에 가깝다. 경제적인 문제는 더욱더 모녀를 곤경으로 몰고 간다. 게다가 나의 목숨이 경각에 다다라, 자신이 죽고 나면 홀로 남겨질 딸의 존재를 알리기 위해 남자를 찾아간다. 나의 쓸쓸한 심회를 작가는 아주 세심히 추적하고 있다.

내 남편이 되어 었어야 할 사람은 이미 딴 사람의 남편이 되어 있다. 나는 다른 여인과 결혼한 민수 씨를 하염없이 그리워하면서, 용서를 빌면서, 생의 종착역에 다다른다. "기어이 나는 목이 메어 까무러친다"가 소설의 마지막 문장이다. 나는 사랑하는 사람의 품 안에서 죽기를 원하지만 그건 쉽지 않을 것이다. 내 딸 '소리'가 엄마의 납골당이나 무덤에 찾아올 때 친아버지 민수가 곁에 있을 것임을 예감한다. 그때는 두 사람이 서로 친아버지, 친딸임을 알게 될 것이다.

다섯 편의 소설이 이와 같이 모두 인간관계가 주는 상처에 대한 작가의 끈질긴 탐구라고 할 수 있을 것이다. 이제 남은 한 편이 「나비」인데 이 소설은 독자가 슬픔에 잠기지 않게 해준다. '사랑의 슬픔' 아니라 '사랑의 기쁨'에 대해 말해주는 소설이다. 작가는 인간이 누구랑 관계를 맺게 되었을 때, 상처만 주는 것이 아니라는 말을 하고 있다. 그런데 이 사랑은 짝사랑이다. 이루어지지 못한, 이루어질 수 없는 사랑으로 안타까워하는 내용이 장장 32쪽에 걸쳐 펼쳐진다. 아아, 해설자가 이런 사랑의 대상이 된다면 내일 죽어도 웃으면서 죽을 수 있겠다.

> 여자의 육체에서 흘러나오는 향내는 말초신경을 자극하는 원초적 본능만을 느끼게 하는 것이 아니라, 경건한 감동 속으로 가둬버리는 마력이 있다는 것을 그 그림을 통해서 깨닫게 되었습니다. 매혹적인 모습이었습니다. 아닙니다. 매혹적이라는 표현은 어울리지 않습니다. 그 말은 은연중 유혹의 냄새를 깔고 있기 때문이랄까요.
> 이른 아침 숲속으로 들어섰을 때 느껴져 오는 맑고 청아한 이슬 향내 같은 것. 깊고 깊은 산 속 바위틈에서 흘러나오는 청정수 같은 소리. 암튼 그런 것이 그 그림 속에서 배어 나오고 있었습니다. 그건 마음이 맑고 투명한 사람이

아니면 결코 흉내 낼 수 없는 것이었습니다.

소설의 마지막 두 페이지를 보면 나와 당신의 사랑이 성취될 것임을 암시한다. 나비가 날개를 결코 움직이지 않고 있다가 사랑하는 이를 위해 오직 한 번 날아오를 것이라고 한다. 그렇다, 인간은 사랑하기에 행복한 것이다. 요양병원에서 오늘 내일 하면서 사랑할 수는 없다. 건강할 때, 살아 있는 때 사랑하지 않으면 언제 사랑할 것인가.

6편 소설을 다 읽어보니 인간관계가 주는 상처를 치유할 수 있는 방법이 나와 있다. 타인에 대해 관심을 가지고, 배려하고, 보시하면 된다. 그런 점에서 기독교의 '사랑'과 불교의 '자비'가 다른 것이 아니다. 기독교의 박애사상과 불교의 자리이타自利利他가 영판 다른 것이 아니다. 벌레 하나의 목숨도 소중하게 생각해야 함을 역설적으로 말해주는 소설집이 『삼각 릴레이』다.

나도 지금부터는 가족부터 먼저 챙겨야겠다. 그리고 나와 관계를 맺은 모든 사람이 나의 스승일 수 있다. 그래서 공자는 『논어』의 「술이편」에서 "세 사람이 함께 가면 반드시 내 스승으로 삼을 만한 자가 있으니, 잘한 것은 따르고, 잘못한 것은 고치라(三人行必有我師, 擇其善者而從之, 其不善者而改

之)"고 했을 것이다.

「굼벵이의 꿈」에 불교의 가르침에 대한 상세한 설명이 나오기에 작가에게 연락해 알아보았더니 천주교인이고 세례명이 율리안나라고 한다. 예수님이 거닐었던 저 시나이반도, 골단고원, 예루살렘, 나사렛, 갈릴리, 베들레헴 등지에서 포성이 언제쯤 멎게 될까? 이스라엘과 팔레스타인 사이의 분쟁이 멎기를 기원하면서 해설 쓰기를 이쯤에서 마치기로 할까 보다.

이 소설집을 읽는 독자는 자기 주변에 있는 사람들, 예컨대 가족, 일가친척, 동료, 상사, 선후배, 연인 등과의 인간관계가 따뜻했는지 싸늘했는지, 원만했는지 소원했는지 곰곰이 생각해볼 시간을 갖게 될 것이다. 아주 싸늘했거나 소원했다면 연락을 하자. 내가 실은 관심이 있었는데 그간 연락도 못해 미안하다고 한마디 건네자. 어차피 그 모든 관계의 끝은 이별이 아니면 사별이니 우리 모두 살아 있을 때 한 번이라도 더 상대방에게 '사랑한다'고 말해주자. 그 말이 너무 진한 것이라면 '보고 싶다'고 말해주자. 우리는 사람[人] 사이[間]에서만 존재할 수 있는 人間이 아닌가.

작가의 말

두려운 용기로

첫 소설집을 내고 3년이 지난 시간, 나는 두 번째 소설집을 내려고 한다. 처음 소설집을 묶을 때는 많이 설레고 흥분까지 되어서 빨리 책이 나왔으면 했다. 하지만 지금은 망설여진다. 내가 또 하나의 오염물을 세상에 던지고 있지 않나 하는 걱정과 함께 내일의 세상이 잘 가늠되지 않는 불확실성의 시대에서, 내 소설 또한 공중을 부유하는 한갓 티끌에 지나지 않을까 하는 두려움이 앞서기 때문이다.

소설은 길고 장황해서 읽기가 싫다고 너무 당당하게 말하는 사람들을 볼 때는 쓸쓸한 마음이 들 때도 있다. 하지만 그

것 때문에 소설 쓰는 것에 대해 회의를 느끼거나 절망하지는 않는다. 오히려 의무감을 넘어 사명감까지 더 가지게 만든다. 소설이야말로 인간의 삶을 대변해주고 인간의 희노애락을 가장 잘 드러내어 공감시켜주는, 살아있는 문학이라는 인식에서다.

우리 삶의 곳곳으로 파고들어 사람들의 자리를 하나씩 빼앗고 있는 AI들이 득세하는 현실에서 작가들은 설 자리마저 위협을 받고 있다. 하지만 나는 믿는다. 아무리 뛰어난 논문을 쓰고, 재판에도 이기고, 죽어가는 사람도 살리는 고도의 기술을 가진 AI라고 하더라도 결코 할 수 없는 것은, 인간의 감성을 완전히 파고들어 감동을 전하는 문학 예술성은 창출할 수 없을 것이라고 말이다. 그것은 유머나 풍자를 이해하지 못한다는 AI에 대한 기사記事들에서도 확인이 가능하다. 그래서 나는 늘 떨리고 설레는 마음으로 소설을 쓰고 있다. 아직은 걸음마에 불과하지만 내일은 오늘보다 좀 더 나아지길 바라며 매 순간마다 나를 담금질한다. 최첨단 과학이 빚어낸 기계문명 속에서 인간마저도 기계화 되어가고 있는 이 시대에서, 단 한 사람이라도 내가 쓴 소설을 읽고 감동받을 수 있다면 나는 만족한다. 그것이 내가 소설을 써야 하는 이유다.

무엇보다도 나는 소설 쓰는 것이 좋다. 소설을 쓰고 있는 동안은 내가 부족함이 많고 아둔한 사람이라는 사실도 인식하지 못한다. 소설 속 인물들에 빙의되어 함께 웃고 즐거워하고 슬퍼하고 눈물 흘리면서 삭막하고 때로는 낯설기까지 한 현실을 잊어버리게 된다.

퇴고를 거듭하는 동안 느끼는 감정의 변화들을 나는 사랑한다. 그런 순간들이 나는 정말 행복하다. 세상 그 어떤 사람도 부럽지 않다. 무엇보다 나는 내가 소설가라는 사실이 자랑스럽다. 그러기에 나는 내가 의식이 있는 동안은 소설을 쓰고 싶다. 소설은 내가 마음대로 갈 수 있는 곳, 그 속의 수많은 존재들과 함께 마음껏 모든 걸 누릴 수 있는 내 유일한 치외법권적 공간, 저 삼한시대의 소도蘇塗가 되어주기 때문이다.

부족한 글이지만 언제나 내 편에 서서 아낌없는 박수를 보내고 격려해주는 사랑하는 딸과 아들 그리고 남편에게 고마운 마음을 전한다. 내가 소설가라는 사실을 자랑스럽게 여겨주는 나의 형제들과 조카들에게도 사랑한다고 말하며, 좋은 글을 쓰는 것도 중요하지만 언제 어디서든 인간의 본분을 잊어서는 안 된다고 경계警戒의 말씀을 주신 스승님께도 감사의 절을 올린다.

딸이 소설가가 된 것을 더없이 자랑스럽게 여기셨던 엄마 아버지, 지금은 나란히 하늘나라에서 두 번째 소설집을 내는 딸에게 아낌없는 박수를 보내고 계실 것이다.

    생각만으로도 그리움에 가슴이 먹먹해지고 보고 싶은 두 분, 진정으로 사랑하고 감사드린다는 말씀을 올립니다. 당신들이 계셨기에 오늘의 제가 있습니다.

2024년 초가을

유미경

삼각 릴레이

초판 1쇄인쇄 2024년 9월 25일
초판 1쇄발행 2024년 9월 27일

저 자 유미경
발행인 박지연
발행처 도서출판 도화
등 록 2013년 11월 19일 제2013 - 000124호
주 소 서울시 송파구 중대로34길 9 - 3
전 화 02) 3012 - 1030
팩 스 02) 3012 - 1031
전자우편 dohwa1030@daum.net
인 쇄 유진보라

ISBN | 979 - 11 - 92828 - 64 - 0*03810
정가 15,000원

*이 책은 충청남도 문화관광재단의 후원을 받아 발간했습니다.

잘못 만들어진 책은 교환해 드립니다.
저자와 출판사의 허락 없이 책의 전부 또는 일부 내용을 사용할 수 없습니다.

도화道化, fool는
고정적인 질서에 대한 익살맞은 비판자,
고정화된 사고의 틀을 해체한다는 뜻입니다.